청소년 삼국지 2

어지러운 천하

청소년 삼국지

2

어지러운 천하

나관중 지음
권정현 엮음

자음과모음

동탁이 죽은 이후 전국 정세(서기 192~200)

황건적의 난과 동탁의 폭정을 거치며 후한 왕조는 사실상 몰락했다. 그 뒤를 이어 각지에서 군웅들이 벌 떼처럼 일어났다.

유주
공손찬
발해
원소
업(鄴)
여포
노(魯)
도겸
진류
패(沛)
하비
서주
허(許)
초
여남(汝南)
양주
오
엄백호(嚴白虎)
원술
사(長沙)

머리말

청소년 삼국지를 펴내며

삼국지의 배경은 지금으로부터 약 1800년 전인 중국 한나라 말기다. 당시는 정치적으로 매우 어지러운 시기였다. 황제인 영제는 충신들을 멀리하고 내시들을 가까이 두었다. 그로 인해 나라는 급속히 혼란에 빠졌다. 황궁이 있는 낙양은 물론이고 시골에 이르기까지 백성들의 원성이 하늘을 찔렀다.

나라가 살기 어려워지자 곳곳에 도적이 창궐했다. 관리는 세금으로 백성들의 물건을 빼앗았고 도적은 강제로 백성들의 물건을 빼앗았다. 도적은 백성을 습격하고 집을 잃은 백성은 다시 도적이 되는 악순환이 계속되었다. 도적들이 늘면서 제법 큰 규모를 갖춘 무리가 하나 둘씩 생겨났다. 그중에서 장각의 무리가 가장 강했다. 장각은 부하들에게 누런 두건을 쓰게 하고 약탈을 일삼았다. 삼국시대의 첫 장을 여는 '황건적의 난'은 이렇게 탄생하였다.

여기서 우리가 눈여겨볼 점은 황건적을 토벌하기 위해 전국 각지에서 일어선 제후들이다. 그들은 군사를 일으켜 황건적을 토벌했지만 그 뒤, 서로가 서로를 죽이는 처절한 전쟁을 벌이게 된다. 권력을 잡기 위해 발버둥치는 인간 군상들의 모습은 오늘날 현대를 살아가는 우리들에게도 좋은 본보기가 되고 있다.

삼국지는 등장인물이 수백 명에 이르는 대하소설이다. 인물들이 맡고 있는 역할도 매우 흥미롭다. 관우와 장비처럼 뛰어난 무예로 적을 제압하는 장수가 있는가 하면 공명이나 순욱처럼 지략으로 전장에서 적을 압도하는 참모들도 있다. 죽음으로써 의리를 지키는 충신이 있고 비겁하게 목숨을 구걸하는 장수도 있다. 자신의 이익을 챙기는 대신이 있고 백성을 먼저 생각하는 의로운 관리들도 있다. 삼국지는 바로 우리 인생의 축소판, 그 자체인 것이다.

삼국지가 오래도록 많은 사랑을 받아왔지만 상대적으로 청소년들이 읽을 수 있는 삼국지를 고르기란 쉽지 않은 일이었다. 삼국지는 그 양이 엄청나게 방대할 뿐만 아니라, 청소년들이 이해할 수 없는 표현이나 부적절한 상황 묘사도 많다. 따라서 이번에 새롭게 펴내게 된 《청소년 삼국지》는 청소년들의 눈높이에 맞춰 쓴 가장 이상적인 삼국지라고 할 수 있겠다.

《청소년 삼국지》의 가장 큰 특징은 교육적인 측면을 잘 활용한 점이다. 중요한 사건이나 전투, 고사성어가 등장하는 장면을 부록으로 엮어 본문의 해당 페이지를 명기하고 유기적으로 읽을 수 있도록 하였다. 따라서 일상생활에서 익숙하게 들었던 고사성어의 현장을 직접 눈으로 확인하며 소설을 읽는 재미가 쏠쏠하다.

《청소년 삼국지》의 두 번째 특징은 전체 단락을 크게 100개로 세분화하여 청소년들이 쉽게 접근할 수 있도록 구성을 안배한 점이다. 기존의 삼국지는 때에 따라 줄거리가 산만하게 펼쳐지고 등장인물과 사건이 복잡하게 얽혀 내용이 머리에 쉽게 들어오지 않는 단점이 있었다. 《청소년 삼국지》는 역사적 사실을 중심으로 객관적인 시각에서 삼국지 전체를 일목요연하게 조망할 수 있도록 하였다.

세 번째 특징은 남녀 누구나 재미있게 읽을 수 있다는 점이다. 삼국지는 그 동안 남자들의 전유물로만 인식되어 온 게 사실이다. 그러나 삼국지 속에는 여러 여성들이 등장하고 그들의 활약이 전체적인 흐름을 바꾸어 놓을 때도 있다. 《청소년 삼국지》는 남성 등장인물들의 굳고 강인한 이미지와 여성 등장인물의 섬세함이 한데 어우러져 전체 이야기를 구성한다. 또한 교훈적이고 주입적인 메시지에서 탈피하여 인물의 인간적인 면을 강조하였다.

예부터 '삼국지를 읽지 않은 사람과는 삶을 논하지 말라'는 말이 있다. 삼국지는 평생에 걸쳐 읽어야 하는 우리 모두의 필독서다. 삼국지를 읽은 사람과 읽지 않은 사람 사이에는 큰 차이가 난다. 삼국지를 읽고 나면 우선 자신도 모르게 세계관이 넓어져 있음을 알 수 있다. 꿈을 갖지 못했던 사람은 왜 꿈을 가져야 하는지 알게 되고 우정의 소중함도 알 수 있게 된다. 또한 매사에 지혜롭게 대처할 수 있게 된다. 어떤 행동이 자신에게 현명함을 가져다 줄 것인지, 어떻게 하는 일이 많은 사람을 이롭게 하는 일인지 먼저 생각하고 행동하게 된다. 타인에 대하여 너그러움을 갖게 되기도 하고 현재의 삶에 감사하는 마음을 품게 된다. 삼국지에는 부모와 자식, 형제들과의 관계, 나라를 사랑하는 마음, 친구와의 우정 등 우리가 일상에서 겪을 수 있는 대부분의 사건이 등장한다. 뿐만 아니라 우리에게 어려움이 닥쳤을 때 그것을 극복할 수 있는 지혜를 선사한다.

이제, 가만히 귀를 기울이고 역사 저편에서 들려오는 힘찬 말발굽 소리를 들어보자. 청소년 여러분이 일찍이 경험하지 못한 세계 속으로 안내할 것이다.

2권 주요 등장인물

원소

조상 대대로 조정에서 벼슬을 지낸 명문가의 자제이다. 부모의 뒤를 이어 원소 역시 스무 살이 되기도 전에 벼슬길로 나아갔다. 연합군 대장이 되어 동탁과 일전을 치르지만 낙양을 탈환하자 싸움을 멈춘다. 공손찬을 멸망시켜 하북을 평정하지만 조조와 치른 관도대전에 대패하여 세력이 급속히 약화된다.

원술

원소의 사촌 동생으로 원소가 대장군 하진을 모실 때부터 함께 활약했다. 이후 하진이 죽자 형 원소와 함께 궁궐로 뛰어들어 내시들을 잔인하게 처단한다. 세력이 점점 커지자 197년 스스로 황제의 자리에 오르지만 그것이 화가 되어 여러 제후들의 공격을 받는다.

하후돈

패국 초현 출신의 애꾸눈 대장. 조조가 연합군을 일으켰을 때 달려와 함께 싸웠다. 조조가 여포를 토벌할 때 선봉에 서서 싸우다가 화살에 맞아 한쪽 눈을 잃었다. 이후 조조의 심복이 되어 여러 전투에서 맹활약했다. 조조가 죽은 뒤 얼마 지나지 않아 병사했다.

하후연

조조와 함께 평생 전쟁터를 누볐던 장수. 하후돈의 사촌동생이다. 조조가 연합군을 일으켰을 때부터 운명을 함께했다. 이후 수많은 전투에서 선봉이 되어 활약했다. 촉이 한중을 침략하자 하후연은 정군산 수비를 담당한다. 그러나 촉의 노장 황충을 만나 목숨을 잃는다.

초선

어릴 때부터 사도 왕윤의 집에서 자란 수양딸이다. 동탁이 권력을 잡고 횡포를 일삼자 사도 왕윤은 초선을 이용해 동탁을 제거할 계획을 세운다. 그 뒤 초선을 서로 차지하려던 동탁과 여포 사이에 싸움이 벌어지고, 결국 여포의 손에 동탁이 죽는다.

전위

전위는 황소처럼 힘이 셌고 80근 무쇠창을 장난감 다루듯 했다. 처음에는 진류 태수 장막의 부하였으며 하후돈의 눈에 띄어 조조의 부장이 되었다. 조조가 장수를 공격했을 때 곤경에 처한 조조를 구하다가 수십 발의 화살을 맞고 죽는다.

차례

21. 관우와 화웅의 싱거운 대결

낙양 동쪽 60리 부근에 위치한 사수관은 주변이 모두 험난한 계곡이었다. 계곡 사이에 돌을 쌓아 올려 관문을 만들었는데 그 높이가 수십 척에 달했다. 문을 열지 못하면 절대로 통과할 수 없는 천혜의 요새였다.

선봉에 섰던 손견은 열흘 뒤 사수관에 도착했다.

"관문을 깨뜨려라!"

손견은 그대로 사수관을 향해 공격 명령을 내렸다. 그러나 첫날 싸움은 패배로 끝났다. 사수관이 워낙 높고 튼튼했기 때문이다. 화웅은 관문 밖으로 군사를 내보내지 않고 굳게 지키기만 했다.

"큰일났군. 식량이 떨어져 가는데……."

시간이 지날수록 손견은 초조해졌다. 급하게 선봉으로 출발하느라 식량에 여유가 없었다. 손견은 원술에게 전령을 보내 식량을 보내 달라고 요청했다. 엎친 데 덮친 격으로 말들이 먹을 건초도 바닥이 났다.

"선봉부대에 식량이 떨어졌다. 속히 식량을 운반하라!"

본대 후미에 있던 원술은 부장에게 식량 운송을 명령했다. 그러나 원술의 부장은 겁이 많은 자였다. 사수관으로 갔다가는 자칫 목숨을 잃을 수도 있는 상황이라 부장은 한 가지 꾀를 내었다.

"손견은 매우 위험한 인물입니다. 손견이 사수관을 깨고 낙양까지 진격해 버린다면 모든 공이 손견에게 돌아갈 것이 아니겠습니까?"

"과연 옳은 말이로다."

부장의 말을 듣자 원술은 손견을 시기하는 마음이 생겼다. 원술은 이런저런 핑계를 대며 군량 수송을 늦추었다. 식량이다 떨어진 손견은 말을 잡아먹으며 며칠을 견뎠다. 그러나 버티는 일에도 한계가 있었다.

화웅과 함께 참전한 동탁의 부장 이숙은 이런 상황을 모두 간파하고 있었다. 이숙은 높은 곳에 올라가 매일 손견 진영을 살폈다. 밥 짓는 연기가 사라지고 군사들은 지친 모습이 역력했다. 염탐을 내보낸 부하들이 달려와 보고했다.

"말이 비실거리고 있습니다."

"소나무 껍질을 벗겨 먹는 걸 보았습니다."

보고를 받고 난 이숙은 화웅을 찾아갔다.

"며칠째 밥 짓는 연기가 보이지 않는 걸 보니 적진에 식량이 떨어진 게 분명하오. 야습을 감행하면 반드시 손견의 목을 벨 수 있을 것이오."

밤이 되자 이숙은 군사를 몰고 살며시 관문을 빠져나왔다. 음식을 먹지 못한 손견의 군사들은 사기가 엉망이었다. 이숙이 이끄는 군사들은 삼면에서 손견군을 포위한 뒤 불화살을 마구 쏘았다.

"야습이다!"

"불화살이다!"

허기진 군사들은 놀라 사방으로 흩어졌다. 막사마다 불길이 치솟았다. 불길을 본 화웅은 작전이 성공했음을 알고 관문을 열었다.

"한 놈도 남김없이 모조리 베어라!"

화웅은 맨 앞에서 적군을 유린했다. 잠을 자다 기습을 당한 손견은 허둥거리며 몸을 일으켰다.

"다들 어디 갔느냐? 도망가지 마라!"

부장들을 소리쳐 찾았지만 주변은 온통 적군 천지였다.

"이미 늦었습니다. 어서 말에 올라 몸을 피하시지요."

조무만이 말 한 필을 끌고 급히 손견을 찾아왔다. 손견은 말에 올라 조무와 함께 포위망을 뚫었다. 조무는 쌍칼을 번갈아 휘두르며 손견에게 쏟아지는 창과 칼을 막았다.

"손견은 도망가지 말고 내 칼을 받아라!"

손견을 발견한 화웅이 나는 듯 달려왔다. 손견과 조무는 숲으로 말을 몰았다. 수백 발의 화살이 소나기처럼 날아왔다. 손견을 보호하느라 조무의 몸은 성한 곳이 없었다.

"푸른 투구를 쓴 자가 손견이다!"

화웅이 궁수들에게 명령했다. 궁수들이 일제히 손견을 향해 화살을 퍼부었다. 쌍칼로 화살을 쳐 내던 조무의 다리에 화살이 날아와 박혔다.

“주군, 투구를 바꾸어 쓰십시오.”

조무는 아픈 것도 잊고 소리쳤다.

길이 두 갈래로 갈라졌다. 투구를 바꿔 쓴 손견은 오른쪽 숲길로 번개처럼 내달렸다. 손견의 투구를 쓴 조무는 왼쪽 길로 방향을 틀었다.

“손견이 왼쪽으로 간다!”

화웅의 군사들이 순식간에 벌 떼처럼 조무를 에워쌌다. 조무는 있는 힘을 다해 이리 치고 저리 치며 적병을 베었다. 다리에 화살을 맞은 탓에 자꾸만 기력이 떨어졌다.

“손견은 내 칼을 받아라!”

화웅이 칼을 휘두르며 번개처럼 달려왔다. 조무가 칼을 들어 화웅을 막는 순간 다시 한 발의 화살이 날아왔다. 화살은 조무가 쓰고 있던 푸른 투구를 뒤에서 꿰뚫었다. 동시에 화웅의 칼이 허공에서 원을 그렸다.

“내가 손견을 베었다!”

화웅은 즉시 칼끝으로 머리를 들어 올렸다. 그러나 죽은 사람은 손견이 아니었다.

“손견의 잔꾀에 속다니, 분하다!”

화웅은 몸을 부르르 떨며 전군에 진격 명령을 내렸다.

"내, 반드시 조무의 원수를 갚고 말 것이다."

숨어서 지켜보던 손견은 피눈물을 흘렸다. 손견은 수십 리를 더 도망간 끝에 부하 장수들을 만났다. 정보와 한당, 황개는 흩어져 적과 싸우는 중이었다. 손견은 남은 군사를 수습하여 본진이 있는 방향으로 후퇴했다.

"손견이 패배했다!"

"적의 대군이 몰려온다!"

연합군 본진으로 급보가 날아들었다.

"손견이 화웅 따위에게 패했다니 믿을 수 없다."

연합군 진지는 술렁거렸다. 병사들은 불안한 얼굴로 날이 새어 희미하게 밝아오는 전방을 주시했다. 도망 오는 손견 군사들로 인해 여기저기 고함 소리가 난무했다. 그때 더욱 급박한 소식이 날아들었다.

"화웅이 맞은편 산기슭에 도달해 진을 쳤습니다."

피투성이가 된 전령이 소리쳤다.

"급히 자리를 옮기지 않으면 적에게 포위되고 말 것이오."

제후들이 두려운 얼굴로 원소에게 건의했다.

"도망가면 어디로 도망간단 말이오. 이렇게 된 이상 정면 대결을 할 수밖에 없게 됐소."

원소가 비장하게 말했다.

그때 망을 보던 군사 하나가 들어와 보고했다.

"적장 화웅이 홀로 달려 나와 싸움을 청하고 있습니다."

아니나 다를까 화웅의 목소리가 바람을 타고 들려왔다.

"조조와 원소는 막사 안에 숨어 있지 말고 당장 나와 칼을 받아라!"

조조와 원소의 표정이 굳어졌다.

"누가 나가서 적장 화웅의 목을 베어 올 텐가?"

"저를 보내 주십시오."

원소의 부장 유섭이 달려 나왔다.

"오오, 자넨가!"

원소는 술을 가져오게 하여 유섭에게 술잔을 권했다.

"화웅의 목을 한 칼에 떨어뜨리겠습니다."

화웅은 백마 위에 앉아 한 자루 장검을 휘두르며 유섭을 맞이했다. 유섭의 칼과 화웅의 칼이 허공에서 불꽃을 일으켰다. 칼이 일곱 번쯤 부딪쳤을 때 유섭의 머리가 돌연 땅으로 굴렀다. 화웅의 군사들이 북을 울리며 함성을 질렀다.

"연합군엔 죄다 허수아비들만 모였나 보구나?"

화웅이 유섭의 머리를 내던지며 껄껄 웃음을 터뜨렸다. 제후들은 고개를 떨구며 침통한 표정을 지었다.

이때 태수 한복이 원소에게 보고했다.

"내 부하 중에 반봉이라는 장수가 있소. 한 자루 도끼를 수족처럼 다루는데 백 번 싸워 아직 단 한 번도 진 적이 없는 천하의 용장이오."

원소는 눈을 동그랗게 떴다.

"그런 용장이 어디 숨어 있는 거요. 속히 내보내시오."

잠시 후 후진에 있던 반봉이 말을 타고 불려 왔다. 듣던 대로 반봉은 위풍당당했다. 술 한 잔을 권한 뒤 원소는 즉시 명령했다.

"나가서 화웅의 목을 가져오게."

반봉은 나는 듯이 화웅을 향해 달려 나갔다. 반봉의 도끼와 화웅의 칼이 허공에서 수십 차례나 부딪쳤다. 반봉의 도끼가 화웅의 머리를 노리면 어느새 화웅의 칼이 반봉의 가슴을 찔렀다. 손에 땀을 쥐게 하는 용호상박의 결전이었다. 그러나 반봉 역시 화웅의 상대가 되지는 못했다. 화웅이 기합 소리와 함께 칼을 내지르니 반봉의 몸이 순식간에 둘로 갈라졌다.

"분하도다. 안량과 문추 중에 한 사람만 있었어도 내 어찌 화웅 따위를 겁내랴……."

원소는 울분을 터뜨렸다. 안량과 문추는 원소의 부장으로 천하에 대적할 자가 없다고 알려진 명장 중의 명장이었다. 출전을 하면서 원소는 그들로 하여금 뒤에 남아 발해를 지키게 했던 것이다.

"이제 항복하는 일만 남았군."

좌중은 찬물을 끼얹은 듯 조용했다.

"제가 가서 화웅의 목을 베어 오겠습니다."

그때 뒤쪽에서 한 사나이가 불쑥 앞으로 나섰다. 봉의 눈에 얼굴은 대춧빛이요, 수염이 가슴까지 늘어진 9척 장신의 거인이었다. 그는 청룡언월도 한 자루를 손에 쥐고 성큼성큼 걸어와 원소 앞에 고개를 숙였다.

"그대는 누군가?"

사내를 대신해 공손찬이 대답했다.

"평원령 현령, 유비가 거느린 장수로 이름은 관우라고 합니다."

관우를 살피던 원소가 미간을 찌푸리며 말했다.

"아무리 장수가 없기로서니 어찌 일개 마궁수가 나선단 말이냐? 썩 물러가지 못할까!"

관우가 두 눈을 매섭게 치떴다.

“만약 화웅을 베지 못하면 내 목을 바치리다.”

관우의 목소리는 커다란 종이 울리는 것 같았다. 분위기가 험악해지자 조조가 재빨리 끼어들었다.

“그러지 말고 기회를 줘 봅시다. 관우는 유비의 아우로서 일전에 함께 황건적을 토벌한 인연이 있소.”

“화웅의 비웃음거리가 될까 걱정이오.”

“결코 화웅에 뒤지지 않는 맹장이니 너무 걱정 마십시오.”

관우의 기분을 달래 줄 겸 조조는 더운 술을 한 잔 따라 관우에게 건넸다. 관우는 손을 들어 사양했다.

“술을 맡아 잠시 보관해 주시오. 화웅의 목을 벤 후에 돌아와 마시리라.”

관우는 82근 청룡도를 비껴들고 말 위에 훌쩍 뛰어올랐다.

“화웅은 어디 있느냐?”

관우는 수염을 휘날리며 적진으로 내달렸다.

“마궁수 따위가 나오다니 연합군에 장수가 없기는 없나 보구나.”

화웅은 코웃음을 치며 부하들에게 관우를 막게 했다. 제후들을 비롯하여 연합군 병사들은 손에 땀을 쥔 채 관우의 운명을 지켜보았다. 관우는 손에 든 청룡언월도를 번개처럼 휘두르며 계속 전진했다. 함성이 천지를 진동하는 가운데 적군은 이리 몰리고 저리 몰리면서 길을 내주었다. 믿을 수 없는 광경을 놓칠세라 연합군 제후들은 모두 자리를 박차고 일어났다.

"저게 누군가?"

"아, 저런 장수가 있었다니……."

지켜보던 제후들은 탄성을 질렀다.

막사에 들어가 쉬고 있던 화웅은 깜짝 놀랐다. 일개 마궁수에 불과했던 관우의 기세가 아무래도 심상찮았다.

"아무래도 내가 상대를 해야겠군."

화웅이 갑옷을 갖춰 입고 말 위에 다리 하나를 막 걸치던 순간이었다. 눈을 부라린 장수 하나가 수염을 휘날리며 미친 듯 달려왔다. 한 마리 용이 구름을 움켜쥐며 하늘로 치솟는 형상이었다.

"정말 빠르구나. 귀신에 가까운 솜씨야."

화웅은 재빨리 말 위에 몸을 얹었다. 동시에 한 줄기 푸른 섬광이 화웅의 이마를 향해 번개처럼 날아들었다. 화웅을 지나친 관우가 말을 되돌리는 사이, 놀라 눈을 번쩍 뜬 화웅의 머리가 맥없이 땅으로 굴렀다.

"약속대로 화웅의 목을 가져왔소이다!"

놀라 입을 다물지 못하고 있는 원소 앞에 관우가 머리 하나를 내던졌다.

관우는 조조에게 다가가 맡긴 술잔을 다시 받아 들었다. 술은 아직 식지 않아 따스했다. 관우는 단숨에 술잔을 비웠다.

"자자, 무엇들 하고 계시오. 어서 적을 총 공격합시다."

조조가 여러 제후들을 재촉했다.

"와아! 적을 무찔러라!"

연합군은 북을 울리며 화웅군을 향해 돌격했다. 대장을 잃은 적은 싸울 기력을 잃고 사방으로 흩어졌다.

22. 방천화극 대 장팔사모

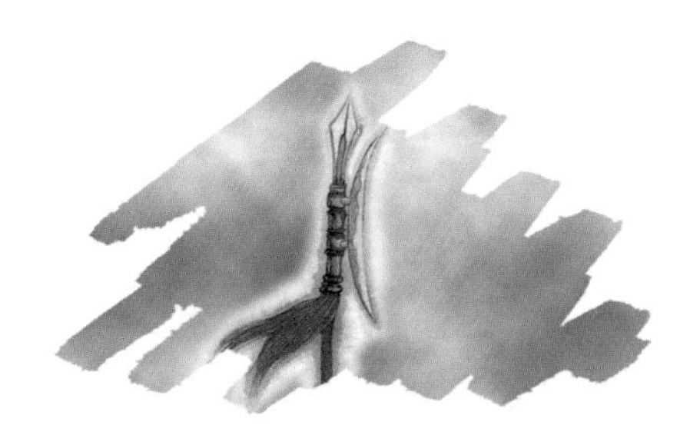

화웅이 죽자 살아남은 군사들은 앞다투어 사수관으로 도망쳤다. 화웅이 패했다는 보고를 받자 관을 지키고 있던 이숙은 두려움에 몸을 떨었다. 이숙은 전령을 보내 여포에게 급박한 사실을 알렸다.

"화웅이 죽었다고?"

여포는 동탁을 찾아가 상황을 보고했다.

"적을 너무 만만히 본 것 같습니다. 하지만 크게 걱정할 필요는 없지요."

곁에 있던 모사 이유가 동탁을 안심시켰다.

"무슨 좋은 방법이라도 있는가?"

동탁의 얼굴빛이 바뀌었다.

"연합군이 쳐들어오면 제일 먼저 민심이 동요할 것입니다. 그러니 연합군과 조금이라도 연관이 있는 자들을 모두 죽이십시오."

"그게 무슨 말인가?"

동탁은 얼른 이해가 가지 않았다.

"지금 낙양에는 연합군 제후들과 깊은 관계가 있는 친척이나 친구들이 많이 살고 있습니다. 그들을 모조리 죽여 후환을 막으십시오."

"오, 그렇지!"

동탁은 무릎을 치며 이각과 곽사에게 그들을 죽이라고 명령했다. 이각과 곽사는 본래 살인을 밥 먹듯이 하던 잔인한 장수들이었다. 명을 받은 이각, 곽사는 수천 명의 낙양 백성들을 사로잡아 목을 베었다.

이유는 다시 동탁을 찾아와 자신의 생각을 말했다.

"낙양을 방어하기 위해서는 사수관과 더불어 호로관을 막아야 합니다. 이 두 관문만 지키고 있으면 개미 새끼 한 마리 낙양으로 들어올 수 없지요. 통로가 모두 막혀 버리는 셈입니다."

호로관은 낙양 동쪽 50리 지점에 위치한 요새로서 사수관과 10리 간격을 유지한 중요한 관문이었다.

"여포를 믿을 게 아니라 승상께서 직접 나가셔서 적을 맞으십시오."

동탁은 즉시 20만 대군을 일으켜 두 갈래로 병력을 출동시켰다. 이각, 곽사에게 5만 군사를 주어 이숙이 지키고 있는 사수관을 구원하게 했다. 동탁은 몸소 15만 대군을 지휘하여 여포, 장제, 번조 등 쟁쟁한 장수들을 거느리고 호로관으로 나아갔다.

호로관 역시 천하의 요새였다. 동탁은 관문 위에 병력을 배치하고 여포에게 따로 3만 군사를 주어 성문 밖에 주둔시켰다. 동탁이 몸소 출전했다는 소식은 곧 연합군 진지로 전해졌다.

"동탁이 호로관과 사수관으로 병력을 나누었으니 우리도 군사를 두 개 부대로 나누어야 할 것이오."

회의 석상에서 조조가 말했다. 원소는 하내 태수 왕광, 동군 태수 교모, 제북의 포신, 산양 태수 원유, 북해 태수 공융, 상당 태수 장양, 서주 자사 도겸, 북평 태수 공손찬 등 여덟 제후들로 하여금 호로관으로 진격하게 했다. 나머지 아홉 제후들은 사수관을 계속 공격하되 조조는 양쪽을 왕래하며 협공하기로 작전을 세웠다.

"나가서 공을 세우자!"

호로관으로 진격한 연합군의 선봉은 하내 태수 왕광이었다. 왕광은 말 위에 높이 올라 군사들을 이끌었다. 호로관 앞에 도착하니 관 주변은 과연 천하의 요새였다. 왕광은 군사들을 배치하고 선두에 나서 싸움을 걸었다.

왕광이 진을 갖추자 여포가 철갑으로 무장한 3천 군사를 이끌고 달려 나왔다. 여포의 차림새는 눈이 부셨다. 머리에는 황금으로 된 투구를 썼고 몸에는 붉은 비단으로 만든 옷을 걸쳤다. 비단옷 위에는 짐승의 얼굴을 새긴 갑옷을 걸쳤으며 등에는 활과 화살을 매달았다. 한 손은 방천화극을 들고 한 손은 적토마 고삐를 잡아 흔드니 보는 사람마다 모두 탄성을 질렀다.

"여포가 죽는다면 동탁은 허수아비나 다름없다. 누가 나가서 여포의 목을 가져오랴!"

"제가 나가겠습니다."

왕광이 손짓을 하니 한 장수가 창을 휘두르며 번개처럼 달려 나갔다. 그는 하내 제일의 명장 방열이었다. 그러나 방열은 여포의 상대가 되지 못했다. 채 5합도 못 돼 여포의 방천화극에 죽고 말았다.

"왕광의 목을 베어라!"

여포의 철기군은 함성을 지르며 왕광의 진을 유린했다. 동에 번쩍 서에 번쩍, 여포는 무인지경의 경지에서 마음껏 방천화극을 휘둘렀다. 왕광의 군사들은 떨어지는 낙엽처럼 여포의 말발굽 아래 짓밟혔다. 왕광은 군사를 수습하여 30리나 후퇴했다.

다음 날 여덟 제후들이 모두 모여 대책을 상의했다. 소식을 전해 들은 원소와 조조도 달려왔다.

"여포의 기세가 저렇게 당당하니 이를 어찌하면 좋겠소?"

원소가 여러 제후들을 쳐다보며 의견을 물었다. 제후들은 고개만 숙인 채 아무런 말도 하지 못했다. 구석에 앉아 있던 공손찬이 입을 열었다.

"여포를 처단하지 못하면 이번 싸움은 끝장입니다."

팔장을 끼고 있던 조조가 말했다.

"여포는 백 년에 한 번 나올까 말까 한 천하 용장이오. 정면으로 여포와 맞붙었다간 누구든 목이 날아갈 것이오. 여러 제후들이 힘을 합쳐 여포를 포위하고 일시에 공격합시다."

그때 군사 하나가 다급히 뛰어 들어왔다.

"여포가 다시 공격해 오고 있습니다."

제후들은 얼굴이 파랗게 질려 막사 밖으로 뛰어나갔다. 언덕 아래를 바라보니 여포가 대장기를 휘날리며 다가오고 있었다. 선봉에 진을 치고 있던 교모와 원유의 군사들이 필사적으로 여포를 막아섰다. 그러나 진은 순식간에 붕괴되었다.

"제가 여포를 막아 보겠습니다."

보다 못한 장수 하나가 말에 채찍을 가해 달려 나갔다. 그는 상당 태수 장양이 아끼는 부장 목순이었다. 목순은 상당군 내에서 창을 잘 쓰기로 이름이 높은 자였다. 여포를 막아선 목순은 번개처럼 창을 휘둘렀다. 적토마가 공중으로 한번 솟구치는 찰나, 목순이 들고 있던 창이 두 동강으로 부러졌다. 적토마는 목순을 짓밟고 연합군 진지로 뛰어들었다.

"여포는 말을 멈추어라!"

북해 태수 공융의 부장 무안국이 50근 철퇴를 휘두르며 여포를 가로막았다. 무안국의 철퇴는 단 한 번도 목표를 빗나간 적이 없었다. 바위를 깨뜨리고 나무를 부러뜨린다는 철퇴였다. 방천화극과 철퇴가 공중에서 불꽃을 일으켰다. 제법 오래 버텼으나 무안국 역시 여포의 상대가 아니었다.

"이놈, 다시는 철퇴를 들지 못하게 해 주마!"

여포가 방천화극을 휘두르니 철퇴를 든 무안국의 팔이 땅으로 떨어졌다. 무안국은 졸지에 외팔이가 되어 걸음아 날 살려라, 연합군 진지로 도망쳤다.

"조조와 원소는 어디 있느냐? 썩 나와 내 창을 받아라!"

여포는 어느새 연합군 막사 앞까지 쳐들어왔다. 기가 질린 원소와 조조는 재빨리 진을 뒤로 옮겼다. 다른 제후들도 덩달아 후퇴를 명령했다.

"막아라, 막지 못하면 끝장이다!"

맨 뒤에 있던 공손찬이 창을 들고 여포를 막아섰다. 공손찬의 창과 여포의 방천화극이 불꽃을 일으켰다. 엄청난 힘에 의해 공손찬은 자신도 모르게 창을 떨어뜨렸다.

"네, 이놈!"

그때, 고함 소리가 들리며 뱀처럼 생긴 사모창이 방천화극을 밖으로 쳐 냈다. 죽을 위기에 처했던 공손찬은 겨우 위기를 모면하고 도망쳤다.

"배신을 밥 먹듯이 하는 여포 놈아, 내가 오늘 네놈의 몸을 포로 만들어 주마!"

고리눈을 치켜뜬 장수 하나가 당당히 여포를 막아섰다. 호랑이 수염에 장팔사모를 한 팔로 휘감은 무섭게 생긴 장수 장비였다.

"소 장수처럼 생긴 놈이 말이 많구나!"

여포가 방천화극을 공중으로 치켜들었다. 방천화극은 아슬아슬하게 장비의 머리를 비껴갔다.

"이번엔 내 차례다!"

장비가 귀신 같은 솜씨로 장팔사모를 내질렀다. 한 마리 뱀이 독을 뿜으며 달려드는 형국이었다. 장팔사모는 간발의 차이로 여포의 목을 비껴갔다. 뱀을 닮은 장팔사모와 반달을 닮은 방천화극은 일대 접전을 벌였다.

"이얍!"

"얏!"

두 장수는 정신없이 10여 합을 치고받았다.

'참으로 놀라운 일이다. 지금까지 내 방천화극을 10합 이상 받아 낸 장수가 없었거늘…….'

여포는 속으로 감탄했다

'과연, 여포는 천하무적의 장수다. 감히 누가 여포를 당할 수 있겠는가.'

장비도 칭찬을 아끼지 않았다.

"모처럼 싸움다운 싸움을 하는구나. 네놈, 이름이나 알자."

여포가 잠시 방천화극을 멈추고 물었다.

"곧 죽을 놈이 남의 이름은 알아서 무엇 하느냐!"

장비가 침을 튀기며 장팔사모를 내질렀다. 50합이 되었지만 어느 쪽도 밀리는 기색 없이 팽팽했다. 방천화극은 불꽃을 일으키며 장비를 위협했고 장팔사모는 입을 쩍 벌리고 여포의 목을 스쳐 지나갔다. 그러나 시간이 지날수록 싸움은 장비에게 불리하게 돌아갔다. 장비가 탄 말이 힘을 잃고 기우뚱거렸던 것이다. 여포가 탄 말은 천하무적 적토마였다. 장비가 탄 말과는 상대가 되지 않았다.

"여기 관우가 있다!"

관우가 청룡언월도를 휘두르며 장비를 도우러 달려 나왔다.

"음, 이건 또 뭔가?"

여포는 속으로 당황했다. 청룡도가 번개처럼 어깨로 날아들었다. 여포는 간신히 몸을 낮춰 청룡도를 피했다.

"무서운 장수가 또 하나 있었구나."

여포는 신기에 가까운 솜씨로 관우와 장비를 상대했다. 세 장수는 눈 깜짝할 사이에 30합을 주고받았다. 여포는 조금도 밀리지 않았다. 관우가 저승사자라면 여포는 한 마리 날랜 용이었다. 범처럼 사나운 장비와 더불어 세 장수는 목숨을 건 사투를 계속했다.

"여기, 유비도 있다!"

지켜보던 유비가 쌍고검을 휘두르며 달려나갔다. 유비, 관우, 장비 삼형제는 여포를 삼면에서 포위하고 번갈아 무기를 휘둘렀다. 청룡도가 소리도 무섭게 휘익 여포의 귓가를 스치면 장팔사모가 번개처럼 턱밑으로 파고들었다. 쌍고검이 바람을 가르며 적토마의 갈기를 위협하고 방천화극이 쉴 새 없이 삼형제의 목을 노렸다.

멀리서 지켜보던 연합군 제후들과 군사들은 숨을 죽이고 싸움을 관전했다. 모두들 넋 나간 얼굴이었다. 멀찍이 달아났던 조조와 원소도 소식을 듣고 달려왔다. 양편 군사들은 싸울 생각도 않고 서로 자기편을 응원했다.

그러나 싸움은 시간이 지날수록 여포에게 불리해졌다. 천하의 여포였지만 세 장수를 동시에 당해 낼 수는 없는 일이었다.

"훗날을 기약하자!"

싸우던 여포가 돌연 말머리를 돌려 도망치기 시작했다. 여포가 등을 보이자 여포를 호위하던 철기군도 말머리를 돌려 후퇴하기 시작했다.

"어딜 도망가느냐!"

유비 삼형제가 호통을 치며 여포를 뒤쫓았다. 그러나 하루 천 리를 달린다는 적토마가 아닌가. 여포는 금세 까마득히 멀어졌다.

"에잇! 분하다."

장비는 땅을 치며 분해했다.

"여포가 도망친다! 추격하라!"

조조와 원소가 이때를 놓칠세라 전군에 명령을 내렸다. 북이 요란히 울리는 가운데 함성이 천지를 진동했다. 관전하던 군사들은 신이 나서 여포군을 쫓아 호로관으로 몰려갔다.

"관으로 후퇴하라!"

"관문을 닫아라!"

연합군이 밀려오자 여포는 크게 당황했다. 반 이상의 부하들이 관문 밑에서 연합군에게 목숨을 잃었다. 여포는 재빨리 관문을 닫아걸었다. 싸움에 크게 이긴 연합군은 모든 병력을 관문 앞에 집결시켰다.

"그대가 내 목숨을 구해 주었구려."

싸움이 끝나자 공손찬이 장비를 찾아와 고마움을 표시했다.

"이번 싸움은 유비 삼형제의 공이 제일 컸소."

"옳은 말씀이오. 천하의 여포가 꽁지 빠지게 도망을 치지 않았소."

제후들은 입에 침이 마르게 유비 삼형제를 칭찬했다.

23. 불바다가 된 낙양

"큰일났구나!"

여포가 패하고 돌아오자 동탁은 자리에서 벌떡 일어났다. 동탁은 불안한 듯 계속해서 식은땀을 흘렸다.

"너무 걱정하지 마십시오."

옆에 있던 모사 이유가 동탁을 안심시켰다.

"무슨 좋은 방법이라도 있느냐?"

동탁이 겨우 마음을 가라앉히고 물었다.

"대치가 이 상태로 계속되면 우리에게 불리합니다. 비록 두 관문이 튼튼하다고는 하나, 언젠가는 열리게 돼 있지요. 두 관문은 수도 낙양과 불과 50리 거리입니다. 더구나 연합군이 관문을 피해 먼 길을 돌아오기라도 하는 날엔……."

"흐흠."

동탁은 가벼운 신음을 흘렸다.

"한나라의 도읍지였던 낙양은 이미 그 기운이 쇠했습니다. 차라리 이 기회에 도읍을 서쪽의 장안으로 옮기는 게 좋을 것 같습니다."

"도읍을 옮기자고?"

동탁이 놀라 눈을 번쩍 떴다.

"망설일 이유가 없습니다. 여포가 비록 천하의 맹장이라고는 하나 연합군 전체를 막아 낼 수는 없을 겁니다. 며칠 전 싸움만 해도 이름 없는 장수들에게 크게 밀리지 않았습니까? 장안으로 천도를 감행하시면 큰 운이 승상을 따를 것입니다."

동탁은 여포에게 호로관을 굳게 지키게 한 뒤 낙양으로 돌아왔다. 사수관에 있는 이각, 곽사, 이숙에게도 따로 전령을 보내 관 밖으로 나오지 말라고 명령했다.

"장안으로 수도를 옮기려고 하는데 경들의 의견은 어떻소?"

동탁이 대신들을 모아 놓고 물었다. 워낙 중요한 일이라 동탁 혼자 결정할 수 없는 일이었다. 대신들이 찬성하지 않으면 백성들도 따라나서지 않을 것이 뻔했다.

'드디어 동탁이 나라를 말아먹는구나.'

대신들은 속으로 한탄했다. 하지만 누구도 입 밖으로 말을 꺼내지 못했다.

"왜, 말들이 없는 거요? 별다른 의견이 없으면 모두 찬성하는 것으로 알겠소."

모사 이유가 협박하듯이 대신들을 노려보았다.

"그럴 수는 없는 일이오."

무거운 침묵을 깨뜨리며 사도 양표가 입을 열었다.

"뭐가 안 된다는 건가?"

동탁이 역정을 냈다.

"장안이 있는 관중 지역은 사람의 왕래가 적어 폐허나 다름없소이다. 새로 궁궐을 짓고 길을 내자면 엄청난 시간과 경비가 필요할 것이오. 더구나 낙양은 조상들의 무덤이 있는 유서 깊은 곳 아니오?"

"너는 연합군이 코앞까지 쳐들어온 게 보이지 않더냐?"

동탁이 큰소리로 양표를 꾸짖었다. 태위 벼슬에 있는 황완이 양표를 거들고 나섰다.

"사도 양표의 말이 옳습니다. 지금 장안으로 천도를 한다면 백성들은 아무도 따라나서지 않을 것입니다."

동탁 옆에 있던 이유가 빽 소리를 질렀다.

"따라나서지 않으면 끌고 가면 될 게 아닌가?"

이곳저곳이 소란한 가운데 장군 동승이 벌떡 일어나 소리쳤다.

"우리 목이 떨어지는 한이 있어도 천도는 아니 될 일이오."

동탁이 차고 있던 보검을 빼 들었다.

"짐의 말은 곧 천자의 말이니라. 누가 감히 내 말을 거역한단 말이냐?"

동탁이 큰소리로 호통을 치니 더는 나서는 사람이 없었다.

다음 날 동탁은 정식으로 천도령을 내렸다. 골목마다 방을 붙여 천도 사실을 알리니 도처에서 통곡 소리가 그치지 않았다.

상황을 지켜보던 이유가 동탁을 찾아왔다.

"수도를 옮겨 새로 궁궐을 짓자면 엄청난 돈이 필요합니다. 다행히도 낙양에는 대대로 재산을 이어받은 큰 부자들이 많이 살고 있습니다. 그들의 재산을 모조리 몰수하여 군자금으로 사용하십시오."

"그것 참 좋은 생각이군."

동탁은 그 자리에서 기마병 5천 명을 내주었다. 이유는 사람을 보내 사수관에 있는 이각과 곽사를 은밀히 불러들인 뒤 자신의 생각을 얘기했다. 사람 죽이는 일을 취미로 삼던 이각과 곽사는 뛸 듯이 기뻐했다.

이각과 곽사는 5천 기마병을 둘로 나눠 민가를 급습했다. 부자란 부자는 모조리 잡아들이고 창고를 열어 금은보화를 약탈했다. 이렇게 잡아들인 사람은 수천 명이나 되었다. 부자들에게는 반역죄가 씌워졌다. 그들은 죄다 목이 베였고 성문 밖에 버려졌다.

만행은 거기서 그치지 않았다. 사람의 피를 본 이각과 곽사는 더욱 난폭해졌다. 이각과 곽사는 한나라 역대 황제와 황후, 후비들의 묘를 파헤치고 금은보화를 훔쳤다. 급기야 평범한 백성들의 무덤까지 파헤쳤다. 짐승이 아니고는 차마 할 수 없는 짓이었다. 이렇게 모은 금은보화는 수레로 1천 대나 되었다. 그들은 나라의 군사가 아니라 도적이었다.

드디어 수도를 옮기는 날이 왔다. 군사들은 울부짖는 백성들을 끌어내어 길을 떠나게 했다. 걸음이 느리면 채찍을 휘두르고 병든 사람은 그 자리에서 목을 베었다. 황제와 조정 대신들도 강제로 끌려 나왔다. 동탁이 임명한 황제는 허수아비나 다름없었다. 말없이 눈물을 흘리며 동탁을 따를 뿐이었다.

"불을 질러라!"

수레에 오르며 동탁이 군사들에게 명령했다. 횃불을 든 병사들이 말을 타고 낙양 거리를 누볐다. 불길은 금세 낙양 전체를 휘감았다. 화려함을 자랑하던 집과 거리는 금방 잿더미가 되었다. 궁궐에도 불이 붙었다. 집 안에 숨어 있던 사람들이 아우성치며 불에 타 죽었다. 울음소리가 천지를 진동하고 연기가 하늘을 까맣게 뒤덮었다.

"우리도 가자."

호로관을 지키던 여포가 군사를 수습하여 동탁의 뒤를 따랐다. 사수관의 병력도 달려왔다. 여포는 동탁을 호위하며 장안으로 길을 재촉했다.

연합군은 이런 사실을 까맣게 모르고 있었다.

"시커먼 구름이 몰려오고 있습니다."

망을 보던 군사가 원소에게 달려와 보고했다. 원소는 제후들을 이끌고 높은 산으로 올라갔다. 낙양 인근 하늘에서 시뻘건 불길이 치솟는 게 보였다.

"음, 웬 불길인가?"

원소는 크게 놀랐다.

"아무래도 동탁이 무슨 일을 저지른 것 같소이다."

조조가 염소수염을 매만지며 말했다.

맨 뒤에 섰던 손견이 끼어들었다.

"공격을 감행하여 어서 낙양으로 진군합시다."

연합군은 군사를 나누어 호로관과 사수관을 포위했다. 그러나 관은 이미 텅 비어 있었다. 눈을 씻고 봐도 개미 새끼 하나 보이지 않았다. 놀란 제후들은 앞을 다투어 낙양으로 몰려갔다.

낙양에 제일 먼저 도착한 부대는 손견이 이끄는 장사군이었다. 낙양은 시뻘건 불바다였다. 연기 때문에 눈을 제대로 뜰 수조차 없었다. 뜨거운 불길에 갑옷이 녹아내리고 말들이 놀라 뛰었다.

"불, 불을 꺼라!"

손견은 급히 불을 끄라고 명령했다. 뒤이어 제후들이 하나 둘씩 낙양으로 들어왔다. 군사들은 모두 불을 끄는 데 동원되었다. 낙양은 텅텅 비어 있었다. 수백 년을 이어 온 유서 깊은 한나라의 수도라고는 믿어지지 않는 모습이었다. 사람은커녕 짐승 한 마리 보이지 않았다. 거리에는 까맣게 그을린 시체들만 나뒹굴었다. 너무나 참혹해서 차마 눈을 뜨고 볼 수 없을 지경이었다.

제후들은 폐허 위에 막사를 짓고 군사를 주둔시켰다. 불길이 잡히자 조조가 원소를 찾아왔다.

"장군은 무엇을 망설이시오? 급히 군사를 휘몰아 동탁을 쫓아갑시다. 장안은 함곡관을 비롯해 천혜의 요충지가 많이 있소. 지금 동탁을 치지 못하면 다시 기회를 얻지 못할 것이오."

원소는 고개를 흔들며 반대했다.

"낙양을 되찾았으니 우리 목적은 어느 정도 이루어진 것 아니오? 오랜 싸움으로 말과 군사들은 모두 지쳐 있소. 당분간 이곳에 머물며 폐허가 된 낙양을 일으켜 세운 뒤에 동탁을 쳐도 늦지 않을 것이오."

조조는 기가 막혔다.

"텅 빈 도시를 차지하는 게 연합군의 목적이었소?"

"듣기 싫소. 싫든 좋든 대장은 나니 내 명령을 따르시오."

조조는 문을 박차고 밖으로 나갔다.

"흥! 내가 겁쟁이를 대장으로 추천했나 보군."

조조는 불같이 화를 내며 자기 진영으로 돌아왔다.

"백성들 걸음이 느려 얼마 가지 못했을 것이다. 추격하라!

장안으로 진군하여 동탁을 사로잡고 황제를 구하라!"

조조는 자신을 따르는 하후돈, 하후연, 조홍, 조인, 이전, 악진 등의 장수들을 불러 놓고 명령했다. 진류에서 조조를 따라 나섰던 1만여 명의 군사가 조조와 함께 급히 낙양을 떠났다.

조조는 밤낮없이 말에 채찍을 가했다. 빨리 달려가 동탁의 목을 치고 황제를 구출할 생각에서였다. 그러나 동탁은 호락호락한 인물이 아니었다.

"적당한 곳에 매복했다가 조조를 사로잡으시오."

모사 이유는 조조가 뒤쫓아올 것을 이미 예상하고 있었다. 여포는 이각, 곽사 등과 더불어 군사 3만 명을 이끌고 계곡 위에 매복했다. 동탁을 쫓는 일에만 정신이 팔렸던 조조는 매복을 전혀 생각하지 못했다.

"얼마 안 남았다!"

조조는 선두에서 군사들을 지휘했다. 조조의 군사가 완전히 계곡 아래 들어섰을 때였다. 갑자기 계곡 위에서 징 소리가 들리며 한 떼의 군사들이 쏟아져 나왔다.

"앗! 매복이다."

깜짝 놀란 조조는 급히 군사들을 뒤로 물렸다. 돌과 바위가 우박처럼 떨어졌다. 순식간에 군사들 중 태반이 목숨을 잃었다. 조조는 말머리를 돌려 왔던 길로 내달았다.

"배은망덕한 조조는 어딜 가느냐? 잔꾀를 써서 승상을 죽이려 하더니 그것도 모자라 연합군을 일으켰더냐?"

어느새 나타난 여포가 조조의 앞을 막아섰다.

"아버지 정원을 죽이고 동탁 밑에 들어가 개 노릇을 하는 여포가 아니냐. 감히 누가 누굴 꾸짖느냐?"

조조는 하후돈을 내보내 여포를 치게 했다. 여포와 하후돈이 어우러져 싸우고 있는 사이 조조는 남은 군사를 이끌고 샛길로 들어섰다.

"조조는 쥐새끼처럼 어딜 도망가느냐?"

이각과 곽사가 칼을 휘두르며 뛰어나왔다. 옆에 있던 조홍이 남은 군사를 이끌고 이각과 곽사를 막았다. 조조는 만신창이가 되어 도망쳤다. 그를 따르는 군사는 수백 명도 되지 않았다. 중간에 매복군을 만나 또다시 많은 군사를 잃었다. 조조는 추격군을 따돌리고 정신없이 말을 달렸다.

지친 군사들은 여기저기 쓰러졌다. 물이 다 떨어져 군사들은 갈증에 시달렸다. 조조는 한 가지 꾀를 내어 부하들에게 소리쳤다.

"조금만 참아라. 저 언덕을 넘어가면 매실 밭이 있다."

그 말에 군사들은 힘을 얻었다.

그렇게 얼마쯤 갔을 때였다. 말발굽 소리가 요란한 가운데 한 떼의 군사가 뒤를 쫓아왔다.

"이제 꼼짝없이 죽었구나."

조조는 칼을 빼 들고 마지막 결전을 준비했다. 그러나 달려온 군사들은 뜻밖에도 조조의 부하들이었다. 하후돈과 하후연 형제가 온몸에 피투성이가 된 채 말에서 뛰어내렸다. 뒤이어 조홍과 조인도 도착했다. 보이지 않던 이전과 악진도 나타났다. 활에 맞고 창에 찔리고 성한 사람은 한 명도 없었다. 출발할 때 1만 명이었던 병사는 이제 채 5백 명도 되지 않았다.

"아아, 내가 섣불리 공격을 하다가 많은 군사를 죽였구나……."

조조는 걸음을 멈추고 오열했다. 군사들도 소리 죽여 울었다.

24. 우물 속의 시체

불바다가 되었던 낙양은 7일 밤낮을 탄 뒤에 겨우 불길이 잡혔다. 제후들은 각자 구역을 나누어 시체를 치우고 살아남은 백성들을 돌봤다. 불에 타거나 목이 달아난 시신이 수만 구나 되었다.

손견은 군사를 동원하여 연일 땀을 흘리며 궁궐을 정리했다. 불탄 기와를 치우고 파헤쳐진 묘에 원래대로 흙을 덮었다. 대강 정리가 끝나자 손견은 사당을 세워 역대 황제의 위패를 모셨다. 위패가 안치되자 원소를 비롯한 여러 제후들이 몰려와 제사를 지냈다.

"동탁은 참으로 흉측한 자다. 어찌 묘를 파헤칠 수 있는가."

"언젠가 천벌을 받을 것이다."

제후들은 눈물을 흘리며 위패에 절을 올렸다.

조조가 패했다는 소식이 전해진 것은 그 무렵이었다.

"군사 만 명이 모조리 몰살당했답니다."

전령이 뛰어 들어와 총대장 원소에게 보고했다.

"고작 만으로 여포를 상대하려 했단 말이냐? 조조도 어리석구나."

원소는 한숨을 내쉬었다.

"그래, 조조는 어찌 되었느냐? 좀 더 자세히 말해 보거라."

"여포의 매복에 걸렸습니다. 조 장군은 겨우 목숨을 건져 수백 명을 이끌고 하내 방향으로 후퇴한 모양입니다."

듣고 있던 제후들은 여포의 위력에 다시 한 번 몸을 떨었다.

'이 나라는 장차 어찌 될 것인가…….'

막사로 돌아온 손견은 밤이 깊도록 잠을 이루지 못했다. 창밖을 보니 달이 유난히 밝았다. 폐허가 된 궁궐 터는 달빛을 받아 더욱 을씨년스러웠다.

손견은 옷을 걸쳐 입고 뜰로 나왔다. 무너진 건양전 주춧돌 위에 앉아 손견은 깊이 생각에 잠겼다. 수백만 명이 웅성거리며 살던 낙양 시내는 쥐 죽은 듯 고요했다. 불길을 피해 아우성치는 후궁들의 울음소리가 들려오는 듯했다.

손견이 몸을 일으킬 무렵 파수를 보던 군사 하나가 나타났다.

"장군님, 이상한 일이 있어 달려왔습니다."

군사가 고개를 숙이며 말했다.

"이상한 일이라니?"

"소인은 아까부터 무너진 궁궐 이곳저곳을 돌아다니며 파수를 보고 있었습니다. 그러다가 궁궐 남쪽에 있는 한 우물 속에서 이상한 빛이 솟아 올라오는 걸 발견했습니다."

손견은 파수 보던 군사를 따라 급히 우물로 달려갔다. 우물은 후궁들이 머물던 건장전 옆에 있었다. 손견은 군사가 가리키는 대로 우물 안을 들여다보았다. 우물 깊은 곳에서 오색 빛깔이 뻗쳐 올라왔다.

"참으로 해괴한 일이로다."

우물 주변에 횃불이 대낮처럼 밝혀졌다. 손견은 군사들을 시켜 우물을 퍼내게 했다.

"시, 시체가 있습니다."

우물 속에 들어갔던 군사가 깜짝 놀라 소리쳤다. 손견은 시체를 끌어내게 했다. 얼굴이 희고 아름다운 궁녀였다. 오색영롱한 빛은 궁녀의 손에서 흘러나왔다. 궁녀는 손에 작은 주머니 하나를 꼭 움켜쥐고 있었다. 금실 은실로 수놓아진 비단 주머니였다.

"음, 끌러 봐라."

손견은 이상한 생각이 들어 비단 주머니를 살피게 했다. 비단 주머니를 열자 황금으로 만들어진 작은 상자가 나왔다.

"빛의 정체가 이 상자였군."

손견은 손수 상자를 열어 보았다. 상자 안에서 나온 것은 옥으로 만들어진 도장이었다. 도장은 보석처럼 영롱한 빛을 내뿜었다. 손견은 횃불을 좀 더 가까이 비추게 했다. 서로 엉킨 다섯 마리 용 조각이 도장을 감싸고 있었다. 떨어져 나간 한쪽 모퉁이는 황금으로 메워졌고 정면에는 알 수 없는 글자가 새겨져 있었다.

"오오, 이것은……."

손견은 도장을 들고 허겁지겁 막사로 돌아왔다. 손견은 시중드는 병졸을 시켜 부하 장수 정보를 불렀다. 정보는 일찍부터 글을 배워 학식이 뛰어난 장수였다.

"이게 무엇인지 알겠는가?"

손견은 정보에게 도장을 내밀었다. 도장을 본 정보는 크게 놀라 바닥에 꿇어 엎드렸다.

"이것은 황제가 지니던 옥새가 아닙니까?"

절을 마친 정보가 떨리는 목소리로 물었다.

"틀림없군. 옥새에 대해 아는 대로 얘기를 해 주게."

손견과 정보는 등잔 밑으로 가깝게 다가앉았다.

"옛날 옛적, 초나라 문왕 때의 일입니다. 변화라는 석공이 형산에 살고 있었는데 봉황이 옥돌 위에 집을 지은 것을 보고 그 돌을 쪼아 문왕께 바쳤다고 합니다. 그 뒤, 옥돌은 전국을 통일한 시황제 차지가 되었습니다. 시황제는 옥공을 불러 황제를 상징하는 옥새를 만들게 했지요. 세월이 흘러 옥새는 한나라를 세우신 고조 유방의 손에 넘어갔습니다."

"옥새가 없어진 건 최근 몇 년 전 아닌가?"

"맞습니다. 한나라 황실에서 사백여 년간 대대로 전해지던 옥새는 몇 년 전 십상시의 난리 때 사라져 버렸습니다. 대장군 하진이 죽고 원소가 내시들을 처단하던 일이 있었지 않습니까? 그 난리통에 옥새를 품은 궁녀가 우물 속으로 몸을 던진 것 같습니다."

“참으로 기이한 일이로다. 어째서 황제를 상징하는 옥새가 내 손에 들어왔단 말인가…….”

정보가 소리를 낮춰 말했다.

“옥새는 하늘이 장군에게 내리신 선물입니다. 속히 본국으로 돌아가셔서 큰일을 도모하십시오.”

손견의 눈이 반짝 빛났다.

“알겠네. 이 일은 절대 비밀로 해 두게.”

정보는 파수 보던 군사들을 모아 놓고 은밀히 당부했다.

“날이 밝는 즉시 고향으로 돌아간다. 오늘 일은 절대 밖으로 누설하지 마라. 약속을 어기는 자가 있다면 군령으로 목을 벨 것이다.”

고향으로 돌아갈 생각에 군사들은 마음이 들떴다. 그때 소란을 틈타 몰래 손견의 진영을 빠져나온 군사가 있었다. 그는 재빨리 원소가 주둔하고 있는 막사로 달려갔다.

“손견의 부하가 나를 찾아왔다고?”

잠을 자던 원소는 이상한 생각이 들어 그를 들어오게 했다.

“이 밤중에 무슨 일로 나를 찾아왔는가?”

주변을 살피던 군사가 작은 목소리로 대답했다.

“비록 손견의 수하에 있지만 저는 장군과 동향 사람입니다.”

그 군사는 손견의 진영에서 일어난 일을 소상히 원소에게 전해 주었다.

"뭐? 옥새가 손견의 손에 굴러들어 갔다고?"

원소는 자리를 차고 벌떡 일어났다. 주인을 배반한 손견의 부하는 한껏 과장하여 이야기를 부풀렸다. 원소는 그 군사에게 큰 상을 내리고 자신의 진영에 숨어 머물게 했다.

"몸이 불편하여 군사를 이끌고 고향으로 돌아갈 생각이오."

날이 밝자 손견이 원소를 찾아와 작별 인사를 했다.

"하하하, 몸이 불편한 게 아니라 마음이 불편한 거겠지요."

원소가 비웃듯이 말했다.

"아니, 그게 무슨 말씀이오?"

손견이 놀라 되물었다.

"이런 고얀 놈! 여러 제후들이 연합하여 목숨을 걸고 싸운 것은 역적 동탁을 치기 위해서가 아니었느냐? 그런데 어찌하여 네놈은 혼자 옥새를 차지하고 반란을 꿈꾸느냐?"

원소가 욕을 하자 손견도 참지 못하고 대들었다.

"옥새라니? 무슨 개소리냐?"

원소가 옆에 걸어 놓았던 칼을 쑥 빼 들었다.

"이놈이 감히 어디서 눈을 부라리느냐? 어젯밤에 우물에서 옥새가 발견된 일을 낱낱이 알고 있다. 썩 옥새를 내놓아라!"

손견도 지지 않고 칼을 빼 들었다.

"내가 만약 옥새를 가지고 있다면 가까운 시일 내에 창칼에 찔려 죽으리라. 이래도 못 믿겠느냐?"

분위기가 험악해져 금방이라도 무슨 일이 벌어질 듯했다. 연락을 받은 제후들이 막사 안으로 들어왔다. 제후들은 서로 편을 나누어 손견과 원소를 말렸다.

"손견이 맹세를 하는 걸 보니 뭔가 오해가 있는 듯합니다."

공손찬의 말에 원소는 불같이 화를 냈다.

"저놈은 천하를 훔치려는 도둑놈이오!"

주변이 소란한 틈을 타 손견은 재빨리 자기 진영으로 돌아왔다.

"출동하라! 속히 장사로 돌아가자."

미리 짐을 꾸려 두었던 손견은 군사를 휘몰아 강동으로 떠났다.

원소는 형주자사 유표에게 급히 밀서를 보냈다.

강동의 고양이 손견이 옥새를 가지고 도망쳤소

장사로 가는 길에 형주를 지날 테니

길목을 지키다가 옥새를 빼앗으시오

원소는 하내로 전령을 보내 조조를 낙양으로 청했다.

"손견이 옥새를 가지고 사라졌습니다. 그 일로 긴히 의논할 일이 있으시답니다."

옥새 얘기를 듣자 조조는 부장 몇을 데리고 낙양으로 올라왔다.

"지난번 일은 미안하게 됐소이다!"

원소는 크게 잔치를 베풀어 조조를 위로했다. 화가 풀리지 않은 조조는 술에 취하자 큰소리로 제후들을 원망했다.

"꼴들 좋소이다. 내가 여러 제후들을 청하여 연합군을 일으킨 것은 역적 동탁을 토벌하고 한나라를 다시 일으켜 세우기 위해서였소. 하지만 동탁이 장안으로 수도를 옮기는 바람에 도리어 많은 백성들만 희생당했소. 재빨리 뒤를 쫓아가 동탁을 쳤다면 필시 승리를 거둘 수 있었을 것이오. 그러나 이제 모든 계획이 수포로 돌아갔소."

무거운 침묵이 흘렀다. 조조는 거듭 술잔을 들이키며 탄식했다.

"손견은 옥새를 독차지하여 돌아갔고 제후들 또한 각자 엉뚱한 마음들만 품고 있소. 참으로 원통하고 분한 일이오."

조조는 눈물을 흘렸다.

다음 날 제후들은 각자 뿔뿔이 흩어졌다. 더는 싸울 힘도 명분도 없었다. 조조는 하내에 있던 부하들을 불러들여 양주로 떠났다.

"우리도 떠나야겠소. 손견은 떠나고 조조는 크게 패해 군사를 전부 잃었소. 원소 따위를 믿고 무엇을 하겠소."

공손찬이 유비를 찾아와 말했다. 공손찬은 군사를 거두어 북평으로 돌아갔다. 유비 삼형제도 5천 군사를 거두어 평원현으로 돌아갔다.

한편, 원소의 편지를 받은 형주 자사 유표는 크게 놀랐다.

"손견이 감히 황제의 옥새를 탐하다니……."

유표는 부하 장수 괴월과 채모를 불러 1만 군사를 주었다.

"나가서 손견을 사로잡아라!"

괴월과 채모가 매복을 끝낸 다음 날 손견이 군사를 이끌고 지나갔다. 손견을 보자 괴월이 말을 달려 나가 길을 막았다.

"그대는 무슨 일로 나를 막는가?"

괴월이 큰소리로 호통쳤다.

"너는 한나라의 신하가 아니더냐? 어찌하여 옥새를 품고 도망가느냐? 말을 멈추고 옥새를 꺼내 놓아라."

손견이 버럭 소리를 질렀다.

"네놈이 뭘 믿고 나를 가로막느냐? 나를 막는 자에겐 죽음이 있을 뿐이다."

손견이 칼을 빼 들고 소리치니 곁에 있던 황개가 쇠로 된 채찍을 휘두르며 괴월에게 달려들었다. 괴월이 위기에 처하자 채모가 칼을 들고 나와 황개를 맞이했다. 그러나 채모는 황개의 상대가 되지 못했다. 가슴을 채찍으로 얻어맞은 채모는 급히 말머리를 돌려 달아났다. 괴월도 말을 돌려 줄행랑을 놓았다.

"쫓아라!"

손견은 군사들을 다그쳐 괴월과 채모를 쫓았다. 괴월과 채모는 샛길로 말을 달려 들어갔다. 얼마쯤 갔을 때였다. 갑자기 함성이 일며 숲 좌우에서 형주 군사들이 쏟아져 나왔다.

"앗! 매복이다."

손견이 후퇴를 명령했지만 이미 때가 늦었다. 좌우에서 괴월과 채모가 들이치고 정면에서 유표가 달려들었다. 아무리 손견이 뛰어난 인물이라고는 해도 매복한 적을 막을 수는 없었다. 사방으로 포위된 손견은 남은 군사 대부분을 잃었다. 정보와 한당, 황개가 죽기를 각오하고 싸워 겨우 포위망을 벗어

날 수 있었다.

"유표, 네 이놈! 반드시 복수를 하러 오겠다."

손견은 피눈물을 흘리며 이를 갈았다. 조조와 마찬가지로 손견은 함께 출동했던 군사 대부분을 잃고 장사가 있는 강동으로 돌아갔다.

25. 눈물의 이별

제후들이 모두 떠나자 원소도 발해로 돌아갈 준비를 했다. 그런데 한 가지 문제가 생겼다. 군사를 먹일 식량이 모두 떨어졌던 것이다. 원소는 3만이나 되는 군사를 이끌고 있어서 식량 소모가 많았다.

"안 되겠군. 제후들에게 식량을 빌리자."

원소는 전령을 각지로 보냈다. 원소는 조조가 머물던 하내군으로 내려가 진을 친 뒤 소식이 오기를 기다렸다. 원소의 전령을 받은 제후들은 모두 머리를 흔들었다. 그들 역시 식량이 떨어져 급히 돌아가던 길이었다. 그때 반가운 소식이 들려왔다. 기주 태수 한복이 수천 석의 식량을 보내왔던 것이다.

식량을 받았지만 그것으로는 턱없이 부족했다. 불과 열흘도 버티지 못할 분량이었다.

"좋은 방법이 없겠는가?"

원소가 부하들에게 의견을 묻자 모사 봉기가 말했다.

"왜 없겠습니까? 기주는 식량이 넉넉한 곳이니 한복을 몰아내고 아예 기주를 차지하십시오."

"음, 아무런 명분 없이 어찌 기주를 공격할 수 있단 말인가?"

봉기가 빙그레 미소를 지었다.

"북평 태수 공손찬으로 하여금 기주를 치게 하십시오. 그렇게 되면 기주 태수 한복은 식량을 빌미로 장군에게 도움을 청할 것입니다."

"무슨 수로 공손찬과 한복을 싸우게 한단 말인가?"

"공손찬에게 은밀히 사람을 보내 한복이 북평을 넘보고 있다고 소문을 흘리십시오. 성미 급한 공손찬은 먼저 군사를 일으켜 한복을 칠 것입니다."

"꿩 먹고 알 먹는 셈이구나. 그것 참 좋은 계교로다!"

원소는 박수를 치며 좋아했다.

원소는 공손찬에게 전령을 보냈다. 그러나 공손찬은 원소의 말을 쉽게 믿지 않았다.

'이건 필시 원소가 나로 하여금 한복과 싸우게 하려는 수작일 것이다. 원소의 편지를 핑계로 이번 기회에 기주와 북평을 하나로 합치자.'

공손찬은 군사를 일으켜 기주로 향했다. 공손찬이 대군을 이끌고 쳐들어오자 한복은 펄쩍 뛰었다.

"감히 기주의 땅을 탐내다니 이런 쳐 죽일 놈이 있나."

한복은 원소에게 편지를 보내 구원을 요청했다. 한복의 군사로는 공손찬의 대군을 막아 낼 수 없었던 것이다. 기주 근처에서 기다리고 있던 원소는 재빨리 경계를 넘어갔다. 아무것도 모르는 한복은 대신들을 이끌고 나와 잔치를 베풀며 원소를 맞았다. 원소는 회심의 미소를 지으며 태연하게 기주를 점령했다. 피 한 방울 흘리지 않고 기주를 통째로 차지했던 것이다.

"공손찬이 쳐들어오면 큰 싸움이 벌어질 것이오. 미리 방비를 하여 적을 막아 냅시다."

원소는 성 곳곳에 부하들을 배치한 뒤 심복들을 중요한 자리에 앉혔다. 반항하는 한복의 부하들은 모조리 잡아들여 목을 베었다.

'원소의 잔꾀에 속았구나.'

한복은 뒤늦게 피눈물을 흘리며 후회했다. 한복은 몰래 성을 빠져나가 진류 태수 장막을 찾아갔다.

공손찬이 기주에 도착한 것은 그 무렵이었다. 성문마다 걸려 있는 원소의 깃발을 보고 공손찬은 깜짝 놀랐다.

"이놈 원소야, 당장 내려와 내 창을 받아라!"

화가 난 공손찬이 미친 듯이 외쳤다.

"시끄럽구나. 누가 나가서 저놈의 입을 막아 다오."

원소가 부장들을 돌아보며 명령했다.

"여기 문추가 있습니다."

얼굴이 개처럼 생긴 장수 하나가 부하들을 이끌고 성문을 빠져나갔다. 그는 원소가 아끼는 하북 제일의 명장 문추였다. 몸집이 작았지만 동작이 빨라 창을 다루는 솜씨가 귀신 같았다.

"공손찬은 나와 내 창을 받아라!"

문추가 달려들자 부장들이 달려 나와 문추를 맞이했다. 하지만 누구도 문추를 당해 내지 못했다. 수십 명이 창에 찔리고 말발굽 아래 짓밟혔다.

"비겁한 놈들, 어딜 도망가느냐!"

문추는 뒤따르던 기병대와 함께 공손찬 진영을 덮쳤다. 진영이 무너지고 깃발이 부러졌다.

"공손찬은 목을 놓고 가라!"

문추는 끈질기게 공손찬을 쫓아왔다.

"웬 미친개가 떠드느냐?"

공손찬도 지지 않고 대꾸했다. 문추는 공손찬의 등을 향해 창을 힘껏 내리쳤다. 창이 등을 막 찌르려는 순간 앞으로 내닫던 공손찬의 말이 발을 헛디뎠다. 공손찬은 말에서 굴러 떨어졌다.

"하하, 천하의 공손찬도 별 수 없구나."

문추가 말을 멈추고 창으로 공손찬을 찌르려 했다.

"창을 멈추어라!"

그때 호통 소리가 들리며 처음 보는 소년 장수가 뛰어왔다.

"넌 어디서 나타난 애송이냐?"

문추가 창으로 소년 장수의 목을 겨누었다. 그 틈에 공손찬은 재빨리 언덕 위로 도망쳤다.

'소년 장수가 나를 구했군.'

숨을 돌린 공손찬은 찬찬히 소년 장수를 살펴보았다. 키가 8척에 얼굴이 하얀 미소년이었다. 소년 장수는 천하 명장 문추와 맞서 당당하게 창을 휘두르고 있었다. 창과 창이 부딪치며 불꽃이 튀었다. 50합을 싸웠지만 좀처럼 승부가 나지 않았다.

"주군은 어디 계시오?"

흩어졌던 군사들이 공손찬을 찾아왔다. 문추가 소년 장수를 만나 주춤하는 사이 공손찬은 부하들을 모아 반격을 개시했다. 상황이 불리해지자 문추는 말 머리를 돌려 재빨리 성안으로 도망쳤다.

공손찬은 황급히 소년 장수에게 달려갔다.

"그대는 누구시오? 덕분에 목숨을 구했소이다."

소년 장수가 공손하게 대답했다.

"저는 상산 사람으로 이름은 조운이요, 자는 자룡이라고 합니다. 보통 조자룡이라고 부르지요. 본래 원소의 부하였으나 원소의 하는 짓이 음흉하여 고향으로 돌아가는 중이었습니다."

"오, 상산의 조자룡! 나는 북평 태수 공손찬이오. 모처럼 훌륭한 장수를 만나 참으로 반갑소이다. 기왕이면 이곳에 남아 끝까지 싸워 주시오."

조자룡은 흔쾌히 승낙했다. 조자룡을 얻자 공손찬은 저절로 힘이 났다. 공손찬은 군사를 재정비하여 이튿날 다시 원소를 공격했다. 공손찬 밑에는 천하에 이름이 높은 5천 명의 철기병이 있었다. 공손찬은 철기병을 선두에 세우고 진을 쳤다.

기마병이 부족한 원소는 활 쏘는 보궁수로 진영을 짰다. 마침내 북이 울리고 천하무적 공손찬의 철기병이 원소의 진영을 덮쳤다. 파도가 몰아치는 형국이었다.

"활을 쏴라!"

철기병이 접근하자 원소가 공격 명령을 내렸다. 좌우에 숨어 있던 궁수들이 연달아 화살을 날렸다. 수만 발의 화살이 해를 가리며 까맣게 공중을 뒤덮었다. 놀란 말이 울부짖고 함성이 천지를 진동했다.

화살이 떨어지자 이번엔 창을 든 병사들이 철기병을 막아섰다. 창에 찔린 말이 놀라 엎어지고 처절한 전투가 벌어졌다.

"물러나지 말고 싸워라!"

공손찬은 맨 앞에서 군사들을 지휘했다. 그러나 시간이 지날수록 싸움은 공손찬에게 불리하게 돌아갔다. 원소의 군사들은 수만 명이나 되었다. 적은 계속해서 밀려왔다. 마침내 공손찬은 겹겹으로 포위되었다. 위용을 자랑하던 철기병도 반 이상 목숨을 잃었다.

"음, 분하다. 후퇴하라!"

뒤늦게 공손찬은 후퇴 명령을 내렸다.

"공손찬의 철기군도 별것 아니군. 이렇게 쉽게 무너지다니."

원소는 신이 나서 떠들었다.

"힘껏 싸워라. 북평도 곧 우리 땅이 될 것이다."

원소는 모든 병력을 이끌고 공손찬을 공격했다. 포위망을 뚫은 공손찬은 만신창이가 되어 숲길로 말을 달렸다. 따르는 군사는 채 5백 명도 되지 않았다.

"공손찬이 저기 간다. 싸움을 끝내라!"

안량과 문추, 전풍 등이 질풍처럼 내달려 공손찬을 가로막았다. 조자룡이 필사적으로 달려들어 적을 막았다. 하지만 혼자 힘으로는 역부족이었다.

"원소를 사로잡아라!"

그때 반대편 산모롱이에서 함성이 일며 수천 명의 군사가 쏟아져 나왔다. 세 명의 날랜 장수가 맨 앞에서 군사를 지휘하고 있었다.

"저건 또 뭔가?"

싸움에 이겼다고 생각했던 원소는 깜짝 놀라 그쪽을 바라보았다.

"평원현의 유비가 여기 있다!"

얼굴이 백옥처럼 흰 젊은 장수가 쌍고검을 휘두르며 달려들었다. 유비를 발견한 원소는 급히 대열을 갖추게 했다. 여포와 싸우던 유비 삼형제의 모습을 기억해 냈기 때문이다.

"여기, 관우가 있다!"

뒤이어 벽력 같은 소리와 함께 한 장수가 달려왔다. 긴 수염을 휘날리며 82근이나 되는 청룡도를 장난감 다루듯 휘둘렀다.

"장비도 있소이다!"

또 한 소리가 들리더니 범처럼 생긴 장수 하나가 고리눈을 부릅뜬 채 달려왔다. 끝이 뱀처럼 생긴 장팔사모를 움켜쥔 채 곧장 원소를 향해 달려들었다.

유비 삼형제가 거느린 5천 군사는 원소의 진영을 순식간에 무너뜨렸다. 도망치던 공손찬도 군사를 수습하여 반격을 개시했다. 전세는 금방 역전되었다. 유비 삼형제에 조자룡이 가세하니 원소군은 낙엽처럼 나자빠졌다.

"후퇴하라!"

원소는 이를 갈며 성문 안으로 도망쳤다. 들고 있던 칼도 떨어뜨리고 신발도 벗겨졌다. 원소는 수천 명의 군사를 잃고 성문을 굳게 닫아걸었다. 유비 삼형제가 온 이후 원소는 성 밖으로 군사를 내지 않았다.

"고맙네. 여러 형제들로 인해 또다시 목숨을 건졌네."

공손찬은 유비와 더불어 삼형제의 손을 마주 잡았다.

"당연한 도리를 지켰을 뿐이지. 이만하길 천만다행일세."

유비도 공손찬을 위로했다.

"참, 나를 위기에서 구해 준 뛰어난 장수가 한 사람 있네."

공손찬은 조자룡을 불러 유비에게 소개했다.

"조자룡이라고 합니다."

유비를 보자 조자룡은 허리를 숙여 인사했다.

"탁현에 사는 유비라고 하오. 이쪽은 내 아우인 관우과 장비요."

유비라는 말을 듣자 조자룡의 얼굴이 환하게 밝아졌다.

"황건적을 무찌른 분이 아니십니까? 저는 일찍부터 유현덕을 마음 깊이 존경하고 있었습니다."

유비가 조자룡의 손을 굳게 잡았다.

"용맹한 장수를 만나게 되어 나도 반갑소."

유비와 조자룡의 지원을 받은 공손찬의 힘은 하늘을 찌를 듯했다. 원소는 성문을 굳게 닫고 움직이지 않았다. 몇 번이나 성을 공격했지만 화살만 무수히 쏘아 댈 뿐이었다.

공손찬과 원소가 싸우고 있다는 소식은 동탁이 있는 장안에도 전해졌다. 동탁은 두 사람이 서로 싸우다가 전멸하기를 은근히 기대했다. 그러나 모사 이유의 생각은 달랐다.

"어찌하여 상국께서는 싸움을 지켜만 보고 계십니까?"

장안으로 황궁을 옮긴 동탁은 승상에서 상국으로 한 단계 지위를 높였다. 황제가 있었지만 모든 권한는 동탁이 마음대로 휘둘렀다.

"음, 나를 배반한 놈들이 아니더냐. 서로 싸우면 그만큼 힘도 약해질 것 아니냐?"

이유가 간교한 웃음을 흘리며 대답했다.

"후후, 더 좋은 방법이 있사옵니다. 두 사람이 싸워 한쪽이 지게 되면 이긴 쪽은 엄청나게 힘이 강해집니다. 상국에겐 결코 이로운 일이 아니지요. 차라리 두 사람을 화해시켜 상국의 부하로 만들어 버리십시오."

"음, 그럴 수만 있다면 얼마나 좋겠느냐?"

"왜 방법이 없겠습니까. 지금 당장 황제의 칙령을 내려 두 사람을 화해시키십시오. 싸움에 지쳐 있던 두 사람은 상국의 명을 하늘처럼 받들어 모실 것입니다. 그렇게 되면 훗날 두 사람은 어떤 식으로든 상국의 명령에 복종할 수밖에 없게 됩니다."

동탁은 모처럼 활짝 웃으며 이유를 칭찬했다.

"오, 과연 천하의 이유로다!"

이유의 생각은 옳았다. 황제의 전령이 온다는 소식을 듣자 원소는 친히 백여 리 밖까지 나와 명령을 받들었다. 승산 없는 싸움에 지쳐 있던 공손찬도 예외는 아니었다. 공손찬 역시 황제의 명령을 받아들여 싸움을 중지하고 군사를 거두었다. 황제의 명령으로 싸움을 중지한 터라, 원소나 공손찬 모두 체면을 차릴 수 있었다.

유비가 말에 올라 막 출발할 때였다.

"잠깐만 말을 멈추시오!"

공손찬 진영에 있던 한 젊은이가 유비를 향해 뛰어왔다. 그는 다름 아닌 소년 장수 조자룡이었다.

"저는 오래전부터 장군을 사모하고 있었습니다. 장군을 따라가게 해 주십시오."

조자룡이 무릎을 꿇고 간청했다.

"아쉬운 일이지만 일단 공 태수를 의지하고 계시오. 훗날 반드시 다시 만나게 될 것이오."

유비는 조자룡의 어깨를 어루만졌다.

"우린 언젠가 다시 만날 것이오. 그때까지 부디 몸조심하시오."

보고 있던 관우가 말에서 내려 조자룡을 위로했다. 조자룡은 입을 꾹 다문 채 굵은 눈물을 뚝뚝 떨어뜨렸다. 유비와 관우도 눈물을 흘렸다.

"빨리 갑시다. 사내들이 계집애처럼 눈물을 흘리고 난리입니까!"

그렇게 말을 했지만 장비 역시 마음이 아프기는 마찬가지였다.

26. 떨어진 강동의 별

남양 태수 원술은 원소의 친동생이었다. 연합군을 도와 동탁을 공격할 때 손견에게 식량을 보내지 않아 싸움에 지게 만든 인물이었다.

원술은 생긴 모습이 간교했으며 남을 시기하는 마음이 강한 사람이었다. 형 원소가 잔꾀를 써서 기주를 손에 넣자 원술은 심한 질투심에 휩싸였다. 원술은 형에게 전령을 보내 따졌다.

"형님, 우리는 피를 나눈 형제 아니오? 그런데 기주를 빼앗고도 어째서 아무런 연락이 없는 거요? 형님은 다스리는 땅도 넓고 기르는 말도 많다고 들었소. 남양에 흉년이 들어서 그러니 쌀을 좀 보내 주시고 튼튼한 말 천 마리만 덤으로 보내 주시면 고맙겠소."

원술은 적은 땅에 비해 많은 군사를 거느렸다. 때문에 식량이 항상 부족했고 기마병의 숫자도 적었다. 원술의 말을 들은 원소는 마구 화를 냈다.

"이놈! 감히 자기 형한테 이래라저래라하다니. 이번 기회에 버릇을 단단히 고쳐 주겠다."

원소는 원술이 보낸 전령을 옥에 가두어 버렸다.

"큰일이군. 군량미가 다 떨어졌으니……."

전령이 돌아오지 않자 원술은 형주의 유표에게 급히 전령을 보냈다. 형주는 땅이 기름져 식량이 풍부한 지역이었다. 전령은 유표에게 달려가 쌀 20만 석을 빌려 달라고 청했다.

'빌려 주어 봤자 받지도 못할 쌀이 아닌가.'

생각에 잠겼던 유표는 이런저런 핑계를 대며 거절했다.

"형과 유표가 서로 짜고 나를 골탕 먹이는구나."

전령이 빈손으로 돌아오자 원술은 불같이 화를 냈다.

"어디, 맛 좀 봐라!"

원술은 편지 한 장을 써서 손견에게 보냈다. 원술은 유표와 손견을 서로 싸우게 한 뒤 힘이 떨어진 곳을 차지할 생각이었다.

욕심 많은 원소가 형주 유표와 손을 잡고
강동 전체를 쳐서 빼앗을 생각을 하고 있소
가만히 앉아서 당하느니 우리가 먼저 군사를 일으킵시다

"드디어, 복수를 할 때가 되었군."

편지를 받은 손견은 뛸 듯이 기뻐했다. 옥새를 가지고 돌아오다 형주에서 유표를 만나 크게 패한 경험이 있는 손견이었다.

손견은 정보, 황개, 한당 등의 장수를 불러들였다.

"지난 날, 옥새로 인해 원소에게 무시를 당하고 내려오다 형주에서 1만 명이나 되는 부하를 잃지 않았는가. 이제 그 복수를 할까 하네."

생각이 깊은 정보는 고개를 저으며 손견을 말렸다.

"이건 필시 원술의 잔꾀입니다. 우리와 유표가 싸우는 사이 중간에서 이득을 얻고자 하는 것이겠지요. 군사를 섣불리 내어서는 안 됩니다."

성격이 급한 손견은 정보의 말을 듣지 않았다.

"나도 원술의 생각을 알고 있네. 하지만 이번 기회를 놓치면 영영 유표를 치지 못할 것 아닌가? 형식적이긴 하지만 원술이 도와준다면 반드시 형주를 쳐서 없앨 수 있을 것이네."

손견이 하도 완강하게 나오자 정보도 더는 반대하지 못했다.

"즉시 모든 군사를 집합시켜 배에 태우게."

손견이 단호하게 말했다. 손견이 태수로 있는 장사성은 장강 인근에 있었다. 장강은 중국 대륙을 동서로 가로지르는 긴 강이었다. 장사와 형주는 서로 뱃길로 연결되어 있어 육지보다는 강으로 공격하는 게 효과적이었다.

손견이 막 출발 명령을 내리기 직전이었다. 멀리서 말을 타고 달려오는 소년이 있었다. 그는 손견이 낳은 일곱 형제 가운데 장남인 손책이었다.

"아버님, 저도 이번 싸움에 꼭 참가하고 싶습니다."

손책이 말에서 내려 무릎을 꿇고 청했다. 손책은 변성기도 지나지 않은 앳된 소년이었다. 아버지를 닮아 활과 칼을 잘 다루었으며 형제들 중에서도 가장 용맹했다.

"음, 기특한 일이로다."

손견은 머리를 쓰다듬으며 아들을 배에 오르게 했다.

"용감한 강동의 군사들이여, 공격하라!"

손견은 5백 척의 배에 군사와 말을 가득 싣고 장강을 따라 올라갔다. 선봉을 맡은 장수는 물에서의 싸움에 능한 황개였다.

손견이 쳐들어온다는 소문은 첩자에 의해 형주로 전해졌다. 깜짝 놀란 유표는 허겁지겁 여러 장수들을 불러 모았다.

"손견이 지난번 일을 잊지 못하고 군사를 일으켰군. 적을 막을 좋은 방법이 없을까?"

손견과 싸운 경험이 있는 괴량이 침착하게 대답했다.

"수군을 총동원하여 배를 막으면 적은 형주까지 오지 못할 것입니다. 강하성에 있는 황조를 선봉에 세워 적을 막게 하십시오."

"음, 그게 좋겠군."

유표는 강하성에 사람을 보내 손견을 막게 하는 한편 자신도 군사를 일으켜 싸울 준비를 했다. 유표의 명령을 받은 황조는 군사를 거느리고 나가 갈대밭에 숨었다.

아무것도 모르는 손견은 당당히 강을 따라 올라왔다. 손견이 배를 대기 위해 갈대숲에 이르렀을 때였다. 숨어서 지켜보던 황조가 부하들에게 명령했다.

"쏴라!"

명령이 떨어지기 무섭게 갈대숲에 숨어 있던 형주 군사들이 쏟아져 나왔다. 형주 군사들은 다가오는 강동군을 향해 화살을 무수히 쏘아댔다. 화살을 쏘는 궁수는 1만 명이나 되었다. 수만 발의 화살이 해를 가리며 강물 위로 날아들었다. 먼저 강가에 닻을 내렸던 강동군은 고슴도치가 되어 모두 목숨을 잃었다.

"이게 웬 날벼락이냐. 후퇴하라!"

손견은 급히 배를 멀리 물러나게 했다. 멀리 떨어져서 바라보니 강가는 온통 형주 군사들 천지였다. 그들은 갈대 뒤에 몸을 숨기고 강동 군사들이 다가오기만을 기다리고 있었다. 손에는 저마다 쇠로 만든 철궁을 들고 있었다.

"화살 때문에 도저히 접근할 수 없군. 작전을 바꾸자."

손견은 밤이 되기를 기다려 배를 강물 위로 오르내리게 했다. 군사들은 배 밑에 바싹 엎드려 노만 저었다. 배가 움직일 때마다 형주 군사들은 쉬지 않고 화살을 날렸다. 화살은 뱃전에 날아와 박히거나 강물로 떨어졌다. 사흘이 지나자 형주 군사들이 가지고 있던 화살은 모두 동이 났다. 화살이 남았어도 팔이 아파 더는 화살을 쏘지 못했다.

"어리석은 놈들이군. 화살을 공짜로 주다니."

손견은 군사들을 시켜 배 안에 떨어진 화살을 주워 모으게 했다. 이렇게 모인 화살은 모두 10만 개나 되었다. 손견을 비롯해 강동 군사들은 손뼉을 치며 좋아했다.

"자, 이제 상륙하라. 적을 무찔러라!"

손견이 강둑을 가리켰다. 정보와 한당, 황개 등이 앞다투어 강둑으로 배를 몰았다. 화살이 다 떨어진 형주 군사들은 허둥거리며 급히 창을 들고 달려왔다. 강동 군사들은 화살을 꺼내 달려드는 형주군을 향해 쏘았다. 형주군은 자신들이 쏘았던 화살에 맞아 죽었다.

"와아!"

"공격하라!"

수만 명의 군사가 개미 떼처럼 쏟아져 나왔다. 누구보다 용맹하게 싸운 사람은 손견의 장남 손책이었다. 손책은 날아오는 창을 뚫고 달려가 형주군 진지를 급습했다. 형주군은 무기를 버리고 뿔뿔이 흩어졌다.

손견은 유표가 있는 양양성으로 진격했다. 양양성은 성벽이 높고 주변이 절벽으로 이루어진 천혜의 요새였다. 성 앞에는 강이 흘렀다. 유표는 병력을 총동원하여 결사적으로 저항했다. 싸움은 며칠 동안 지루하게 계속됐다.

그러던 어느 날 손견 진지에 이상한 일이 발생했다. 손견 막사 앞에 걸려 있던 장군기가 바람에 날려 뎅겅 부러지고 말았던 것이다.

"깃발이 부러지다니 이는 심상치 않은 일입니다. 군사를 잠시 물렸다가 다시 공격하는 것이 좋을 듯합니다."

정보의 말에 손견은 펄쩍 뛰었다.

"그따위 미신을 믿다니 말이나 되는 소린가?"

황개와 한당도 건의했다.

"이제 곧 날씨가 추워집니다. 양양성에 갇힌 적은 고양이 앞에 쥐나 다름없으니 언제라도 공격할 수 있을 것입니다."

손견은 소리를 빽 질렀다.

"성을 코앞에 두고 물러나란 말인가? 못난 소리들은 당장 그만두시오."

이튿날 싸움은 다시 시작되었다. 강동 군사들은 사다리를 이용해 높은 성벽을 기어올랐다. 돌멩이와 화살, 끓는 물, 불붙은 나무토막이 비 오듯 쏟아졌다. 아무리 공격해도 양양성은 꼼짝하지 않았다. 성 밑은 군사들의 시체로 뒤덮였다.

성 안에 갇힌 유표도 마음이 초조하기는 마찬가지였다. 유표는 원소에게 구원을 요청하기로 마음먹었다. 유표는 밀서를 써서 부장 여공에게 쥐어 주었다.

"그대 손에 형주의 운명이 달렸네. 반드시 성공하고 돌아오게."

"태수님은 저를 믿으십시오."

여공이 성 밖으로 나가려 할 때 괴량이 급히 그를 불렀다.

"며칠 전, 붉은 꼬리를 가진 별 하나가 현산 너머로 지는 것을 보았다. 그 별은 손견이 주둔 중인 막사 위에 줄곧 떠 있던 별이었다. 이것이 무엇을 의미하는지 알겠느냐?"

괴량은 별자리로 점을 치는 능력이 있는 장수였다.

"붉은 별이라면 나쁜 징조가 아닙니까?"

여공이 눈을 반짝이며 대답했다.

"바로 그렇다. 손견의 목숨이 다했다는 것을 의미한다. 활 잘 쏘는 마궁수 5백을 뽑아 튼튼한 말에 올라타게 한 뒤 적의 포위망을 뚫어라. 목표는 원소의 진영이 아닌 현산이다. 필사적으로 도망치면 반드시 손견이 쫓아올 것이다. 현산에 당도하면 높은 곳에 숨어 있다가 일제히 화살을 쏘아라."

여공은 흔쾌히 괴량의 작전을 받아들였다. 날이 저물자 여공은 활로 무장한 5백 명의 군사를 이끌고 조용히 성을 빠져나갔다. 모두 활 솜씨가 좋은 군사들이었다.

"적이 도망친다!"

여공을 발견한 강동군이 소리쳤다. 손견은 손수 말에 올라 적을 뒤쫓았다. 서둘러 앞장선 덕에 뒤를 따르는 부하는 50명도 채 되지 않았다.

포위망을 뚫은 여공은 필사적으로 말을 달려 현산에 도착했다. 여공은 괴량의 작전대로 높은 곳에 올라가 말을 숨기고 기다렸다. 얼마 지나지 않아 예상대로 손견이 군사들을 이끌고 나타났다.

"쏴라!"

여공이 팔을 들어 명령을 내렸다. 5백 명이 몸을 일으켜 일제히 화살을 날렸다.

"숨어서 화살이나 쏘다니, 이런 비겁한 놈들."

손견은 용맹했지만 성격 또한 급했다. 손견은 앞장서서 산을 기어올랐다. 때 맞춰 구름에 가려졌던 달이 현산을 밝게 비추었다. 손견을 보자 여공은 입가에 미소를 지었다.

"쏴라! 맨 앞에 선 자가 손견이다."

수백 개의 화살이 일시에 손견을 겨누었다.

"앗! 너무 깊이 쫓아왔구나."

당황한 손견은 칼을 들어 닥치는 대로 화살을 쳐 냈다. 나무 뒤로 재빨리 몸을 피했지만 화살은 빗줄기처럼 날아왔다. 화살을 피하던 손견은 발을 헛디뎌 몸의 중심을 잃었다. 기회를 놓치지 않고 화살이 날아들었다. 다리에 화살이 박히자 손견은 한 손으로 화살을 뽑아 내던졌다. 갑옷의 이음새를 뚫고 어깨에 또 한 발의 화살이 날아와 박혔다. 10여 발의 화살이 연속적으로 날아와 손견의 몸 이곳저곳에 박혔다.

"이놈들!"

손견은 두 눈을 부릅뜬 채 숨을 거두었다. 손견과 함께 뒤따르던 50명의 군사들도 화살에 맞아 모조리 목숨을 잃었다. 나이 서른 일곱, 강동의 호랑이로 불리던 손견은 그렇게 죽고 말았다. 손견은 자신의 용맹만 믿고 섣불리 공격하다가 화를 자초했던 것이다.

성안에 갇혀 있던 형주 군사들은 신이 났다. 성문이 활짝 열리며 괴량, 황조, 채모 등의 장수들이 군사를 이끌고 쏟아져 나왔다.

"손견이 죽었다! 강동군은 허수아비다!"

"놈들을 장사 땅으로 몰아내자!"

형주 군사들은 함성을 지르며 강동군을 짓밟았다. 싸울 기력을 잃은 강동 군사들은 우왕좌왕하며 흩어졌다.

"큰일났습니다. 본진이 뚫렸습니다."

전령 하나가 급히 달려와 황개에게 보고했다. 황개는 강가에서 병선을 지키고 있었다. 황개는 군사를 수습하여 급히 정보와 한당을 도우러 달려갔다. 본진은 이미 아수라장이었다. 시뻘건 불길이 막사를 태우는 가운데 적장 황조가 강동군을 마구 짓밟는 중이었다.

"네 이놈, 나와 싸워 보자!"

황개는 한참 신이 나서 싸우고 있는 황조에게 달려갔다. 황개가 쇠채찍을 휘두르며 달려오자 황조도 칼을 휘두르며 대들었다. 그러나 황조는 황개의 상대가 되지 못했다. 불과 몇 합만에 황조는 채찍에 등을 얻어맞고 말에서 떨어졌다. 황개는 재빨리 달려들어 황조를 꽁꽁 묶었다.

날이 밝자 유표는 군사를 거두어 성안으로 들어갔다. 강동군은 배가 놓여 있는 한수 방면으로 후퇴했다. 그때까지도 대부분의 강동군은 손견의 죽음을 알지 못했다. 형주군도 대장 황조가 사로잡힌 사실을 알지 못했다.

아버지가 보이지 않자 아들 손책은 당황했다. 정보와 한당, 황개도 손견을 찾아 시체를 일일이 확인하고 다녔다. 손견이 죽었다는 걸 알게 된 건 사로잡은 적장 황조를 통해서였다. 강동군 진영은 순식간에 울음바다로 변했다.

"아버님의 시체를 찾지 못하면 고향으로 돌아가지 않으리라."

손책은 하늘을 우러러보며 통곡했다.

고개를 숙이고 있던 황개가 몸을 일으키며 말했다.

"어젯밤 적장 황조를 사로잡아 묶어 왔습니다. 황조와 주군의 시신을 맞바꾸어 돌아가는 게 좋을 것 같습니다."

손책은 황개의 의견에 즉시 찬성하고 유표에게 사신을 보냈다.

"황조를 돌려드릴 테니 우리 주군의 시신을 내주십시오."

"음, 그게 좋겠군."

전령의 말을 들은 유표는 고개를 끄덕였다. 적장도 죽었고 싸움도 끝낼 수 있게 되었으니 참으로 다행스러운 일이었다.

시신을 돌려받은 손책은 배에 조기를 꽂고 강동으로 돌아갔다.

"모두 나를 따르시오. 이제부터 내가 장사를 다스리겠소."

손견을 땅에 묻은 뒤 손책이 대신들을 모아 놓고 말했다.

아무도 손책의 말에 이의를 제기하지 않았다. 정보와 한당, 황개는 손견을 모실 때처럼 손책을 곁에서 보좌했다.

27. 꽃처럼 아름다운 초선

손견이 죽었다는 소식은 얼마 지나지 않아 장안에 전해졌다.

"원소와 공손찬은 나로 인해 싸움을 멈췄고 조조는 여포에게 패해 도망가지 않았는가. 이제 누가 또 나를 위협할 것인가?"

동탁은 연신 술을 들이키며 손견의 죽음을 반겼다.

"가만, 손견에겐 뛰어난 아들이 있다고 들었는데……."

동탁은 무슨 생각을 했는지 이유를 불러오게 했다.

"손견의 아들은 어떤 자인가?"

동탁이 술 냄새를 풍기며 이유에게 물었다.

"손책이라는 자인데 겨우 열일곱 살 애송입니다. 태사께서는 너무 걱정하지 마십시오."

"음, 그것 참 잘됐다."

동탁은 스스로의 지위를 높여 태사가 되었다. 동탁의 횡포는 거기서 그치지 않았다. 천하를 거머쥔 동탁은 장안에서 2백 리 떨어진 미오라는 곳에 궁궐을 짓게 했다. 동탁은 미오성 안에 황금과 식량을 산더미처럼 쌓아 놓고 연일 잔치를 벌이며 먹고 마셨다.

"음, 뭐 재미있는 일이 없을까?"

동탁은 뚱뚱한 몸을 흔들며 궁궐 이곳저곳을 돌아다녔다. 사람을 죽이고 싶으면 그 자리에서 죽였고 재물을 빼앗고 싶으면 아무 집에나 불을 질렀다.

동탁의 횡포가 심해지자 어진 대신들은 하나 둘씩 조정을 떠났다.

사도 왕윤은 눈물을 흘리며 잠을 이루지 못했다.

"아, 누가 동탁을 없애고 나라를 바로 세울 수 있을꼬."

왕윤은 몸을 뒤척이며 탄식했다. 불현듯 칠보도를 조조에게 주어 동탁을 죽이고자 했던 일이 생각났다.

'그때 조조가 성공을 했더라면…….'

아쉽지만 어쩔 수 없는 일이었다. 왕윤은 조용히 뒤뜰로 나섰다. 달빛 한 줄기가 은은하게 마당을 비추고 있었다. 왕윤은 거듭 한숨을 토해 내며 뒤뜰을 거닐었다. 어디선가 인기척이 난 것은 그 무렵이었다.

"거기 오는 사람은 누구냐?"

왕윤은 깜짝 놀라 걸음을 멈추었다. 달빛을 사뿐사뿐 밟으며 이쪽으로 걸어오는 사람이 있었다.

"아버님……."

가녀린 여인이 옷깃을 매만지며 다가왔다. 다름 아닌 초선이었다.

"오, 초선이로구나. 아직도 안 자고 무엇 하느냐?"

초선은 어릴 때부터 왕윤의 집에서 자랐다. 친딸은 아니었지만 왕윤은 초선을 친딸처럼 보살폈다.

"아버님이 잠을 이루지 못하시니 저 또한 잠이 오지 않습니다."

"음, 기특하구나. 밤이 깊었으니 그만 들어가 자도록 해라."

왕윤은 초선의 머리를 쓰다듬었다.

"아버님……."

초선이 고개를 들고 왕윤을 뚫어져라 쳐다보았다. 달빛을 받은 초선의 얼굴은 꽃처럼 아름다웠다.

"그래, 내게 무슨 할 말이라도 있는 게냐?"

초선과 왕윤은 뜰 한쪽에 나란히 앉았다.

"오갈 곳 없는 저를 거두시어 그동안 친자식처럼 키워 주신 은혜, 늘 잊지 못하고 있습니다. 그래서 이번 기회에 아버님의 은혜를 조금이나마 갚고자 합니다."

"그게 무슨 소리냐?"

왕윤이 놀라며 물었다.

"이 모든 일이 역적 동탁으로 인해 벌어진 일이 아니옵니까? 소녀에게 기회를 주십시오. 동탁을 없앨 수만 있다면 기꺼이 목숨을 바치겠습니다."

초선이 샛별처럼 두 눈을 반짝이며 말했다.

"오오, 참으로 장하도다. 어린 네가 그토록 깊은 생각을 하고 있을 줄은 꿈에도 몰랐다."

왕윤은 자신도 모르게 눈물을 주르륵 흘렸다.

"진정으로 백성들을 위해 목숨을 버릴 수 있겠느냐?"

"예, 아버님."

초선이 작은 입술을 야무지게 움직이며 대답했다.

"성공할지는 알 수 없지만 한 가지 방법이 있다."

"그게 무엇입니까?"

초선이 눈을 동그랗게 뜨고 물었다.

"동탁과 여포는 둘 다 여자를 매우 좋아한다. 특히 너처럼 아름다운 여인을 보면 정신을 차리지 못하지. 네가 동탁과 여포 사이에 끼어들어 두 사람을 서로 미워하게 만들어라. 질투심이 많은 여포와 동탁은 분명 서로를 죽이게 될 것이다."

"연환계를 쓰자는 말씀이군요?"

"그렇단다."

연환계는 적을 속이고 이간질하여 함정에 빠뜨리는 계고를 이르는 말이었다.

"그렇게 하겠습니다. 아버님께서 당장 자리를 마련해 주세요."

초선이 눈물을 닦으며 환하게 웃었다.

며칠 뒤 왕윤은 황금으로 된 투구를 만들어 여포에게 선물했다. 황금으로 치장하기를 좋아하는 여포는 뛸 듯이 기뻐했다.

"이렇게 고마울 데가. 내일 당장 달려가서 인사를 드려야겠다."

여포는 싸움에 나가서는 용맹했지만 의외로 단순한 사나이였다. 평소 재물에 눈이 어두워 선물만 받으면 입이 딱 벌어졌다.

여포가 온다는 얘기를 듣자 왕윤은 정성을 다해 잔치 준비를 했다. 다음 날 저녁, 여포는 적토마에 높이 올라 왕윤이 사는 집으로 왔다. 갑옷도 벗고 방천화극도 들지 않은 빈손이었다.

"이런 누추한 곳을 방문해 주시니 몸 둘 바를 모르겠소이다."

왕윤은 맨발로 달려나가 여포를 맞이했다. 왕윤은 학식이 풍부하여 여러 사람의 존경을 받는 스승이었다. 또한 조정 대신들 중에 나이가 제일 많았다. 그런 왕윤이 자신을 깍듯이 대하자 여포는 더욱 기분이 좋아졌다.

"나를 이렇게 극진히 대접해 주시니 고맙기 그지없습니다."

왕윤이 손을 내저었다.

"장군이 이곳에 발을 들여놓은 것만으로도 왕씨 가문은 크나큰 영광이오."

왕윤은 거듭 여포를 칭찬한 뒤에 잔치를 시중들던 하인을 불렀다.

"속히 초선이를 나오게 해라. 장군께 인사를 드려야겠구나."

분부를 받은 하인이 사라지자 여포가 의아한 듯 물었다.

"초선이라니? 누구를 두고 하시는 말씀입니까?"

"초선이는 일찍부터 내가 거두어 기르는 딸이외다."

말이 끝나기도 전에 등불을 따라 사뿐사뿐 걸어오는 여인이 있었다. 눈이 휘둥그레진 여포는 입을 딱 벌린 채 다가오는 여인을 쳐다보았다.

"초선아, 거기 앉거라."

초선은 부끄러운 듯 고개를 숙인 채 살며시 돌아앉았다.

"앞에 계신 분이 바로 천하무적 여포 장군이시다. 장군께서 모처럼 우리 집을 찾아 주셨으니 영광으로 알고 옆에 가서 모시거라."

여포가 고개를 들어 바라보니 초선은 천하에 둘도 없는 미인이었다.

"대감의 따님이 이렇게 아름다울 줄은 꿈에도 생각지 못했습니다. 이런 따님을 옆에서 바라볼 수 있게 해 주시니 정말 영광이군요."

여포는 초선의 몸에서 눈을 떼지 못했다. 초선은 살며시 여포에게 다가가 잔에 술을 따라 주었다.

"제 술 한잔 받으시지요."

초선이 하얀 이를 들어내고 살짝 웃었다. 적당하게 그어진 초선의 눈썹은 반달을 닮았고 콧대는 오뚝했다. 차가움과 부드러움을 함께 품고 있는 묘한 얼굴이었다. 여포는 코를 킁킁거렸다. 초선의 몸에서는 아름다운 향기가 쉴 새 없이 뿜어져

나왔다. 하늘에서 내려온 선녀와 같은 모습이었다.

"정말 아름답구나."

밤이 깊어도 여포는 집으로 돌아가지 않았다. 아쉬운 듯 자꾸만 초선을 쳐다볼 뿐이었다. 기회가 왔다고 생각한 왕윤이 입을 열었다.

"여포 장군은 우리 초선일 어떻게 생각하시오? 장군만 허락한다면 초선일 장군에게 드리고 싶소. 정식으로 혼인을 하고 초선일 데려가 행복하게 해 주시오."

"옛? 그, 그게 사실입니까?"

여포는 너무 좋아 팔짝팔짝 뛰었다.

"그렇소. 장군 같은 뛰어난 장수에게 초선을 맡기게 되니 오히려 내가 영광이오. 그리고 초선도 오래전부터 장군을 사랑하고 있었소."

여포는 자신의 귀를 의심했다.

"그, 그렇다면 오늘 당장 데려가게 해 주시오."

성미 급한 여포가 왕윤을 졸랐다.

"그건 좀 곤란한 일이오. 동 태사가 이 일을 알면 얼마나 서운해하시겠소? 태사는 여포 장군에게 있어 아버지와 같은 존재라고 들었소. 남녀가 혼인을 하는 것은 경사스러운 일이니 동탁 장군께 먼저 이 일을 알려 정식으로 허락을 맡는 것이 자식된 도리일 것이오."

"과연 왕 사도의 말씀이 옳습니다."

동탁이 있는 이상 어쩔 수 없는 일이었다. 여포는 왕윤에게 절을 하고 적토마에 올랐다. 초선은 대문 밖까지 따라 나와 아쉬운 눈길로 여포를 쳐다보았다. 여포도 몇 번이나 뒤를 돌아보았다.

"우리 계획대로 돼 가는구나."

여포가 돌아가자 왕윤과 초선은 뛸 듯이 기뻐했다.

그로부터 며칠 뒤였다. 왕윤에게 뜻밖의 좋은 기회가 찾아왔다. 동탁을 지키던 여포가 감기에 걸려 집에서 앓아누운 것이었다. 여포가 보이지 않는 틈을 타 왕윤은 재빨리 동탁을 찾아갔다.

"태사께 드릴 부탁이 하나 있습니다."

"사도는 말씀해 보시오."

동탁은 뜻밖이라는 얼굴로 물었다.

"오래전부터 태사님을 한번 저희 집에 모시고 싶었습니다. 기회가 되시면 잠시 수레를 멈추어 술잔을 기울이고 가시지요."

"조정의 원로 대신이 초청하는데 내 어찌 거절하겠소. 내일 당장 달려가리라."

동탁은 흐뭇한 마음으로 왕윤의 청을 수락했다. 나이 든 대신들이 이제야 자신을 받든다고 생각했던 것이다.

집으로 돌아온 왕윤은 서둘러 동탁을 맞을 채비에 들어갔다. 대문에서 마당까지 화려한 비단을 깔고 금으로 장식한 의자를 내놓았다. 악사들을 동원하여 풍악을 울리게 하고 맛있는 술과 진귀한 음식을 산더미처럼 준비했다. 준비가 끝나자 왕윤은 초선을 불렀다.

다음 날, 동탁은 약속대로 왕윤을 찾아왔다. 많은 군사들이 동탁을 좌우에서 호위했다. 참으로 어마어마한 행렬이었다.

"이곳을 방문해 주시니 참으로 영광입니다."

왕윤은 동탁을 가장 높은 황금 의자로 안내했다.

"사도께서도 이쪽으로 앉으시오."

기분이 좋아진 동탁은 왕윤을 자신 옆에 앉게 했다.

"이 은혜를 어찌 다 갚을 수 있겠습니까."

왕윤이 머리를 조아리며 동탁에게 술을 권했다. 풍악이 울리는 가운데 무희들이 아름다운 춤을 추었다. 시간이 지날수록 술자리는 무르익었다.

“제 술 한 잔 더 받으시지요.”

왕윤은 계속해서 동탁에게 술잔을 권했다.

“음, 기분 좋구나.”

동탁은 연신 싱글거리며 술잔을 받았다.

“초선이를 불러들여라!”

동탁이 완전히 취하자 왕윤이 밖을 향해 소리쳤다.

“초선이가 누구요?”

동탁이 놀라는 시늉을 하며 물었다.

“오늘 같이 좋은 날 제 귀한 딸을 태사께 바치려 합니다.”

동탁은 자신의 귀를 의심했다.

“그, 그게 정말이오?”

“물론이지요. 제가 애지중지 곱게 기른 자식이옵니다.”

달빛이 찬란히 비추는 가운데 한 여인이 나비처럼 사뿐히 걸어왔다. 동탁이 고개를 들어 바라보니 천하에 둘도 없는 미인이었다. 동탁은 넋이 나간 듯 여인을 바라보았다.

“태사께서 친히 이곳까지 오셨으니 가문의 영광이 아니고 무엇이겠느냐. 정성껏 태사님을 모시거라.”

왕윤이 들어서는 초선을 향해 부드럽게 말했다.

“초선이 인사 올립니다.”

초선이 얼굴을 살짝 붉히며 동탁에게 절을 했다.

"허허, 이렇게 아름다운 여인이 있었다니……."

동탁은 즉시 초선을 곁에 와 앉게 했다.

"그래, 올해 나이가 몇 살이더냐?"

"열여덟이옵니다."

동탁은 초선을 옆에 앉히고 연신 술잔을 기울였다. 초선은 옆에서 두 손으로 공손히 술 시중을 들었다. 왕윤이 초선에게 눈짓을 보냈다.

"초선아, 태사님께 노래 한 곡 불러 드려라."

"예, 아버님."

초선은 살며시 자리에서 일어나 곱고 단아한 자태로 노래를 부르기 시작했다. 청아한 목소리가 꾀꼬리 울 듯 달밤을 굴러 다녔다.

"오오……."

동탁은 초선에게 완전히 마음을 빼앗겼다.

"초선이는 내가 데리고 가겠소이다."

밤이 깊자 동탁은 초선을 자신의 수레에 태우게 했다.

"동 태사께서는 장차 이 나라와 만백성을 이끌고 가실 분이다. 정성을 다해 모셔야 한다."

왕윤이 초선에게 당부했다.

"예, 아버님."

초선이가 소매로 눈물을 훔치며 대답했다.

"왕 사도, 정말 고맙소이다. 초선이는 내가 책임지고 행복하게 해 드리겠소."

동탁이 수레에 오르자 문 앞에 대기하고 있던 수백 명의 호위병들이 창검을 번득이며 수레를 감쌌다. 등불을 든 수십 명의 하인들이 수레를 안내하며 길을 밝혔다.

왕윤은 말을 타고 동탁과 초선을 배웅했다.

28. 여포의 뜨거운 눈물

초선을 보내고 왕윤은 쓸쓸한 마음으로 돌아왔다. 밤늦은 시각이라 사방은 조용했다. 달빛만이 홀로 거리를 비추고 있었다. 왕윤은 말을 천천히 몰며 계획이 성공하기를 마음속으로 빌었다.

집이 저만치 보이는 곳에 이르렀을 때였다. 갑자기 말발굽 소리가 들리며 한 떼의 군사들이 달려왔다. 군사들은 손에 횃불을 높이 치켜들고 급히 왕윤의 말을 따라잡았다.

“웬 놈들이 감히 사도를 가로막느냐?”

왕윤이 목소리를 낮춰 꾸짖었다.

“사도 왕윤은 말을 멈추시오!”

험상궂게 생긴 장수 하나가 타고 있던 붉은 말에서 훌쩍 뛰어내렸다. 그는 다름 아닌 여포였다.

“왕 사도는 나를 가지고 장난을 치시는 거요? 일전에 초선일 나에게 준다고 하지 않았소. 그런데 어찌하여 태사께 초선을 딸려 보낸 거요?”

여포가 화를 벌컥 내며 쓰고 있던 황금 투구를 땅에 내던졌다.

“장군, 뭔가 오해가 있는 모양인데 우선 내 말을 들어 보시구려.”

“오해라니, 누굴 놀리는 거요?”

여포의 얼굴이 점점 험상궂게 일그러졌다.

“여기서 이럴 게 아니라 안으로 들어갑시다. 참으로 기가 막힌 일이 생기고 말았소.”

“기가 막힌 일이라니?”

여포는 짐짓 못 이기는 척하고 왕윤을 따라 나섰다. 답답한 마음에 얘기나 들어 볼 생각에서였다. 집에 도착한 왕윤은 여포를 별채로 안내했다.

"자, 안으로 드시지요. 자세한 내막을 알려 드리리다."

감기에 걸렸던 여포는 저녁이 되어서야 몸이 나았다. 몸이 가뿐해지자 여포는 승상부로 동탁을 찾아갔다. 그런데 동탁은 승상부에 없었다. 동탁이 왕윤에게 갔다는 얘기를 듣고 여포는 급히 적토마에 올라탔다. 왕윤의 집으로 달려오던 여포는 멀리서 다가오는 동탁의 수레를 발견했다. 이상한 생각이 들어 여포는 말을 숲에 숨기고 수레를 살폈다. 수레 안에는 뜻밖에도 자신과 혼인을 약속한 초선이 타고 있었다. 화가 치민 여포는 그 길로 왕윤을 향해 달려왔던 것이다.

"도대체 무슨 일이오? 나와 혼인을 약속했던 초선이가 왜 태사의 수레를 타고 궁으로 들어간 것이오?"

여포가 탁자를 내리치며 눈을 부릅떴다.

"사실은 이런 일이 있었소……."

왕윤은 소매로 눈물을 닦으며 말을 이었다.

"지난번 굳은 약조를 한 뒤, 초선을 장군에게 시집보내기 위해 밤낮으로 준비 중이었소. 시종들을 시켜 잔치 준비를 하게 하고 가장 좋은 비단으로 옷을 만들게 하였소. 그러던 오늘 저녁 뜻밖의 일이 발생한 것이오."

"어서 말해 보시오!"

"사냥을 나가셨던 태사께서 돌아오시는 길에 하필이면 우리 집 앞으로 지나가게 되었소. 태사께서는 목이 타시는지 가마를 멈추고 내게 술을 한 잔 청하셨소."

왕윤은 여포가 믿도록 그럴듯하게 꾸며서 말했다. 연신 눈물을 흘리며 말을 하니 여포도 믿지 않을 수 없게 되었다.

"그래서 어떻게 되었소?"

"술을 드시고 있을 때 초선인 뒤뜰에서 마침 꽃을 구경하고 서 있었소. 우연히 초선을 보게 된 태사께서는 다짜고짜 내게 초선일 달라고 하셨소."

"그래서, 이 여포를 두고 초선일 보냈단 말이오?"

"그럴 리가 있습니까? 태사께서 하도 초선일 청하기에 사실대로 말씀을 드렸지요. 여포 장군께 시집을 보내기로 했다고 말이오."

"태사가 뭐랍디까?"

"태사께서는 막무가내였소이다. 여포 따위에게 초선일 맡길 수 없다 하시면서 초선일 급히 자신의 수레에 태우고 떠나셨지요."

"이런, 죽일 놈!"

여포가 술상을 엎으며 벌떡 일어났다.

"부하 장수의 아내를 빼앗다니, 그게 어디 사람이 할 짓인가?"

여포는 밖에 세워 두었던 방천화극을 집어 들고 급히 뛰어 나갔다.

"장군, 왜 이러시오."

왕윤이 달려들어 여포를 막았다.

"내, 당장 가서 그놈을 한 창에 찔러 없애리다."

"고정하시오. 이대로 갔다가는 장군의 목숨이 남아나지 않을 것이오."

"사랑하는 초선일 빼앗겼는데 어떻게 참으란 거요?"

성미 급한 여포는 몸을 부르르 떨었다.

"짐작했겠지만 초선이도 장군을 사랑하고 있소이다. 그러니 가만히 기회를 엿보아 초선일 다시 빼앗읍시다. 때가 되면 내가 장군을 도울 것이니 서로 힘을 합쳐 동탁을 없애 버리는 거요."

"초선이만 다시 찾을 수 있다면 무엇을 더 바라겠소."

여포도 화를 누그러뜨리고 고개를 끄덕였다.

집으로 돌아간 여포는 초선이 생각으로 밤을 지새웠다. 눈을 감으면 꽃처럼 아리따운 초선이 자꾸만 떠올랐다. 귀를 기울이면 어디선가 초선의 목소리가 들려오는 듯했다. 여포는 한숨을 내쉬며 날이 밝기를 기다렸다.

동이 트자마자 여포는 적토마에 뛰어올랐다.

"태사께서는 어디 계시냐? 아직도 주무시냐?"

여포는 곧장 후원으로 달려가 파수 보는 군사에게 물었다.

"창문이 닫혀 있는 걸 보니 아직 일어나지 않으신 모양입니다."

"그래? 혹시 태사님 방에 들어간 여자는 없었더냐?"

"밤늦게 왕윤 사도의 따님이 태사님의 방으로 들어갔습니다."

"뭐, 뭐라고?"

여포는 말고삐를 군사에게 넘겨주고 살며시 후당으로 들어갔다. 해가 높이 떠올랐지만 동탁은 여전히 일어날 생각을 하지 않았다. 무엇을 하는지 안에서는 아무런 소리도 들리지 않았다. 기다리다 지친 여포는 후당문을 걷어차고 밖으로 나왔다.

여포는 이를 갈며 후원을 거닐었다. 후원에는 진귀한 꽃들과 짐승들로 가득했다. 연못가에 이르러 여포는 갑옷을 벗고 주저앉았다. 여포는 동탁이 자고 있는 후당을 뚫어져라 노려보았다. 바로 그때였다. 후당 창문이 살며시 열리고 한 여인이 모습을 드러냈다.

'아, 초선이구나…….'

그녀는 꿈에도 그리던 초선이었다. 초선은 거울 앞에 앉아 머리를 빗고 있었다. 여포는 나무 뒤에 몸을 숨기고 초선을 관찰했다. 머리를 빗으며 초선은 연신 눈물을 흘렸다. 초선이 우는 모습을 보자 여포는 마음이 찢어졌다. 짐승 같은 동탁에게 초선을 빼앗겼다고 생각하니 가슴이 미어지는 듯했다.

'초선이도 나를 그리워하고 있구나.'

여포의 가슴은 뜨겁게 달아오르며 마구 뛰었다. 여포는 용기를 내 창문 앞으로 다가갔다. 여포를 발견한 초선이 급히 손짓을 했다. 동탁이 깨어났다는 신호였다. 그러나 이미 때가 늦었다. 몸을 일으킨 동탁은 창문 밖으로 여포가 다가오는 것을 발견했다.

"아니, 저건 여포가 아니더냐? 저놈이 왜 방 안을 엿보고 있는 거냐?"

초선이 재빨리 눈물을 닦으며 대답했다.

"여포 장군이 아까부터 기웃거리며 저를 엿보고 있지 뭡니까요."

"이런 쳐 죽일 놈이 있나."

동탁은 몸을 뒤뚱거리며 창문으로 다가갔다.

"너는 밖에서 나를 지키지 않고 어째서 창문으로 훔쳐보느냐?"

동탁이 나타나자 여포는 당황해서 말을 더듬었다.

"꽃, 꽃구경을 하고 있었습니다."

여포가 변명했지만 동탁은 믿지 않았다.

"괘씸한 놈이로구나. 당장 내 눈앞에서 꺼지거라!"

동탁은 들고 있던 베개를 여포를 향해 집어던졌다.

어느 날 동탁은 중요한 일이 생겨 헌제를 만나러 황궁으로 갔다. 여포는 궁문 앞에서 동탁을 기다리게 되었다. 한참을 기다려도 동탁은 밖으로 나오지 않았다. 동탁이 보이지 않자 여포는 혼자 있을 초선이를 떠올렸다. 초선이 눈앞에서 아른거려 더는 동탁을 기다릴 수 없었다.

여포는 번개처럼 말에 올라 승상부 후당으로 달렸다. 천하의 명마 적토마는 순식간에 여포를 승상부에 내려놓았다. 여포는 손에 방천화극을 든 채 미친 듯 후당으로 달려갔다. 마침 초선은 정원에서 꽃을 구경하고 있었다.

"장군님……."

달려오는 여포를 보자 초선은 재빨리 거짓 눈물을 흘렸다.

"오오, 초선이구나."

여포는 미친 듯 달려들어 초선을 껴안았다. 다행히 정원에는 두 사람밖에 없었다. 여포는 초선을 안고 꽃나무가 우거진

정원 안으로 깊이 들어갔다.

"장군님, 저를 용서하십시오."

초선이 소매로 연신 눈물을 훔쳤다.

"이게 어떻게 된 일이냐?"

여포가 따지듯이 물었다.

"장군님과 함께 살게 될 날을 하루하루 기다리고 있었사온데 어느 날 동탁이 들이닥쳐 강제로 저를 가마에 태웠습니다. 장군님과 이미 혼인을 약속한 몸이라고 말을 했지만…… 흐으흑!"

초선은 연신 서럽게 흐느꼈다. 여포는 온몸의 피가 거꾸로 솟는 느낌이었다.

"조금만 기다려라, 초선아."

"하루도 견딜 수 없사옵니다. 어서 저를 구해 주십시오."

"그래, 조금만 기다려라. 적당한 때를 보아 저 못된 돼지를 혼내 줄 테다. 그땐 우리 둘이 행복하게 살 수 있을 것이다."

여포는 초선을 더욱 깊게 껴안았다.

"빨리 그런 날이 왔으면 좋겠어요."

초선은 여포의 넓은 가슴에 얼굴을 묻고 한없이 눈물을 흘렸다.

한편 황제를 만나고 밖으로 나온 동탁은 여포가 보이지 않자 크게 놀랐다.

"아니, 이놈이 어딜 갔을까."

동탁은 급히 수레를 몰아 승상부로 달려왔다. 아니나 다를까. 마구간에 여포의 붉은 적토마가 묶여 있었다.

"음, 수상한 일이다."

동탁은 파수 보던 군사의 창을 빼앗아 들고 후궁으로 달려갔다. 침실 안은 텅 비어 있었다. 눈을 씻고 찾아봐도 초선의 모습은 보이지 않았다.

"초선아, 초선이 어디 갔느냐?"

동탁은 초선을 애타게 찾으며 정원을 돌아다녔다. 초선이 보이지 않자 동탁은 몸이 달았다. 정원 깊은 곳으로 들어갔던 동탁은 자신의 눈을 의심했다. 여포가 억센 힘으로 초선을 꽉 끌어안고 있지 않은가.

"여포, 네 이놈!"

동탁이 창을 겨누고 미친 듯 뛰어왔다. 여포와 초선은 깜짝 놀라 서로 떨어졌다.

"감히 태사인 내 여자를 희롱하다니, 도저히 용서할 수 없다."

동탁이 창을 겨누자 여포는 연못이 있는 곳으로 도망쳤다.

"초선인 나와 혼인을 할 생각이었소. 내 여자를 중간에서 가로챈 건 바로 태사가 아니오?"

여포가 지지 않고 소리쳤다.

"아니, 저놈이 미쳤나. 무슨 헛소리를 하는 거냐?"

"헛소리를 하는 건 태사요."

동탁은 화가 머리끝까지 치밀었다.

"이놈, 어디 죽어 봐라!"

동탁은 들고 있던 창을 여포를 향해 힘껏 집어던졌다. 나이가 들긴 했지만 동탁의 창 솜씨는 여전했다. 창은 여포의 등을 겨눈 채 무서운 속도로 날아갔다. 그러나 여포는 천하제일의 용장이었다. 여포는 가볍게 손을 움직여 날아오는 창을 떨어뜨렸다. 여포는 묶어 둔 적토마에 올라 재빨리 승상부를 빠져나갔다.

"초선이, 네 이년!"

화가 치민 동탁은 몸을 뒤뚱거리며 초선에게 달려갔다.

"감히 사내를 정원으로 끌어들이다니!"

동탁은 손을 들어 초선의 뺨을 후려쳤다. 초선은 얼굴을 감싸 안으며 바닥에 쓰러졌다.

"으흑! 태사님께선 오해를 하고 계시옵니다."

초선이 서럽게 울부짖었다.

"오해라니? 어디서 거짓말을 하려 하느냐?"

"소첩은 태사님을 기다리며 정원을 산책하고 있었습니다. 그런데 갑자기 여포가 뛰어들어 와 소녀를 끌어안았습니다. 제가 몸을 비틀며 마구 뿌리치자 소리치면 저를 죽이겠다고 위협했습니다. 생각만 해도 분하고 억울합니다."

"틀림없느냐?"

동탁이 마음을 누그러뜨리고 물었다.

"사실이옵니다. 여포는 그전부터 저를 보며 짐승처럼 웃곤 했습니다. 그자를 멀리 쫓아 주십시오."

"음, 걱정하지 마라. 여포 놈은 이곳에 두고 너를 곧 미오성으로 데려가겠다."

동탁이 승상부로 들어오니 모사 이유가 기다리고 있었다.

"여포가 나를 배반했으니 이를 어쩌면 좋겠나."

동탁은 잔뜩 얼굴을 찡그렸다.

"여자는 세상에 많고 많습니다. 하지만 여포는 세상에 단 한 명밖에 존재하지 않는 뛰어난 장수입니다. 어찌 여자 하나로 인해 큰일을 그르치려 하십니까?"

"여포는 은혜도 모르는 짐승과 같은 놈이네. 놈을 잡아들여 목을 베어야 내 마음이 편할 것 같네."

이유가 고개를 흔들며 대답했다.

"진정하십시오. 지금 당장 연합군이 다시 뭉쳐 쳐들어오기라도 하는 날엔 어쩌시렵니까? 그들을 막을 장수는 여포밖에 없습니다. 차라리 초선을 여포에게 시집보내십시오. 여포는 태사의 은혜를 하늘로 알고 목숨을 바치게 될 것입니다."

"닥치게! 그 더러운 놈에게 초선을 주다니, 그게 말이나 되는 일인가?"

동탁이 화난 얼굴로 몸을 벌떡 일으켰다.

"그렇다고 죽일 수는 없는 일 아닙니까? 일단 황금이라도 보내 달래 놓으십시오."

생각에 잠겼던 동탁은 그 말을 옳게 여겼다.

"자네의 말이 맞군. 여포에게 황금과 비단을 하사하게. 그리고 이번 일은 없었던 것으로 하겠다 전하게."

동탁은 초선을 데리고 미오로 길을 떠났다.

호위병들이 수레를 지키는 가운데 많은 백성들이 몰려나와 길에 꿇어 엎드렸다. 동탁은 가마에 앉아 천천히 손을 흔들었다.

여포는 성루에 올라가 떠나는 수레 행렬을 내려다보았다. 가마에 탄 초선은 손에 잡힐 듯 점점 멀어졌다. 억지로 끌려가는 초선의 모습은 차마 눈뜨고 볼 수 없을 정도로 가여웠다.

여포는 뜨거운 눈물을 뚝뚝 흘리며 엉엉 흐느꼈다.

'초선아, 조금만 기다려라. 내 곧 너를 구해주마.'

가마가 보이지 않게 될 때까지 여포는 성루를 떠나지 않았다.

29. 돼지 동탁의 죽음

성루에 밤이 찾아왔다. 장승처럼 서 있던 여포는 쓸쓸히 적토마에 올라탔다. 여포는 말이 달리는 대로 정처 없이 몸을 내맡겼다. 도착한 곳은 사도 왕윤의 집이었다.

"이보시오, 왕 사도! 저 늙은 돼지를 오늘 당장 해치웁시다!"

흥분한 여포가 마구 소리쳤다.

"쉿! 조용히 하시오."

왕윤은 급히 여포를 별채로 안내했다.

"지금 여포를 죽이게 되면 장군도 목숨을 부지하기 어려울 것이오. 우선 조정 대신들을 불러 모아 계획을 세운 뒤에 황제의 허락을 얻읍시다. 황제의 허락을 얻게 되면 장군의 목숨도 무사할 것이오. 아니, 장군은 역사에 길이 남을 영웅이 되는 것이오."

"무슨 좋은 방법이라도 있습니까?"

여포가 목소리를 낮췄다.

"물론이지요. 드디어 동탁을 없앨 때가 왔소이다."

왕윤은 여포를 가까이 다가앉게 한 뒤 자신의 계획을 알려주었다. 얘기를 다 들은 여포의 얼굴이 환하게 밝아졌다.

"분부대로 할 테니 속히 서둘러 주시오."

다음 날 왕윤은 황제를 찾아갔다. 동탁이 모처럼 미오궁으로 떠나서인지 황제의 얼굴은 밝았다.

"폐하, 그동안 얼마나 마음고생이 심하셨습니까?"

왕윤은 황제 앞에 꿇어 엎드렸다.

"오, 왕 사도. 그대 같은 충신이 아직 남아 있었다니 천만다행입니다. 부디 역적 동탁을 몰아내고 위기에 처한 한나라를 구해 주시오."

왕윤은 차근차근 자신의 계획을 얘기했다.

"황제 자리를 물려주겠으니 급히 장안으로 돌아오라는 어명을 내리십시오. 동탁은 춤을 추며 입궁할 것입니다."

"그것 참 좋은 계략입니다. 그런데 누구를 전령으로 보낸단 말이오?"

"이숙이 좋을 것입니다. 이숙은 전에 동탁에게 여포를 소개했던 인물입니다. 큰 공을 세우고도 동탁이 중요하게 쓰지 않아 보잘것없는 벼슬에 앉아 있습니다. 동탁을 죽이고자 하면 당연히 좋아할 것입니다."

"그렇다면 왕 사도가 알아서 처리하시오."

황제는 왕윤의 계략대로 동탁에게 보내는 밀서를 써서 이숙에게 주었다. 황제의 자리를 물려줄 테니 급히 돌아와 옥새를 받으라는 내용이었다.

이숙은 말을 타고 미오궁으로 달려가 동탁을 만났다.

"황제 폐하께서 위독한 병에 걸리셨습니다. 아직 황제의 나이가 어리시고 뒤를 이을 태자도 없지 않습니까? 황제께서는 동 태사로 하여금 자신의 뒤를 잇게 하라고 부탁하셨습니다."

이숙은 두 손으로 공손히 황제의 칙서를 바쳤다.

"믿어지지 않는군. 그게 사실인가?"

동탁은 자신의 귀를 의심했다.

“황제께서 여러 백관들을 모두 모아 놓고 말씀하셨습니다.”

“대신들은? 사도 왕윤은 무엇이라고 하는가?”

“대신들도 한결같이 태사께서 황제의 자리에 오르시기를 기다리고 있습니다. 사도 왕윤도 급히 새 황제를 맞으라 분부를 내리셨습니다.”

동탁의 입이 크게 벌어졌다. 안 그래도 가까운 시일 내에 황제를 끌어내릴 생각이었다. 황제의 자리가 저절로 굴러 온 것이었다.

혹시나 하는 생각이 들어 동탁은 모사 이유를 불러들였다.

“황제가 칙령을 내려 내게 자리를 넘길 생각인 모양이네.”

자세한 얘기를 듣고 난 이유는 고개를 좌우로 흔들었다.

“충분히 그럴 수 있는 일이지요. 하지만 조심할 필요가 있습니다.”

역시 이유는 예리했다.

“설마 무슨 일이 있기야 하겠는가?”

“그렇다면 이렇게 하시지요. 태사께서는 준비를 마치고 내일 아침 정식 행차를 하십시오. 저는 오늘 저녁 은밀히 황궁으로 들어가 자세한 내막을 알아보겠습니다. 만약 무슨 변고가 있다면 검은 깃발을 매단 전령을 보내겠습니다. 전령이 보이지 않으면 안심하시고 길을 재촉해 오십시오."

"그거 좋겠군. 서둘러 길을 떠나게."

이유는 군사 몇 명을 데리고 급히 장안으로 출발했다. 동탁은 잠을 뒤척이다가 겨우 아침을 맞이했다. 출발에 앞서 동탁은 자신이 아끼는 이각과 곽사, 장제, 번조를 은밀히 불러들였다.

"나는 황제의 명을 받아 장안으로 들어간다. 너희는 군사 3천을 거느리고 이곳 미오성을 철통같이 방비하라!"

동탁이 장안으로 들어가는 행렬은 호화롭기 그지없었다. 백마를 탄 기마병이 깃발을 펄럭인 채 맨 앞에 섰다. 동탁이 탄 수레는 오색찬란한 깃발 속에 파묻혔다. 수천 명의 군사가 창검을 번득이며 수레를 좌우에서 호위했다.

"동탁이 지나간다!"

"황제가 되기 위해 납신다!"

소문은 금방 퍼졌다. 겁에 질린 백성들은 모두 길에 나와 엎드려 동탁을 맞이했다. 동탁은 마치 황제가 되기라도 한 듯 백성들을 향해 손을 흔들었다.

행렬이 30리쯤 왔을 때였다. 덜컥 소리와 함께 동탁이 탄 수레가 한쪽으로 기울었다. 말이 놀라 뛰어오르는 가운데 수레는 옆으로 넘어졌다.

"무슨 일이냐?"

깜짝 놀란 동탁이 수레에서 뛰어내렸다.

"수레바퀴가 부러졌습니다."

호위하던 대장이 머리를 조아리며 대답했다.

동탁은 수레를 버리고 말에 올라 길을 재촉했다. 그렇게 얼마쯤 갔을 때였다. 이번에는 동탁을 태우고 있던 말이 놀라 울부짖으며 제멋대로 날뛰었다. 말은 앞으로 한 발짝도 나아가려 하지 않았다.

"음, 수레바퀴가 부러지고 말이 울부짖는구나. 이게 무슨 변고인고?"

동탁이 이숙을 불러 물었다.

"걱정하실 것 없습니다. 타시던 수레가 부러지고 말이 움직이지 않는 것은 태사께서 새 수레를 타게 될 운명을 뜻하는 것이옵니다. 즉 낡은 수레를 버리고 황제의 수레를 타게 되심을 뜻하는 것이지요."

이숙이 재빨리 둘러대자 동탁은 크게 기뻐했다.

동탁은 마음을 느긋하게 먹고 행군을 재촉했다. 동탁은 저녁 늦게 장안에 도착했다. 이숙의 말대로 모든 게 사실이었다. 문무백관들이 몰려나와 동탁을 환영했다. 거리마다 백성들이 늘어서 만세를 불렀다. 성문 위에 있던 군사들도 함성을 지르며 동탁을 반겼다.

'내가 괜한 걱정을 했군.'

마음이 달아오른 동탁은 모사 이유가 보이지 않는다는 사실을 까맣게 잊었다. 이유가 하루 먼저 장안으로 들어오자 왕윤은 재빨리 여포를 시켜 이유를 잡아들였다.

여포는 태연하게 승상부로 찾아갔다.

"너는 여포가 아니냐? 무슨 일로 찾아왔느냐?"

동탁은 아직 화가 풀리지 않은 상태였다.

"저의 무례를 용서해 주십시오. 죽을죄를 지었습니다."

여포는 무릎을 꿇고 사과했다. 여포가 진심으로 잘못을 뉘우치자 동탁은 크게 기뻐했다.

"음, 그래. 나도 네가 한동안 보이지 않아 섭섭했다. 이제부터 예전처럼 내 곁을 지켜다오."

"목숨을 바쳐 모시겠습니다."

이윽고 날이 밝았다. 새로운 황제의 등극을 축하라도 하듯 날씨는 맑고 화창했다. 대신들은 가장 좋은 옷을 골라 입고 속속 황궁으로 모여들었다. 백성들도 연도에 나와 북을 울리고 춤을 추었다. 모든 사람들이 자신을 환영하는 것으로 착각한 동탁은 더욱 기분이 좋아졌다.

"모두 고생들이 많소이다."

동탁은 평소답지 않게 인자한 미소를 지으며 황궁으로 들어갔다. 동탁을 호위하던 군사들은 북액문 앞에서 모두 말을 멈추었다. 북액문 안으로는 무기를 가지고 들어갈 수 없었다.

동탁은 가마에서 내려 북액문을 지나갔다. 어찌된 일인지 가슴이 마구 뛰고 기분이 좋지 않았다.

'음, 이상한 일이로다. 몸이 덜덜 떨리니…….'

생각에 잠긴 동탁의 눈에 이상한 풍경이 들어왔다. 조정의 원로대신들이 일제히 칼을 빼 들고 서 있는 것이었다. 그들 중에는 동탁이 철석같이 믿고 있는 왕윤도 섞여 있었다. 깜짝 놀란 동탁은 급히 이숙을 돌아보았다.

"오늘같이 좋은 날 대신들은 칼을 들고 무엇을 하는가?"

이숙이 입가에 미소를 띠고 대답했다.

"늙은 돼지 한 마리를 잡아 하늘에 제사를 지낼 모양입니다."

동탁이 놀란 눈으로 이숙을 쳐다보았다.

"늙은 돼지라니? 돼지가 어디 있단 말인가? 눈을 씻고 봐도 내 눈엔 돼지가 보이지 않는구나."

그 순간 멀리서 왕윤이 소리쳤다.

"나라를 어지럽히던 역적이 나타났다!"

왕윤의 말이 채 끝나기도 전에 좌우에 숨어 있던 백여 명의 무사들이 뛰쳐나왔다.

"동탁을 베어라!"

이숙이 소리치니 무사들이 일시에 달려들어 동탁을 에워쌌다.

"이놈들, 무엄하다!"

동탁은 뚱뚱한 몸을 흔들며 저항했다.

"짐승을 죽여라!"

무사들은 앞 다퉈 동탁을 찌르고 베었다. 동탁은 피를 흘리며 바닥에 쓰러져 울부짖었다.

"여포야, 여포는 어디 있느냐? 나를 구해다오."

말이 끝나기도 전에 여포가 방천화극을 휘두르며 달려왔다.

"황제 폐하의 명을 받아 여포가 동탁의 목숨을 거두리다."

놀란 동탁을 향해 여포가 방천화극을 들이밀었다.

"커억! 네, 네놈이……."

엄청난 권력을 가진 동탁이었지만 죽음의 순간은 의외로 허망했다. 옆에 있던 이숙이 재빨리 달려들어 동탁의 목을 베었다. 동탁의 나이 54세, 헌제가 황제가 된 지 3년째 되던 해의

일이었다.

"만세! 동탁이 죽었다!"

"역적이 사라졌다!"

대신들이 모두 몰려와 만세를 불렀다. 백성들은 잔치를 열고 춤을 추었다. 동탁의 몸은 백성들이 사는 성 밖에 버려졌다. 동탁과 함께 못된 짓을 일삼던 모사 이유도 목이 잘렸다. 동탁의 일가친척 수백 명이 모두 죽음을 당했다.

동탁이 죽자 여포는 3만 명의 병력을 이끌고 미오성으로 달려갔다. 그러나 미오성은 텅 비어 있었다. 동탁이 죽었다는 소식을 전해 들은 이각과 곽사는 군사를 이끌고 멀리 양주로 달아났다.

"초선아, 초선인 어디 있느냐?"

미오성에 도착한 여포는 미친 듯이 초선을 찾아 돌아다녔다. 초선은 수백 명의 궁녀들과 함께 궐 깊숙한 곳에 숨어 있었다.

"오, 초선이가 여기 있었구나."

"장군님……."

두 사람은 서로를 꼭 껴안았다.

뒤늦게 달려온 왕윤과 더불어 여포는 창고문을 활짝 열어

보았다. 창고마다 황금, 쌀, 비단 등이 산더미처럼 쌓여 있었다. 왕윤은, 쌀은 굶주린 백성들에게 나누어주고 황금과 비단은 모두 장안으로 옮겼다.

"이제 태평성대가 시작되는구나……."

백성들은 거리로 나와 덩실덩실 춤을 추었다. 곳곳에 맛있는 음식이 차려지고 잔치가 열렸다. 황제도 대신들을 불러들여 큰 잔치를 베풀었다. 잔치는 며칠 밤낮 흥겹게 이어졌다.

30. 살인귀 이각, 곽사

"목표는 섬서다!"

"말을 달려라!"

수천 명의 군사가 미친 듯 내달리고 있었다. 땀으로 찌든 얼굴엔 분노가 가득했다. 어떤 군사는 몸을 부르르 떨고 어떤 군사는 눈물을 흘렸다. 군사들은 흙탕물이 요동치듯 미오성을 빠져나와 서쪽으로 말을 달렸다. 그들은 동탁을 따라 장안으로 들어왔던 서량의 군사들이었다.

며칠 뒤 그들은 섬서에 도착했다.

"반드시 복수를 해야 합니다."

이각이 눈알을 이리저리 굴리며 외쳤다.

"나도 같은 생각이오."

곽사도 이를 뿌드득 갈았다.

장제와 번조도 이구동성으로 고개를 끄덕이며 찬성했다.

"도대체 무슨 수로 여포를 이긴다는 거요?"

그때, 한쪽에서 비웃는 소리가 들렸다. 네 장수가 험상궂은 얼굴로 소리가 난 방향을 돌아보았다. 그는 동탁 밑에 있던 가후라는 모사였다.

"무슨 방법이라도 있소?"

이각이 퉁명스럽게 물었다.

"왜, 없겠습니까? 지금 우리는 군사가 고작 1만 명도 되지 않습니다. 우선 헛소문을 퍼뜨려 군사를 모집합시다."

"헛소문은 무엇을 말함이오?"

잠자코 듣고 있던 번조가 물었다.

"여포가 군사를 몰고 쳐들어온다는 소문을 퍼뜨리십시오. 사람들이 놀라 아우성칠 때 군사를 모집하는 겁니다."

계획은 즉각 실행에 옮겨졌다. 가후는 사방으로 군사들을 풀어 은밀히 이런 소문을 퍼뜨렸다.

"황제가 여포를 시켜 섬서 사람들을 모조리 죽이려 한다!"

"여포는 짐승처럼 생긴 무시무시한 장수다!"

소문은 빠르게 퍼졌다. 사람들은 불안에 떨며 삼삼오오 모여 대책을 마련했다. 적당한 때가 되자 가후는 곳곳에 다음과 같은 방을 붙였다.

섬서를 우리 손으로 지키자
무기를 들고 모두 모여 동탁 장군의 원수를 갚자

방이 붙기 무섭게 많은 사람들이 이각의 무리를 찾아왔다. 한 달도 안 돼 그 수가 10만 명이나 되었다. 이각과 곽사 등은 군사들을 맹렬하게 훈련시켰다. 모든 준비가 끝나자 이각과 곽사, 장제, 번조는 군사를 각각 네 개 부대로 나누었다.

"와아!"

군사들은 함성을 지르며 장안을 향해 길을 떠났다. 창검을 높이 든 행렬이 수십 리에 걸쳐 장안으로 이어졌다. 수천 명으로 도망쳤던 군사들이 불과 몇 달 사이에 10만이 넘는 대군이 되어 돌아온 것이었다.

이런 소식은 곧 장안에 보고되었다.

"나라가 겨우 안정을 찾았는가 했는데 이게 무슨 꼴이오?"

어린 황제는 파랗게 질려 벌벌 떨었다.

"폐하, 우리에겐 여포가 있으니 너무 걱정하지 마십시오."

왕윤이 황제를 달랬다. 왕윤은 여포를 불러 섬서 군사를 막게 했다.

"장인어른은 너무 염려하지 마시오. 이각인지 삼각인지 그 쥐새끼 같은 놈들을 모조리 잡아 오겠소이다."

여포는 큰소리를 치며 10만 병력을 이끌고 장안을 빠져나갔다. 여포의 호언장담은 사실이었다. 여포는 기세 좋게 몰려오던 섬서군의 선봉 우보를 단번에 무찔렀다. 여포의 그림자만 보아도 섬서군은 기가 질려 도망쳤다.

"여포가 저리 사납게 날뛰니 누가 감히 여포를 상대할 수 있으리오?"

곽사의 말에 모사 가후가 입을 열었다.

"여포는 용맹하지만 머리가 둔한 장수지요. 힘으로 싸우면 절대 그를 이길 수 없습니다. 미리 작전을 짜서 여포를 함정에 몰아넣읍시다."

"그게 무슨 얘기요?"

이곽이 물었다.

"군사를 두 패로 나누어 여포를 유인하는 겁니다."

가후는 네 장수를 가까이 오게 한 뒤 뭔가를 소곤거렸다.

"음, 성동격서의 작전이군. 천하무적 여포도 내일이면 끝장이구나."

얘기를 다 듣고 난 여러 장수들은 크게 기뻐하였다. 성동격서는 동쪽을 치는 척하다가 실제로는 서쪽을 친다는 뜻으로 상대방을 속여 교묘하게 공격할 때 쓰는 단어였다.

다음 날 여포가 모든 군사를 이끌고 공격해 왔다. 싸움에 끝장을 보겠다는 듯 무서운 기세였다. 섬서군은 가후의 작전대로 치밀하게 움직였다. 여포가 북을 울리며 달려오자 곽사가 창을 꼬나쥐고 달려 나갔다. 그러나 곽사는 여포의 상대가 아니었다. 방천화극이 목을 향해 날아올 때 곽사는 재빨리 등을 돌려 산 위로 도망쳤다.

"어, 이놈 봐라!"

화가 머리끝까지 치민 여포는 무리를 이끌고 곽사를 포위했다. 그때 돌연 맞은편 산등성이에서 함성이 울리며 한 떼의 군사들이 나타났다. 그들은 이각이 이끄는 군사들이었다. 이각은 북을 울리며 미친 듯 여포를 향해 달려들었다.

"쥐새끼 같은 놈들!"

여포는 적토마를 몰아 이각을 향해 달려갔다. 여포가 달려가자 이각은 군사를 거두어 산골짜기로 도망갔다. 여포가 이각을 쫓고 있을 때 이번에는 뒤에서 한 떼의 군사가 달려들었다. 산 위에 포위되었던 곽사의 무리였다.

"이놈들이 나를 약 올리는군!"

여포는 이각을 포기하고 곽사를 덮쳤다. 이각과 곽사는 여포의 약을 올리며 교대로 공격과 후퇴를 반복했다. 여포는 산속에 갇혀 이러지도 못하고 저러지도 못한 채 며칠을 보냈다.

그 순간 장안에는 큰 소동이 벌어지고 있었다. 이각, 곽사가 여포를 붙잡고 있는 사이 장제와 번조가 장안으로 쳐들어온 것이었다. 10만에 가까운 대군이 장안으로 공격하자 성은 순식간에 무너졌다. 장안을 접수한 장제와 번조는 곳곳에 불을 지르고 마음대로 약탈했다. 장안은 순식간에 불바다가 되었다. 동탁이 죽어 좋아하던 백성들은 연기에 질식하고 불에 타 죽었다. 용케 살아남은 사람들은 섬서 군사들의 말발굽 아래 처참하게 짓밟혔다.

"장안이 공격당했습니다. 급히 군사를 돌리십시오."

뒤늦게 전령이 여포에게 달려왔다.

"그게 사실이냐? 내가 놈들에게 속았구나."

여포는 미친 듯 장안성으로 달려갔다. 성은 굳게 닫혀 있었다. 화살이 비오듯 쏟아져 순식간에 수백 명의 부하가 죽고 다쳤다. 엎친 데 덮친 격으로 이각과 곽사의 군대가 뒤에서 공격해 왔다. 여포는 방천화극을 휘두르며 이각과 곽사를 향해 달려들었다. 그러자 이번에는 성안에 있던 장제와 번조가 군사를 이끌고 뒤에서 공격해 왔다.

'아아, 초선이는 어찌 되었을까.'

여포는 크게 한숨을 쉰 뒤 말을 돌려 도망쳤다. 가까스로 살아남은 백여 명의 군사가 여포를 따랐다. 포위망을 벗어난 여포는 남양에 있는 원술을 향해 전속력으로 말을 몰았다.

"동탁 장군을 죽인 왕윤을 찾아라!"

이각과 곽사는 눈에 보이는 조정 대신들을 닥치는 대로 죽였다.

"나, 왕윤이 여기 있다! 반란군은 살인을 멈추어라!"

왕윤을 발견한 이각이 칼을 빼 들고 달려왔다.

"왜, 죄 없는 동탁 장군을 죽였느냐?"

"동탁은 황제를 우롱하고 백성을 도탄에 빠뜨린 살인마였다. 너희도 당장 살인을 멈추어라. 하늘이 천벌을 내릴 것이다."

왕윤은 허연 수염을 휘날리며 당당히 이각을 꾸짖었다.

"늙은이가 말이 많구나."

이각이 왕윤의 목을 칼로 힘껏 내리쳤다.

"천하의 충신이 죽었구나."

왕윤이 죽었다는 소식을 듣자 황제는 눈물을 흘리며 슬퍼했다. 살아남은 백성들도 슬픔에 잠겼다.

이각은 칼을 차고 황제를 찾아가 위협했다.

"우리에게 어서 좋은 벼슬을 내려 주시오. 그렇지 않으면 장안에 있는 모든 백성들을 죽이겠소."

어린 황제는 벌벌 떨며 허락했다. 그리하여 이각과 곽사는 대장군에 봉해지고 장제는 표기장군에, 번조는 우장군에 임명되었다. 이각의 무리가 하루아침에 모든 권력을 차지한 것이었다.

"이번 기회에 황제를 없애고 새로운 나라를 만듭시다."

기고만장해진 곽사가 여러 장수들을 모아 놓고 말했다.

"장군은 참으로 어리석으오."

옆에 앉았던 모사 가후가 곽사를 나무랐다.

"황제를 죽인다면 여러 제후들이 가만히 있지 않을 것이오. 더구나 간사한 조조와 원술이 아직 시퍼렇게 살아 있지 않소."

네 장수들은 모두 가후의 말을 옳게 생각했다.

몇 달 뒤 가후의 염려는 사실로 드러났다. 서량 태수 마등과 병주 자사 한수가 공격해 온 것이었다. 두 장수가 데리고 온 군사는 20만이나 되었다.

이각과 곽사도 군사를 소집해 싸우러 나갔다. 맨 앞에 선 장수는 이각의 부하 왕방과 이몽이었다. 왕방과 이몽에 맞서 마등도 마초를 선봉으로 내보냈다. 마초는 열일곱 살밖에 안 된 마등의 아들이었다. 마초를 발견한 왕방과 이몽을 양쪽에서 소년 장수를 에워쌌다. 그러나 그들은 마초의 상대가 아니었다. 마초는 한 창에 왕방을 찔러 죽이고 이몽을 사로잡았다. 대장을 잃은 적의 선봉 부대는 무기를 버리고 뿔뿔이 흩어졌다.

아군이 크게 패했다는 소식을 듣자 이각과 곽사는 급히 모사 가후를 불렀다. 머리가 좋은 가후는 한참 생각 끝에 한 가지 계교를 내놓았다.

"장안성은 성벽이 높아 방어하기에 매우 유리합니다. 성문을 굳게 닫고 버티십시오. 적은 먼 곳에서 온 터라 식량이 매우 부족합니다. 식량이 떨어져 후퇴할 때 일시에 공격하면 큰 승리를 거둘 수 있을 것이오."

가후의 말은 과연 사실이었다. 마등과 한수가 아무리 공격을 해도 성문은 열리지 않았다. 성을 기어오르려 했지만 성벽이 워낙 높아 많은 군사들만 죽었다. 그렇게 석 달이 지나자 서량군이 가지고 왔던 식량은 모두 바닥났다. 병주군도 마찬가지였다. 엎친 데 덮친 격으로 전염병이 돌아 많은 말과 군사가 죽어 갔다.

"할 수 없군. 일단 후퇴를 했다가 다음을 기약합시다."

마등이 한수를 찾아와 말했다. 분한 일이지만 할 수 없는 일이었다. 그들은 전군에 후퇴 명령을 내렸다.

"때는 지금이다."

이각과 곽사는 후퇴하는 서량군을 뒤에서 공격했다. 장제와 번조도 한수가 이끄는 병주군을 공격했다. 마등은 아들 마초가 용맹하게 싸운 덕에 겨우 수천의 군사를 이끌로 고향으로 돌아갈 수 있었다.

그러나 한수의 처지는 달랐다. 한수는 말이 넘어지는 바람에 뒤쫓던 번조에게 사로잡혔다. 그러나 번조와 한수는 한때 서로 알고 지내던 고향 친구였다.

"한 번만 나를 살려주시오."

한수는 번조를 붙잡고 애원했다. 마음이 약해진 번조는 잡았던 한수를 살며시 풀어 주었다.

"뭐, 적장을 살려 줬다고?"

소식을 전해 들은 이각과 곽사는 펄펄 뛰었다.

"가뜩이나 사람도 많은데 놈을 죽여 버립시다."

이각이 은밀히 곽사에게 속삭였다.

"좋소이다."

이각과 곽사는 잔치를 열어 번조를 불러들인 뒤 칼로 쳐 죽였다. 번조가 죽자 장제는 깜짝 놀랐다. 이각과 곽사가 언젠가 자신도 죽일 것이라고 생각했기 때문이다. 장제는 밤이 되기를 기다렸다가 자신이 데리고 온 군사를 이끌고 고향으로 돌아갔다. 번조가 죽고 장제가 사라짐으로써 천하는 이각과 곽사, 두 사람의 손아귀로 굴러들어 갔다.

"이각의 무리가 마등을 물리쳤다니 그게 사실인가?

"병주 자사 한수도 겨우 목숨만 건졌다네."

소문을 들은 제후들은 섣불리 장안을 공격하지 못했다.

평원현 태수로 있던 유비는 뒤늦게 이런 소식을 전해 들었다. 유비는 관우와 장비를 불러들여 술잔을 기울이며 눈물만 흘렸다. 마음은 당장에라도 달려가 이각과 곽사를 무찌르고 싶었다. 그러나 몇 천 명밖에 안 되는 군사로는 어림없는 일이었다. 북평 태수 공손찬을 비롯해 다른 여러 제후들도 모두 유비와 같은 심정이었다.

나라를 손에 쥔 이각과 곽사는 더욱 잔인하게 백성들을 다스렸다. 황제는 있으나마나한 허수아비였다. 이각과 곽사는 자신의 부하들을 궁궐 곳곳에 배치했다. 말을 듣지 않는 대신들은 그 자리에서 목이 달아났다.

천하는 다시 깊은 암흑 속으로 빠져 들었다.

31. 화가 난 조조

조정이 어지러워지자 곳곳에서 도적들이 일어났다. 그들 중에는 한동안 자취를 감추었던 황건적도 있었다.

"황건적이 다시 청주에 나타났다!"

백성들은 불안에 떨며 울부짖었다. 이런 소식은 황제가 있는 장안에도 전해졌다. 그러나 허수아비 황제에겐 아무런 힘도 없었다.

"황건적 조무래기들이 나타난 모양이네. 좋은 방법이 없겠는가?"

이각과 곽사가 모사 가후를 불러 놓고 물었다.

"그러고 보니 좋은 방법이 있소이다."

가후가 입가에 미소를 머금은 채 말했다.

"동군 태수 조조에게 명령을 내려 황건적을 치게 하십시오. 조조는 싸움에 능하고 그 밑에는 뛰어난 장수들이 많이 있다 합니다."

조조가 동군 태수로 임명된 것은 동탁이 장안으로 수도를 옮긴 이듬해였다. 동탁을 쫓다가 여포에게 패한 조조는 전국 이곳저곳을 거지처럼 떠돌았다. 따르는 부하도 수백 명밖에 되지 않았다. 참으로 비참한 신세였다.

조조에게 좋은 기회가 찾아온 것은 그 무렵이었다. 전국이 혼란에 빠지자 흑산적이라는 도적 무리가 생겨났던 것이다. 동군 지방에서 일어난 흑산적은 무리가 수십 만이나 되었다. 동군 태수는 마침 주변을 떠돌던 조조에게 구원을 요청했다. 동군 군사들을 이끈 조조는 몇 달 안 되어 흑산적을 모조리 무찔렀다. 소식을 들은 이각과 곽사는 조조를 동군 태수에 임명했다. 조조를 자신의 부하로 만들 생각에서였다.

칙령을 받은 조조는 매우 기분이 언짢았다.

"음, 천하의 조조가 겨우 이각, 곽사의 명령을 따라야 하다니."

며칠 뒤 조조는 군사를 이끌고 청주로 진군했다. 황건적은 그 수가 수십 만이나 되었다. 그러나 그들은 조조를 이기지 못했다. 하후돈 형제와 조인 등의 장수가 용감하게 싸우니 황건적은 두 달 만에 모두 항복했다. 항복한 적의 수는 자그마치 30만 명이나 되었다. 그들이 거느린 백성은 백만 명이 넘었다. 조조는 그들 모두를 부하로 삼고 젊은 청년들을 뽑아 '청주병'이라는 강한 부대를 조직했다.

이때 조조는 두 명의 뛰어난 장수를 얻었다. 한 명은 진류 땅에서 달려온 전위라는 장수였다. 그는 모습이 황소처럼 생긴 사나이였다. 힘이 장사인 전위는 80근짜리 무쇠창을 장난감 다루듯 휘둘렀다. 다른 한 명은 우금이라는 장수였다. 우금은 부하를 수백 명이나 데리고 달려왔다.

조조가 공을 세우자 나라에서는 진동장군이라는 벼슬을 내렸다. 조조는 연주에 근거지를 마련하고 널리 인재를 받아들였다. 그들 중에는 순욱과 정욱, 곽가 같은 인물들도 있었다. 순욱은 지략이 뛰어났으며 정욱과 곽가는 학식이 풍부한 사람들이었다.

산동은 원소가 다스리는 기주나 원술이 다스리는 남양 못지 않게 넓었다. 땅이 기름지고 백성들도 수백만 명이나 되었다. 곡식이 풍부하고 천하의 뛰어난 인재들이 조조를 따르니 조조는 황제가 부럽지 않았다.

생활이 안정되자 조조는 문득 가족들이 생각났다. 그때 조조의 아버지는 낭야라는 시골에 숨어 있었다. 조조가 연합군을 결성하여 동탁을 공격하자 후환이 두려워 진류를 떠났던 것이다.

"천하를 떠돌다 보니 불효자가 되었구나."

조조는 길게 한숨짓고 태산 태수 응소에게 전령을 보내 아버지를 모셔 오게 했다. 소식을 들은 조숭은 기뻐하며 짐을 꾸려 길을 나섰다. 조조의 가족은 자그마치 40여 명이나 되었다. 그들을 따르는 하인도 백여 명에 달했으며 수레도 수십 개나 되었다.

조숭 일행이 서주를 지날 때였다. 서주 태수 도겸이 성문 밖으로 나와 조숭을 맞이했다. 도겸은 조숭을 후하게 대접하여 조조와 친분을 맺고자 했던 것이다.

"먼 길에 고생이 많으십니다. 괜찮으시면 며칠 쉬어 가시지요."

도겸은 큰 잔치를 열어 조숭을 대접했다.

"내가 아들 덕에 호강을 하는구려."

조숭은 도겸의 호의를 기쁜 마음으로 받아들였다.

잔치가 끝나자 도겸은 자신의 부장 장개에게 5백 명의 군사를 주어 조숭을 호위하게 했다. 그런데 그날 저녁 뜻하지 않은 사건이 발생했다. 일행이 서주를 떠나 작은 고갯마루에 도착했을 때 갑자기 비가 쏟아졌다. 그들은 비를 피해 근처 산사로 달려갔다.

사건이 일어난 것은 그날 밤이었다. 밤이 되자 조숭을 호위하던 장개는 갑자기 엉뚱한 마음을 품게 되었다.

'연주까지 천 리나 되는 길을 언제 간단 말인가? 차라리 조숭 일가를 모두 죽이고 수레에 실린 재물을 차지하자.'

장개는 원래 황건적 출신이었다. 황건적이 토벌되자 신분을 숨기고 도겸 밑에 들어와 부장 노릇을 하고 있었던 것이다. 장개가 거느린 5백 명의 부하들도 대부분 그때 장개를 따르던 황건적들이었다.

새벽이 되자 장개는 부하들을 이끌고 조숭 일가를 덮쳤다. 그들은 칼을 들어 닥치는 대로 조숭 일가를 쳐 죽였다. 그것도 모자라 장개는 절에 있는 스님들까지 모조리 칼로 베었다. 장개는 수레에 실려 있는 재물들을 모조리 약탈한 뒤 부하들과 산속으로 사라졌다.

유일하게 살아남은 하인 하나가 조조에게 달려가 사실을 낱낱이 알렸다.

"아아, 가족들이 죽다니……."

조조는 땅을 치며 통곡했다.

"그래, 누가 감히 내 가족들을 죽였단 말이냐?"

조조가 눈을 부릅뜨고 물었다.

"도겸의 부하 장개라는 장수였습니다."

하인이 눈물을 흘리며 대답했다.

"도겸이 나한테 이럴 수가 있는가? 당장 달려가 서주를 쑥밭으로 만들고 도겸의 목을 베리라!"

조조는 펄쩍 뛰며 울다가 그 자리에 혼절했다. 그러나 어리석은 조조는 지난날 자신이 죽였던 여백사 가족을 생각지 못했다. 조조의 가족이 죽은 것은 조조가 저지른 죄에 대한 대가였다.

다음 날 조조는 모든 군사들에게 출동 명령을 내렸다. 조조의 밑에는 청주병을 중심으로 조직된 수십만 대군이 있었다.

"서주 사람이면 어린아이 할 것 없이 모조리 죽여라. 풀 한 포기 남기지 말고 깡그리 태워라!"

참으로 무시무시한 명령이었다. 조조는 원한에 사로잡힌 악귀 같았다. 순욱과 정욱이 불필요한 살생을 하지 말라고 말렸지만 막무가내였다. 조조는 하얀 상복을 걸치고 '보수설한' 이라 쓰여진 깃발을 휘날리며 서주로 향했다. '보수설한' 은 원수를 갚아 원한을 씻는다는 뜻이었다.

"조조가 대군을 이끌고 쳐들어온다!"

소문이 퍼지자 서주 백성들은 두려움에 몸을 떨었다. 아니나 다를까, 조조는 지나치는 마을마다 모조리 불을 지르고 가축까지 불태웠다. 조조의 대군이 지나간 자리는 그대로 잿더미가 되었다.

"아아, 내가 무능하여 죄 없는 백성들을 죽이는구나."

소식을 전해 들은 서주 태수 도겸은 눈물을 흘렸다. 도겸은 본래 성품이 어질고 마음이 너그러운 사람이었다.

"부친을 죽인 건 내가 아니라, 부하로 있던 장개란 잡니다. 내가 부하를 잘못 다스렸으니 모두 내 잘못이지요. 원한을 씻을 수 있다면 내 목을 바치리다. 죄 없는 백성들을 죽이지 말아 주시오."

도겸은 조조에게 사신을 보내 간청했다. 그러나 조조는 콧방귀만 뀌었다.

"흥! 어림없다. 서주를 모조리 불태우지 않으면 돌아가지 않겠다."

도겸은 할 수 없이 군사를 이끌고 나가 조조를 막는 수밖에 없었다.

"이 늙은 놈아, 왜 죄 없는 우리 가족을 죽였느냐?"

도겸을 발견한 조조가 성난 이리처럼 울부짖었다.

"장군은 오해를 푸시오. 부친이 우리 고을을 지나가기에 정성껏 대접을 하고 혹시나 해서 부하를 시켜 배웅을 해 드린 것이오. 그런데 그 부하가 도적놈인 줄 누가 알았겠소?"

조조가 입고 있는 상복을 보자 도겸은 마음이 아팠다.

"무슨 헛소리냐? 여봐라, 누가 나가서 저놈을 잡아 와라!"

조조의 말이 끝나기 무섭게 하후돈이 창을 휘두르며 달려나왔다.

"여기, 조표가 있다."

하후돈을 보자 도겸의 부하 조표가 긴 창을 들고 마주 달려나갔다. 조표도 하후돈 못지않은 용장이었다. 두 장수가 어우러져 수십 합을 싸웠지만 승부가 나지 않았다. 날이 어두워졌으므로 조조는 일단 군사를 거두었다. 도겸과 조표도 군사를 거두고 성안으로 들어갔다.

"큰일이군. 조조의 군사가 우리보다 많으니."

신하들을 불러 놓고 도겸이 침통하게 말했다.

"태수님은 너무 걱정하지 마십시오. 제가 북해 태수 공융에게 달려가 구원을 요청해 보겠습니다."

모사 미축이 도겸을 위로했다.

"속히 달려가라."

도겸은 미축의 의견을 받아들였다.

북해 태수 공융은 일전에 연합군을 일으켜 도겸과 함께 싸운 인연이 있었다. 미축은 북해로 달려가 공융을 만났다. 공융이 고개를 끄덕이며 말했다.

"우리 병력만으로는 조조를 막을 수 없소이다. 평원현에 있는 유비에게 구원을 요청합시다."

미축이 난처한 얼굴로 물었다.

"유비가 과연 우리 청을 들어주겠습니까?"

"유비는 매우 의로운 사람이오. 틀림없이 달려올 것이오."

그때 뜻하지 않은 일이 발생했다. 북해 근처에 있던 황건적 잔당 관해가 5만 명의 무리를 이끌고 북해로 쳐들어온 것이었다. 공융은 오도 가도 못 하고 성안에 갇히는 꼴이 되고 말았다.

"쌀을 내놓아라. 그러면 곱게 물러가겠다."

관해가 성 바로 아래까지 말을 타고 와 소리쳤다.

"도적놈에게 줄 쌀이 어디 있단 말이냐?"

공융은 군사들을 시켜 화살을 쏘게 했다.

"누가 포위망을 뚫고 나가 유비에게 구원을 청할 텐가?"

"제가 가겠습니다."

공융의 물음에 한쪽에서 씩씩하게 나서는 사람이 있었다. 어깨가 딱 벌어지고 눈매가 날카롭게 생긴 청년이었다. 청년의 이름은 태사자였다.

"적이 겹겹이 성을 포위했네."

"걱정 마십시오. 목숨을 걸고 다녀오겠습니다."

공융은 크게 기뻐하며 태사자에게 말과 갑옷을 내주었다. 공융는 태사자가 용맹한 젊은이란 것을 알고 있었다. 태사자는 창과 활로 무장한 뒤 성문을 열고 쏜살같이 달려 나갔다. 태사자를 보자 수백 명의 황건적이 일시에 달려들었다. 태사자는 질풍처럼 말을 달리며 순식간에 대여섯 명을 창으로 찔러 죽였다. 겁을 집어먹은 관해는 더 이상 태사자를 쫓지 않았다.

태사자는 곧장 유비를 찾아갔다.

"관해가 성을 공격하고 있습니다. 속히 도와주십시오."

태사자는 무릎을 꿇고 유비에게 간청했다.

"태주 도겸은 어질고 성실한 사람이오. 그 밑에 있는 백성들이 위험에 처했는데 어찌 모른 척할 수 있단 말이오."

다음 날 유비는 관우 장비와 더불어 3천 군사를 이끌고 북해로 달려갔다. 유비가 달려오는 것을 보자 관해는 웃음을 터뜨렸다.

"하하, 겨우 3천 명의 군사로 무엇을 하겠다는 거냐?"

관해가 거느린 황건적은 순식간에 유비가 이끄는 평원현 군사를 포위했다. 그러나 유비군은 조금도 두려워하지 않았다.

"도적들은 내 칼을 받아라!"

관우가 청룡도를 휘두르며 관해를 맞이했다. 관우의 청룡도와 관해의 칼이 불꽃을 일으키며 부딪쳤다. 엎치락뒤치락 싸우기를 수십 차례, 청룡도가 하늘 높이 번득이자 관해의 머리가 바닥으로 굴렀다.

"와아!"

"관해가 죽었다!"

유비의 군사들은 함성을 지르며 황건적을 공격했다. 유비와 장비, 태사자는 선두에 서서 마음껏 황건적을 무찔렀다. 성안에서 보고 있던 공융도 군사를 이끌고 달려 나왔다. 5만이나 되던 황건적은 얼마 안 돼 사방으로 흩어졌다.

"자, 이제 서주로 달려갑시다."

유비는 군사를 이끌고 공손찬을 찾아갔다. 함께 도겸을 도우러 가기 위해서였다.

"조조는 위험한 인물이니 조심하게."

공손찬은 즉석에서 군사 2천을 내주었다. 군사를 이끌고 달려온 장수는 다름 아닌 조자룡이었다.

"현덕 어른!"

조자룡은 말에서 뛰어내려 유비에게 절을 올렸다.

"오오, 조자룡인가? 1년 만에 다시 만나는군."

다시 만난 유비와 조자룡은 서로를 얼싸안았다. 그들이 헤어진 것은 공손찬과 더불어 기주의 원소와 싸우던 시절이었다.

"자룡이 나보다 자네를 더 좋아하는군."

보고 있던 공손찬은 껄껄 웃었다.

관우와 장비도 달려와 다시 만난 것을 축하했다.

32. 조조와 여포의 혈전

유비는 군사 5천을 이끌고 서주로 길을 떠났다.

관우가 선봉에 서고 조자룡이 뒤를 맡았다. 서주에 도착하니 먼저 달려온 공융이 황급히 유비를 맞았다. 멀리서 청주 자사 전해도 도겸을 도우러 찾아왔다.

여러 장수들이 모여 작전 계획을 짰다.

"조조군의 수가 너무 많소이다."

공융이 어두운 표정으로 좌중을 돌아보았다. 서주성 밖은

팽팽한 긴장이 감돌았다. 조조도 여러 제후들이 달려오자 쉽게 군사를 내지 못했다.

유비가 말했다.

"섣불리 싸우지 말고 일단 성 안의 동정을 살펴봅시다. 소장이 내일 성으로 들어가 도겸을 만나보겠습니다."

다음날 유비는 군사 1천을 이끌고 성문을 향해 달려갔다. 유비가 왔다는 소리를 듣자 도겸은 재빨리 성문을 열었다. 조조군이 주춤하는 사이 유비와 장비는 1천 군사와 함께 무사히 성 안으로 들어갔다.

"고맙소이다."

도겸은 눈물을 글썽이며 기뻐했다.

유비군이 들어오자 서주 군사들은 사기가 충천해졌다. 도겸은 큰 잔치를 베풀고 유비군을 위로했다. 그런데 다음날 뜻하지 않은 상황이 발생했다. 서주 태수 도겸이 유비에게 태수 자리를 물려주려 했던 것이다.

"내 직인을 가져오게."

도겸이 미축에게 명령했다. 직인은 태수가 사용하는 도장이었다. 미축이 직인을 가져오자 도겸은 유비에게 절을 올렸다.

"나는 늙고 병들어 서주를 다스릴 힘이 없소이다. 유비 공으로 말씀드리면 황실의 후손으로 덕망과 인품을 두루 갖춘 인물입니다. 오늘부터 이 서주를 맡아 주시오."

유비는 깜짝 놀라 사양했다.

"그게 무슨 말씀이오? 절대 그럴 수 없습니다. 일단 코앞에 몰려와 있는 조조군이나 무찌릅시다."

유비가 워낙 강하게 거절을 하자 도겸은 할 수 없이 직인을 거두었다.

다음날 유비는 편지 한 장을 써서 조조에게 보냈다.

> 조정에는 아직 동탁의 잔당이 날뛰고 있고
> 밖에는 도적들이 천하를 어지럽히고 있습니다
> 부디 도겸을 너그럽게 용서해 주십시오

편지를 읽고 난 조조는 펄쩍 뛰었다.

"이런, 건방진 놈이 있나. 이름도 없는 놈을 내가 그토록 잘 대해 주었거늘 이제 와서 나를 배신할 수 있단 말이냐."

조조는 들고 있던 편지를 북북 찢어버렸다.

"당장 서주성을 공격하라!"

조조는 길길이 날뛰었다. 그때 전령 하나가 급히 뛰어 들어왔다. 어찌된 일인지 전령의 몸은 피투성이였다.

"너는 연주성에서 온 전령이 아니냐? 무슨 일이냐?"

조조는 불안한 마음에 급히 물었다.

"큰일 났습니다. 여포라는 자가 연주로 쳐들어와 성을 짓밟고 있습니다."

"뭐, 뭐라고?"

조조는 사색이 되었다. 여포라면 천하에 당할 사람이 없는 뛰어난 장수가 아닌가. 그가 연주를 차지한다면 조조도 끝장이었다.

"빈집을 털다니, 이런 짐승만도 못한 놈을 봤나. 당장 군사를 돌려라."

이때 모사 곽가가 조조에게 건의했다.

"기왕에 군사를 돌릴 거면 유비에게 인심을 쓰십시오. 유비의 화해 편지를 받고 돌아가는 것처럼 답장을 써 보내면 유비도 주공의 은혜에 크게 감동할 것입니다."

"그게 좋겠군."

조조는 유비에게 알았다는 편지를 띄우고 성난 파도처럼 연주로 밀려갔다.

"와아! 조조가 돌아간다!"

"유현덕이 우리를 구하셨다!"

지켜보던 서주 군사들은 기쁨에 들떠 함성을 질렀다.

도겸은 모든 제후들을 불러들인 뒤 큰 잔치를 열었다. 잔치가 무르익자 도겸은 또다시 직인을 가져오게 했다.

"백성들을 위해 서주를 맡아 주시오. 나는 늙고 병이 들어 서주를 돌볼 힘이 없소이다."

옆에 있던 공융과 전해도 일제히 유비에게 직인을 받게 했다. 미축도 거들었다.

"서주는 땅이 기름지고 백성이 백만 명도 넘습니다. 사양하지 말고 받으시지요."

오랫동안 도겸을 도와 서주를 이끌었던 신하 진등도 나섰다.

"너무 사양하시는 것도 예의에 어긋나는 일이오."

도겸이 계속해서 권하자 유비는 홀로 막사로 돌아가 버렸다. 관우와 장비가 급히 유비를 따라왔다.

"형님, 서주는 조조나 원소와 어깨를 나란히 할 수 있는 큰 땅입니다. 어째서 자꾸 사양만 하시는 거요?"

유비는 관우와 장비를 꾸짖었다.

"아우들은 어째서 나를 의롭지 못한 사람으로 만들려고 하느냐?"

유비가 완강하게 거절하자 도겸은 사자를 보내 다른 청을 해 왔다. 서주성과 이웃한 소패성을 맡아 다스려 달라는 얘기였다. 그것마저 거절할 수 없어 유비는 흔쾌히 수락했다.

다음날 공융과 전해는 군사를 거두어 서주를 떠났다. 조자룡도 유비가 공손찬에게서 빌린 2천 군사를 이끌고 북평으로 출발했다.

"꼭 다시 만나세."

"형님들, 몸조심하십시오."

조자룡과 유비 삼형제는 손을 흔들며 작별을 아쉬워했다.

소패성은 평원현보다 몇 배나 더 큰 성이었다. 백성도 많고 물자도 넉넉했다.

"일단 소패성에 들어가 기회를 엿보기로 하자. 때가 되면 자연스럽게 서주를 다스릴 날이 있을 것이다."

유비는 투덜거리는 관우와 장비를 달래며 소패성으로 향했다.

여포가 장안을 떠난 것은 이각과 곽사에게 패한 뒤였다. 그때 여포는 겨우 백여 명의 군사를 이끌고 줄행랑을 놓았다. 여포가 찾아간 곳은 남양이었다. 원술이 여포를 받아들이자 부하 장수인 기령이 극구 반대했다.

"여포는 배신을 밥 먹듯이 하는 놈입니다."

원술은 귀가 얇은 사람이었다. 원술은 적당한 구실을 붙여 여포를 쫓아냈다. 쫓겨난 여포는 할 수 없이 기주에 있는 원소를 찾아갔다. 그러나 원소 또한 구실을 붙여 여포를 받아주지 않았다.

여포는 비참한 신세가 되어 이곳저곳 떠돌았다. 상당 태수 장양을 찾아갔다가 그가 자신을 죽이려 하자 진류로 장막을 찾아갔다. 장막 밑에 숨어 있던 여포는 그곳에서 뜻밖의 인물을 만나게 되었다. 그는 조조가 여백사를 살해하자 실망하고 길을 떠났던 진궁이었다.

조조에게 좋지 않은 감정을 가지고 있던 진궁이 태수 장막에게 말했다.

"조조가 대군을 이끌고 서주로 향했습니다. 이번 기회에 텅 비어 있는 연주를 공격하십시오. 장군 밑에는 싸움에 능한 여포가 있지 않습니까?"

장막은 진궁의 말을 옳게 여겨 곧장 군사를 일으켰다. 예상대로 연주의 저항은 약했다. 여포를 선봉에 세워 순식간에 연주를 빼앗고 복양까지 쳐들어갔다. 서주를 공격하던 조조가 황급히 돌아온 것은 그 시점이었다.

연주를 빼앗은 여포는 군사 5만을 이끌고 조조를 마중 나갔다. 마침내 두 장수는 벌판 한가운데서 마주쳤다. 황금 갑옷을 입은 여포가 적토마에 높이 올라 천천히 조조에게 다가갔다. 여덟 명의 부장이 창칼을 세우고 여포를 호위했는데 그 기세가 대단했다.

여포를 발견한 조조가 꾸짖었다.

"너는 어찌하여 남의 땅을 빼앗았느냐?"

여포가 크게 웃으며 대꾸했다.

"이놈아, 황제가 다스리는 땅인데 네 땅, 내 땅이 어디 있단 말이냐!"

하후돈과 악진이 창을 휘두르며 여포에게 달려들었다. 여포의 부장 장요와 장패가 칼을 들고 나가 악진과 하후돈을 맞이했다. 여포가 가세하니 하후돈과 악진은 당해내지 못하고 도망쳤다. 여포의 군대는 폭풍처럼 조조군을 무찔렀다. 먼 길을 쉬지 않고 달려온 조조군은 30리나 후퇴했다.

한바탕 크게 이긴 여포는 기고만장해졌다.

"조조는 내 상대가 아니다. 당장 조조를 무찌르자!"

그러나 진궁의 생각은 달랐다.

"이럴 때일수록 신중해야 합니다. 제게 조조를 사로잡을 좋은 계책이 있습니다."

진궁은 여포를 비롯해 모든 부장들을 들어오게 한 뒤 작전을 얘기했다.

"이곳 복양성 안에는 전씨라는 큰 부자가 살고 있습니다. 그로 하여금 거짓으로 항복하는 편지를 써서 조조에게 보내도록 하십시오. 성문을 활짝 열고 기다리면 조조가 안심하고 들어올 것입니다. 그때 숨어 있다가 일제히 공격하여 조조를 사로잡읍시다."

여포는 진궁의 말대로 움직였다. 장패, 장요, 고순 등 여덟 명의 부장에게 각각 군사를 주어 성 곳곳에 숨어 있게 했다. 그런 다음 전씨를 찾아가 조조에게 거짓 편지를 보내게 했다.

> 여포는 급한 일이 생겨 연주로 돌아갔습니다
> 성이 텅 비어 있으니 야밤을 이용해 공격하십시오
> 불화살로 신호를 보내시면 성문을 열어드리겠습니다

전씨의 편지를 받은 조조는 크게 기뻐했다.

"음, 성이 비어 있다니 이게 웬일인가? 어서 공격하자."

그러자 옆에 있던 곽가가 말했다.

"여포가 미련한 인간이기는 하나 그와 함께 군사를 이끌고 있는 진궁이라는 자는 매우 영리한 자라고 들었습니다. 혹시 적의 계략일지도 모르는 일이니 군사를 세 방향으로 나누어 진격하십시오."

밤이 되자 조조는 군사를 이끌고 살금살금 복양성으로 다가갔다. 복양성 주변은 쥐죽은 듯 고요했다. 성을 지키는 군사들은 눈을 씻고 봐도 없었다. 조조는 부대를 각각 삼면으로 진격시킨 뒤 하늘로 불화살을 쏘았다. 불화살이 오르기 무섭게 굳게 닫혀 있던 성문이 죄다 열렸다.

"음, 전씨의 말이 모두 사실이었구나. 성을 접수하라!"

조조군이 모두 성 안으로 들어온 뒤였다.

"와아!"

"쥐새끼들을 모두 죽여라!"

함성이 천지를 진동하며 사방에서 여포의 군사들이 쏟아져 나왔다.

"이, 이게 어떻게 된 일이냐?"

조조는 깜짝 놀라 허둥거렸다. 징이 울이며 사방에서 불화살이 날아들었다.

"조조를 사로잡아라!"

서쪽에서 여포의 부장 장료가 달려나왔다. 동쪽에서는 장패가, 서쪽에서는 고순 학맹 등의 장수들이 조조군을 포위했다.

"아아, 여포의 함정에 빠졌구나."

불바다를 헤치고 조조는 미친 듯 말을 몰았다. 이제 따르는 군사는 한 명도 없었다. 주변을 둘러보니 마침 죽어 넘어진 여포군의 시체가 있었다. 조조는 입고 있던 갑옷을 벗고 재빨리 여포군의 옷으로 갈아입었다. 때마침 여포가 방천화극을 흔들며 달려왔다. 조조는 고개를 숙인 채 태연히 여포 곁을 스쳐 지나갔다. 그때 여포가 홱 말머리를 돌렸다.

"방금 전, 조조가 이쪽으로 도망쳤다. 혹시 못 보았느냐?"

여포가 창으로 조조를 툭툭 쳤다. 조조는 간담이 서늘해졌으나 침착하게 대답했다.

"조조는 방금 북쪽으로 도망쳤습니다. 그래서 소인도 쫓고 있는 중입니다."

말이 끝나기 무섭게 여포는 북쪽으로 달려갔다. 조조는 걸음아 날 살려라, 남쪽으로 내달았다.

"주군, 어디 계십니까?"

그때 피투성이가 된 전위가 달려왔다.

"오, 전위구나. 나 좀 살려다오."

조조가 입고 있던 군복을 벗으며 소리쳤다. 전위는 조조를 앞에서 호위하며 무 베듯 여포군을 무찔렀다. 조조와 전위는 마침내 불기둥이 치솟고 있는 남문에 이르렀다.

"주군, 제가 먼저 불기둥을 타넘겠습니다. 뒤따르십시오."

전위는 씩씩하게 말을 달려 불길 속으로 들어갔다. 이번에는 조조 차례였다. 조조는 눈을 질끈 감은 채 말에 채찍을 가했다. 말에 불이 붙으면서 불길이 조조를 덮쳤다.

"아이쿠, 조조 살려."

조조는 말과 함께 나뒹굴었다. 불은 조조의 몇 가닥 남지 않은 수염을 모조리 태워버렸다. 불길은 조조가 입고 있던 전포에 옮겨 붙었다.

"앗! 뜨거워."

조조는 입고 있던 옷을 벗어 던지고 알몸으로 도망쳤다.

"여포에게 개망신을 당했구나. 반드시 복수를 하고 말 테다."

진지로 돌아온 조조는 몸을 부르르 떨었다.

"좋은 작전이 있습니다."

모사 곽가가 들어와 계책을 얘기했다.

"지금 즉시 주군이 돌아가셨다고 소문을 내십시오. 여포는 틀림없이 그 틈을 타 쳐들어올 것입니다. 그때 군사를 숨겼다가 기습하십시오."

"좋아, 여포놈의 잔꾀를 역으로 갚아 주자."

조조가 죽었다는 소식은 순식간에 진중으로 퍼져나갔다.

"주군께서 성문을 나오시다 불에 타 돌아가셨다!"

조조군은 상복을 입고 통곡했다. 부하 장수들은 눈물을 흘리며 조조의 장례 준비를 서둘렀다. 이런 소식은 금방 여포에게 알려졌다.

"뭐, 그게 사실이냐? 남아 있는 조조군을 무찔러라!"

여포는 기뻐하며 부장들에게 명령했다.

"이럴 때일수록 신중해야 합니다."

진궁이 달려와 말렸지만 소용없는 일이었다.

여포는 군사를 일으켜 조조군 진지를 급습했다. 통곡하고 있던 조조군은 창을 내던지고 도망쳤다. 신이 난 여포는 점점 더 깊이 조조군을 추격했다.

그런데 여포군이 산골짜기에 들어섰을 때였다. 갑자기 사방에서 북과 징이 울이며 조조군이 쏟아져 나왔다. 조조군은 높은 언덕에 진을 친 채 화살을 비오듯 날렸다.

"앗! 매복이다."

여포는 당황하여 급히 말머리를 돌렸다. 말머리를 돌리자 하후돈, 조인 등의 장수가 길을 가로막고 여포군을 짓밟았다.

"저놈을 사로잡아라!"

상여 속에 있는 줄 알았던 조조가 여포를 손으로 가리켰다. 여포군은 혼비백산하여 사방으로 흩어졌다. 이 싸움에서 여포는 반이나 되는 군사를 잃었다. 충격을 받은 여포는 복양성 안으로 들어간 뒤 문을 꽉 닫아걸었다.

"쥐새끼 같은 놈, 어서 나와라!"

조조는 몇 번이나 복양성을 포위하고 공격했다. 그러나 여포는 꼼짝도 하지 않았다. 석 달이 지나도 싸움은 끝나지 않았다. 싸우다 지친 조조는 군사를 이끌고 견성으로 물러났다.

조조와 여포 사이에 일시적 휴전이 성립되었다.

33. 태수가 된 유비

"어서, 성문을 여시오!"

말을 탄 전령 하나가 질풍처럼 소패성으로 달려왔다. 소패성은 유비가 관우, 장비와 더불어 지키고 있는 성이었다.

여포와 조조가 혈전을 벌이고 있는 사이 유비는 소패성에서 한 발짝도 움직이지 않았다. 소패성을 지켜 달라는 서주 태수 도겸의 부탁이 있었기 때문이다.

"그대는 어디서 온 전령이오!"

성문을 지키던 군사가 전령을 향해 소리쳤다.

"태수님이 보낸 전령이오!"

전령이 서주성 깃발을 흔들었다.

문이 열리자 전령은 곧장 유비가 머물고 있는 관청으로 달려갔다.

"서주성으로 오시라는 태수님의 전갈입니다."

전령이 땅에 엎드려 소리쳤다.

"무슨 일인가?"

유비가 깜짝 놀라 자리에서 벌떡 일어났다.

"병이 들어 생명이 위독하시오."

유비는 관우와 장비를 대동하고 급히 서주성으로 길을 떠났다. 서주성에 도착하니 사방에 울음소리가 진동했다. 도겸은 유비가 도착하기 전 숨을 거두었던 것이다. 도겸을 보필하던 미축과 진등이 달려와 유비를 맞이했다.

"잘 와 주셨소. 어서 서주성을 맡아 주시오."

미축이 유비의 손을 잡아 일으키며 말했다.

"이번에는 사양하지 말아 주십시오. 태수님께서도 간절히 원하셨습니다. 저희들도 유비 공을 돌아가신 태수님처럼 모실 것입니다."

유비는 몇 번이나 사양하다가 어쩔 수 없이 그 청을 받아들였다.

유비는 전직 태수 도겸을 후하게 장사지내고 신하들이 지켜보는 가운데 서주의 직인을 넘겨받았다. 유비가 태수의 자리에 앉으니 많은 백성들이 만세를 외치며 기뻐했다.

유비는 도겸을 따랐던 미축과 손건 등을 부장으로 삼고 진등과 간옹을 모사로 삼았다. 소패성에 있던 군사들을 불러들이고 밖으로 나가 두루 백성들을 보살폈다.

유비가 서주를 차지했다는 소식을 듣자 조조는 펄쩍 뛰었다.

"화살 한 개도 쏘지 않고 앉아서 서주를 차지했단 말이냐? 이런 괘씸한 놈! 아직 복수도 하지 못했는데 나를 두고 서주를 차지하다니, 당장 달려가 유비의 목을 베고 죽은 도겸의 무덤을 파헤치리라."

조조는 유비가 서주를 가로챘다고 생각했다. 여포를 친 뒤에 서주를 빼앗을 생각을 하고 있을 때 난데없이 유비가 끼어든 것이었다.

사납게 날뛰는 조조를 말린 사람은 순욱이었다.

"지금 서주를 공격하면 여포가 반드시 견성으로 침범해올 것입니다. 우선 식량을 넉넉히 확보하고 군사를 기른 후에 여포를 치고 그 다음 서주를 치십시오."

"음, 무슨 방법으로 식량을 얻고 군사를 기른단 말이오?"

"여남과 영주에는 아직 황건적 잔당이 남아 있지 않습니까? 황건적은 백성들로부터 약탈한 곡식을 많이 가지고 있습니다. 그들을 모조리 소탕하면 식량도 얻고 백성들의 민심도 살 수 있으니 일석이조의 효과를 얻을 수 있지요."

"황건적을 쫓고 식량을 얻는다? 한 가지 일로 두 개의 이득을 동시에 얻는다는 얘기로군. 당장 그렇게 하세."

조조는 군사를 반으로 나누어 일부는 여포를 막게 하고 일부는 여남으로 진격시켰다. 조조가 쳐들어오자 황건적 잔당은 양산이란 곳에 무리를 집결시켰다. 황건적을 이끌고 있는 대장은 하의와 황소였다.

"장각 형님의 복수를 하자!"

"하늘이 우리를 지켜 주신다!"

황건적은 함성을 지르며 조조군을 향해 몰려들었다.

"정말 지긋지긋한 놈들이군. 누가 나가서 저놈들을 뿌리뽑아라!"

조조가 소리치자 한 장수가 벌떡 일어났다.

"여기, 조홍이 있습니다."

조홍이 말에 오르자 적진에서도 한 장수가 달려나왔다.

"나는 저승사자 하만이다. 조조야, 썩 나와서 한판 붙자."

조홍이 지지 않고 소리쳤다.

"황건적이 오합지졸인 줄 알았더니 천 마리 닭 중에 봉황 한 마리가 끼어 있었구나. 그래, 어디 싸워 보자!"

두 장수는 미친 듯 무기를 휘둘렀다. 그러나 좀처럼 승부가 나지 않았다. 지친 조홍이 칼을 끌며 도망치기 시작했다. 하만이 방심한 순간, 조홍이 공중으로 몸을 솟구치며 하만의 등 뒤로 뛰어내렸다. 하만의 몸이 피를 흘리며 둘로 갈라졌다.

하만이 죽자 황건적은 완전히 얼이 빠졌다. 갈팡질팡 도망치던 황소는 이전에 의해 사로잡히고 하의는 겨우 수백 명을 이끌고 달아났다.

모든 건 순욱이 예상한 그대로였다. 황건적이 머물던 동굴을 습격하니 엄청난 식량이 쌓여 있었다. 그뿐 아니었다. 갈 곳이 없어진 황건적들은 앞 다투어 조조군에 항복했다. 그들 중에는 허저라는 명장도 있었다. 산속에서 농사를 짓던 허저는 우연히 조조와 싸움을 벌인 뒤 항복했다.

"자, 이제 못된 여포를 무찌르자!"

조조는 모든 군사를 이끌고 자신의 본거지였던 연주로 달려갔다. 연주를 지키고 있던 여포의 부하는 설란과 이봉이라는 장수였다. 설란과 이봉은 여포에게 전령을 보내 위급함을 알리고 군사를 소집해 성 밖으로 나왔다.

양쪽 군사가 서로 대치한 가운데 싸움이 벌어졌다. 조조군의 선봉은 얼마 전 항복한 허저였다. 허저가 말을 달려나오자 적장 이봉이 화극을 빙글빙글 돌리며 마주나왔다. 그러나 이봉은 화극을 사용해 보기도 전에 목이 달아났다. 도망가던 설란은 화살에 맞아 즉사했다. 허저의 활약으로 조조군은 손쉽게 연주성을 되찾을 수 있었다.

"이제 여포만 남았다. 여포의 목을 베어라!"

전위, 허저가 선봉이요, 하후돈, 하후연은 좌군이었다. 이전과 악진을 우군으로 삼고 우금을 후군으로 삼으니 그 기세가 하늘을 찔렀다. 조조는 중군에 앉아 복양을 손으로 가리키며 연일 말을 달렸다.

"조조에게 연주를 빼앗겼습니다!"

"조조가 복양으로 쳐들어옵니다."

급박한 소식이 연일 복양으로 날아들었다.

여포는 급히 모사 진궁을 불러 싸울 방법을 의논했다.

"조조의 대군이 엄청나니 이를 어쩌면 좋겠소?"

진궁이 한참 만에 대답했다.

"성을 나가면 반드시 패할 것이오. 성문을 꼭 닫아걸고 지켜야 합니다."

그러나 여포는 진궁의 말을 듣지 않았다.

"흥, 천하무적 여포더러 숨어서 지키기만 하란 말이오?"

여포는 성문을 활짝 열고 나가 조조의 대군을 맞았다.

여포를 본 허저는 은근히 영웅심이 발동했다.

'천하의 여포를 내 손으로 사로잡으리라.'

허저는 여포를 보자 장검을 휘두르며 달려나갔다. 그러나 천하의 허저도 여포의 상대는 아니었다. 여포는 허저의 칼을 어린아이 다루듯 툭툭 쳐냈다. 뒤늦게 당도한 조조가 급히 전위에게 지시했다.

"여포는 만만한 상대가 아니다. 나가서 허저를 구하라!"

전위가 말을 달려나와 허저와 동시에 여포를 공격했다. 칼과 창이 허공에서 부딪치고 기합소리가 산을 울렸다. 서너 마리의 범과 호랑이가 어우러져 싸우는 형상이었다. 양편 군사들은 숨을 죽인 채 세 사람의 싸움을 지켜보았다. 시간이 지날수록 여포의 방천화극이 두 사람의 목을 위협했다.

"안 되겠군, 이전도 나가라. 하후연은 뭐 하고 있느냐?"

조조의 말이 떨어지기 무섭게 좌우에서 하후연과 이전이 달려나갔다. 보고 있던 악진과 우금도 칼을 휘두르며 여포를 포위했다. 아무리 천하의 여포였지만 조조군의 최정예 장수들을 여섯 명이나 이길 수는 없는 노릇이었다.

"분하다!"

여포는 적토마 고삐를 잡아끌고 홀연히 본진으로 돌아갔다. 여포가 달아나자 조조군은 기회를 놓칠세라 총 공격을 감행했다. 양쪽 군사들은 한데 어우러져 서로를 죽고 죽이며 한참 동안 싸움을 벌였다.

"안 되겠군. 후퇴하라!"

싸움이 불리해지자 여포는 군사를 거두어 성문으로 달려갔다. 그때 뜻밖의 사태가 발생했다. 성문이 굳게 닫힌 채 열리지 않았던 것이다.

"이놈들이 미쳤나? 어서 문을 열어라!"

여포가 성을 향해 고래고래 소리를 질렀다.

그때 성루 위에 한 사람이 나타나 소리쳤다.

"여포 따위에게 어떻게 성을 내맡기랴. 이제부터 복양은 조조를 따르기로 했다."

그는 다름 아닌 복양의 부자 전씨였다.

전씨는 여포의 부하들이 노략질을 일삼자 마음을 바꿔 조조에게 항복하기로 결심한 터였다.

"이놈! 온몸을 갈기갈기 찢어 버릴 테다. 당장 성문을 열어라!"

여포가 짐승처럼 울부짖었다. 그러나 돌아온 것은 화살과 돌멩이뿐이었다. 여포군이 성문 앞에서 머뭇거리자 조조군이 때를 놓치지 않고 기습해 왔다.

"아, 진궁의 말을 듣지 않아 여포가 여기서 죽는구나."

여포는 화극을 거꾸로 잡고 탄식했다. 여포는 반도 넘는 군사를 잃고 허둥거리며 기주 방향으로 도망쳤다. 이로서 복양도 조조의 수중에 떨어졌다. 조조는 채 1년이 안 돼 여포에게 빼앗겼던 연주와 복양을 되찾았다.

전씨가 조조에게 항복하자 성 안에 있는 진궁은 여포의 가족들을 수레에 태워 재빨리 서문으로 빠져나갔다. 남은 군사들을 하나둘 수습하여 진궁은 여포의 뒤를 쫓았다.

"하루아침에 거지가 되었구려. 이제 어쩌면 좋단 말이오?"

여포는 뒤늦게 달려온 진궁을 보고 눈물을 글썽였다. 천하무적 여포가 눈물을 보이자 진궁은 한숨을 쉬었다.

"살다 보면 이런 일도 있고 저런 일도 있는 것 아닙니까?"

진궁은 매우 침착한 사나이였다. 진궁은 군사들을 산 속에 숨게 한 뒤 부상병들을 돌보았다. 여포를 따르는 군사는 이제 몇 천 명도 되지 않았다.

"방법이 없는 것 같소이다. 여기서 가장 가까운 곳에 원소가 있으니 일단 기주로 전령을 보내 보십시오."

그러나 며칠 뒤 돌아온 전령은 놀라운 소식을 전했다. 원소가 조조와 짜고 대군을 동원하여 여포를 쫓고 있다는 얘기였다.

"이제 마지막 방법이 남았소이다. 서주로 유비를 찾아갑시다."

진궁은 서주로 향하는 길을 가리켰다.

"서주에 유비가 있다니 그게 무슨 말이오?"

여포가 처음 듣는다는 듯 물었다.

"얼마 전 태수 도겸이 죽고 그 자리를 유비가 물려받았답니다. 유비는 성품이 어진 사람이라 자신을 찾아온 패장을 밖으로 내쫓지 않을 것이오."

'이런, 서주가 유비 차지가 되다니…….'

여포는 그 와중에도 질투심을 느꼈다.

"차라리 서주를 쳐서 성을 빼앗는 게 어떻겠소?"

여포가 은근히 물었다.

"어림도 없는 소리요. 유비 밑에는 관우와 장비라는 뛰어난 장수가 있습니다. 섣불리 행동했다간 목이 달아나기 십상이지요. 몸을 의지하며 적당한 기회에 큰일을 도모하는 게 좋을 것이오."

여포도 관우와 장비를 알고 있었다.

"그렇다면 전령이라도 먼저 보내봅시다."

"그거 좋은 생각입니다."

전령을 먼저 보내고 여포는 천천히 그 뒤를 따랐다.

34. 황제를 구원한 조조

여포가 온다는 소식을 듣자 서주는 발칵 뒤집혔다. 유비가 여포의 전령을 후하게 대접했기 때문이다. 모든 장수들은 앞다투어 여포를 받지 말자고 주장했다. 특히 미축의 반대가 가장 심했다.

"여포는 배신을 밥 먹듯이 하는 잡니다. 이리처럼 포악한 녀석이지요. 양아버지 정원과 동탁을 차례로 죽이고 장막도 배신했습니다. 이곳에 여포를 불러들인다면 반드시 큰 재앙이 내릴 것입니다."

진등과 손건도 엎드려 만류했다.

"지금 당장 전령을 쫓아버리십시오. 여포는 반드시 서주를 삼키고 말 것입니다."

관우와 장비도 마음이 썩 내키지 않았다.

"난 그놈 얼굴만 봐도 기분이 상하오. 형님은 어쩌자고 그런 불한당 같은 놈에게 마음을 주슈?"

장비는 노골적으로 불만을 나타냈다.

"여포가 비록 사납기는 하지만 천하의 영웅이오. 여포를 두려워 피한다면 그보다 더한 것은 어찌 막을 수 있겠소?"

유비는 고개를 흔들며 여러 사람의 말을 거절했다.

며칠 뒤 여포가 지친 모습으로 도착했다. 거지와 다름없는 몰골이었다. 군사들은 지치고 말과 수레는 흙먼지투성이었다. 멀리서 지켜보던 유비는 성문을 열고 나가 여포 일행을 따듯하게 맞았다.

유비가 자신을 반갑게 대하자 여포는 감격했다.

"싸움에 지고 이곳저곳 떠도는 장수를 이처럼 맞아주시니 황송할 뿐입니다. 언젠가 반드시 이 은혜를 갚고 말 것이오."

듣고 있던 장비는 콧방귀를 뀌었다.

"흥, 이놈아. 배반이나 하지 말아라."

장비의 말을 듣자 여포는 기분이 나빠졌다.

"그대는 말버릇이 꽤나 무례하구려."

여포는 예전에 장비와 싸웠던 일을 기억해냈다. 공손찬이 위험에 처했을 때 장비가 나서서 여포를 막았던 싸움이었다. 그때 수백 합을 싸우고도 끝내 승부를 내지 못했던 두 사람이었다.

"어디서 눈을 부라리느냐? 자, 어서 밖으로 나가자. 나가서 백일 밤낮을 싸워 전에 못한 승부를 내보자!"

장비가 장팔사모를 높이 치켜들었다. 분위기가 험악해지자 유비가 큰 소리로 장비를 꾸짖었다.

"먼 길 달려온 손님에게 이 무슨 행패냐? 당장 나가 있거라!"

관우가 씩씩거리는 장비를 이끌고 밖으로 나갔다.

"미안하게 됐소이다."

유비는 서둘러 사과했다.

여포는 침통한 표정으로 말없이 서 있었다.

"서주 가까운 곳에 소패라는 성이 있습니다. 내가 서주로 들어오기 전에 한동안 머물던 곳이지요. 군사들을 이끌고 당분간 그곳으로 가 계시오."

소패성은 서주에서 다스리는 관할 지역이었다. 유비는 여포에게 소패성을 임시로 빌려줄 생각이었다.

"그거 좋겠군요."

달리 방법이 없었기에 여포는 군사를 이끌고 소패로 떠났다.

유비가 서주에서 자리를 잡아갈 무렵이었다.

그 즈음, 황제가 있는 장안에서는 새로운 싸움이 벌어졌다. 싸움을 일으킨 사람들은 이각과 곽사였다. 이각은 곽사를 죽이고 자신이 권력을 차지하고 싶어 했다. 그것은 곽사도 마찬가지였다.

"음, 이각을 제거하고 내가 황제가 되어야겠구나."

곽사는 어느 날 은밀히 이각을 공격했다. 그러나 공격은 실패로 돌아갔다.

"곽사가 감히 나를 죽이려 하다니, 용서할 수 없다."

이각은 이를 뿌드득 갈았다. 마침내 두 사람은 서로를 공격하기 시작했다.

"한 명의 동탁이 죽어 두 명의 동탁이 되었구나."

백성들은 눈물을 흘리며 한탄했다. 이각과 곽사는 잔인하기 이를 데 없는 장수들이었다. 그들은 매일 싸움을 벌였다. 그

바람에 많은 백성들이 죽고 다쳤다.

보다 못한 충신 양표가 황제께 아뢰었다.

"폐하, 장안은 오래 있을 곳이 못 되옵니다. 백성들은 뿔뿔이 흩어지고 거리엔 시체만 가득합니다. 차라리 낙양으로 돌아가십시오."

"나도 고향이 그립소. 하지만 우리가 낙양으로 돌아가면 이각과 곽사가 가만히 있지 않을 테니 심히 걱정이오."

"밤이 되기를 기다렸다가 몰래 장안을 빠져나가면 저들도 알지 못할 것입니다."

그로부터 며칠 뒤였다. 칠흑같이 어두운 밤, 수레 몇 개가 몰래 황궁을 빠져나왔다. 황제가 탄 수레였다. 말을 탄 수십 명의 대신들이 그 뒤를 따랐다. 호위하는 군사를 합쳐 수백 명도 되지 않는 초라한 행렬이었다.

"목표는 우리의 옛 수도 낙양이다. 이각과 곽사가 쫓아오기 전에 빨리 장안을 벗어나자."

양표가 수레 모는 군사들을 재촉했다. 수레는 등도 켜지 않은 채 조심스럽게 거리를 빠져나갔다. 그로부터 보름 뒤, 황제 일행은 무사히 낙양에 도착했다.

"아아, 여기가 진정 낙양이란 말인가?"

낙양에 도착한 황제와 대신들은 연신 눈물을 흘렸다. 잡초가 우거진 낙양은 폐허의 벌판이었다. 황궁이 있던 자리는 깨진 기왓장만 나뒹굴었다. 시커멓게 그을린 잿더미 위에서 살아남은 백성들은 짐승처럼 살아갔다.

폐허 위에 황제가 쉴 집이 지어졌다. 화려하던 황궁에 비해 턱없이 초라한 집이었다. 식량도 다 떨어져 갔다. 대신들이 손수 밭을 일구고 군사들은 들로 나가 짐승을 사냥해 왔다.

"아, 누가 기울어 가는 황실을 다시 되살릴 수 있으랴."

황제는 연일 탄식했다.

그때 뜻하지 않은 소식이 들려왔다. 장안에 있던 이각과 곽사가 대군을 이끌고 낙양으로 쳐들어온다는 소문이었다. 낙양을 지키던 백성들은 짐을 꾸려 피난을 떠났다. 얼마 남지 않은 군사들도 뿔뿔이 흩어졌다.

보다 못한 태위 양표가 황제에게 고했다.

"폐하, 이대로 앉아서 당할 수는 없지 않습니까? 지방에 있는 제후들에게 도움을 요청하십시오."

"그래 누가 좋겠소?

황제가 한숨을 내쉬며 물었다.

"산동에 있는 조조가 제일 적당할 것 같습니다. 원소 형제가 있긴 하나 그들은 속이 이리처럼 검은 자들이지요. 조조는 뛰어난 인재들을 두루 거느리고 있을 뿐만 아니라, 물자가 풍부하고 군사도 수십만이나 됩니다. 폐하께서 명령을 내리시면 즉시 달려올 것입니다."

그때 이각과 곽사가 백성들을 짓밟으며 낙양으로 몰려왔다. 황제는 눈물을 흘리며 또다시 수레에 올랐다.

"쥐새끼 같은 놈들이군. 즉시 뒤쫓아라!"

이각, 곽사의 군대와 황제의 수레는 쫓고 쫓기는 숨바꼭질을 계속했다. 간격은 점점 좁혀졌다. 열흘 뒤, 이각은 마침내 황제의 수레를 따라잡았다. 창검을 든 군사들이 황제의 수레를 포위했다.

"황제는 지금 어디를 가시오?"

이각이 다가와 거만하게 소리쳤다.

"큰일 났구나."

황제와 황후는 벌벌 떨며 수레에서 나오지 못했다.

"수레에서 물러나라!"

그때 힘찬 말발굽 소리와 함께 맞은편에서 한 떼의 군사들이 달려왔다. 그들은 급보를 받고 산동에서 달려온 조조의 5만 대군이었다. 하후돈과 허저, 조홍 등의 장수가 대군을 지휘하고 있었다.

"너희들은 누구냐?"

이각이 뒤로 주춤 물러서며 소리쳤다.

"알 것 없다!"

맨 앞에 섰던 무섭게 생긴 장수가 이각을 향해 창을 휘둘렀다. 그는 허저였다. 이각의 부하 장수 이섬과 이별이 허저를 향해 달려들었다. 허저의 칼이 몇 번 허공을 가르자 이섬과 이별의 목이 땅으로 굴렀다. 그 틈을 타 5만 대군은 순식간에 이각의 군사를 무찔렀다. 상황이 불리해지자 이각은 말머리를 돌려 달아났다.

이각이 한참 달아나고 있을 때 저쪽에서 구원병이 달려왔다. 곽사의 군대였다. 다음날 이각은 곽사와 군사를 합쳐 다시 조조군을 기습했다. 그러나 그들은 조조군의 상대가 되지 못했다. 불과 반나절도 안 돼 모든 군사들이 뿔뿔이 흩어졌다. 죽은 시체도 1만 구나 되었다. 이각과 곽사는 겨우 수십 명을 이끌고 산으로 도망쳤다. 모사 가후도 홀로 말을 몰아 어디론가 사라졌다.

"폐하, 얼마나 고생이 많으셨습니까? 이제 마음을 놓으십시오."

조홍과 하후현이 황제를 찾아와 머리를 조아렸다.

"오, 조조가 보낸 군사들이구나. 장하다!"

곧이어 조조가 달려왔다. 조조는 황제를 호위하며 낙양으로 개선했다.

"조조 장군 만세!"

백성들은 너도나도 몰려나와 조조의 대군을 반겼다. 조조는 황제를 임시 궁궐에 모시고 절을 올렸다.

"폐하, 이제 조조가 폐하를 모시겠습니다."

황제는 기쁨의 눈물을 흘렸다.

"고맙소. 기울어 가는 한나라를 바로 세워 주시오."

황제는 조조에게 승상 벼슬을 내리고 모든 권한을 맡겼다.

조조가 들어오자 낙양은 모처럼 활기를 띠었다. 조조는 군사들을 풀어 연일 낙양을 재건하는 일에 앞장섰다. 새롭게 길을 내고 불에 타 흉하게 변한 곳을 말끔히 청소했다. 우물을 파고 갈 곳 없는 백성들을 위해 집도 지어 주었다. 백성들은 한결같이 조조를 칭찬했다.

그러나 또다시 문제가 발생했다. 오랜 기간 가뭄이 계속되었던 것이다. 식량이 떨어지고 전염병이 창궐했다. 여기저기서 사람들이 죽어나갔다. 어느 날 조조가 황제를 찾아와 건의했다.

"전염병이 그치질 않으니 속히 이곳을 떠나야겠습니다."

황제가 놀란 얼굴로 물었다.

"어디로 간단 말이오?"

대신들도 긴장한 얼굴로 조조의 말에 귀를 기울였다.

"하남에 있는 허창이 좋을 것 같습니다. 허창은 땅이 비옥하고 물자가 넉넉한 곳입니다. 그곳에서 새롭게 한나라를 일으켜 세우십시오."

조조는 새로운 땅에서 황제를 몰아낼 생각을 품고 있었다. 아무것도 모르는 황제는 고개를 끄덕였다.

"그렇게 하시오."

조조의 힘이 워낙 강했기에 대신들도 반대하는 사람이 없었다.

일은 즉시 실행에 옮겨졌다. 허창은 조조의 말대로 땅이 기름지고 경치가 수려한 곳이었다. 전염병도 돌지 않았다. 조조는 부하들을 시켜 황궁을 새로 짓게 하고 외각에는 성을 쌓았다. 길을 만들고 관청을 내니 곳곳에서 백성들이 몰려들었다. 불과 몇 달이 채 안 돼 허창은 새로운 도시의 모습을 갖추었다.

허창이 어느 정도 안정되자 조조는 스스로 대장군 무평후라는 높은 벼슬에 올랐다. 대장군 무평후는 조정의 모든 일을 마음대로 처리할 수 있는 자리였다. 조조는 그동안 공을 세운 자신의 부하들에게 골고루 벼슬을 내렸다. 하후동과 하후연, 조인, 조홍에게는 장군의 칭호가 내려졌다. 허저와 전위는 도위에 봉해지고 이전, 악진, 우금, 서황 등은 교위에 봉해졌다.

그뿐만이 아니었다. 조조를 옆에서 모셨던 모사들에게도 벼슬이 내려졌다. 순욱은 시중 상서령이 되었고 정욱은 동평상, 순유에게는 군사의 직책이, 곽가는 나마제주가 되었고 유엽은 사공에 임명되었다. 그 외에 부장과 군졸들에 이르기까지 크고 작은 상과 직책이 내려졌다. 이제 조조는 동탁에 버금가는 어마어마한 권력을 가지게 되었다.

권력을 움켜쥐자 조조에게는 새로운 고민이 생겨났다. 조조를 위협하는 세력이 아직 남아 있었던 것이다. 그들은 지방에 웅거하며 막강한 힘을 기르고 있는 제후들이었다. 원소 형제는 이미 조조와 맞먹는 대군을 거느리고 기주와 남양 일대를 지배했다. 서주의 유비도 무시하지 못할 세력이었고 소패에 있는 여포도 걱정이 되기는 마찬가지였다.

조조는 모사 순욱을 불러 조용히 물었다.

"동탁이 죽은 이유는 지방 제후들을 견제하지 못했기 때문이오. 나라가 안정되었으니 이제 군사를 일으켜 저들을 치고자 하는데 그대의 생각은 어떻소?"

순욱이 침착하게 대답했다.

"군사를 일으켰다가 자칫 저들이 연합하기라도 하는 날엔 모든 게 수포로 돌아가고 말 것입니다. 중간에서 저들을 이간시켜 힘을 무력화해야 합니다."

"방법을 얘기해 보시오."

"원소와 원술은 아직 움직일 기미를 보이지 않고 있습니다. 그 전에 유비와 여포를 먼저 쳐야 합니다. 유비는 서주 태수 도겸이 죽자 그 자리를 물려받았습니다. 정식 명령을 내려 서주 태수에 봉하시고 여포를 치게 하십시오. 설령 작전이 실패해도 유비가 자신을 죽이려 한 것을 알게 되면 여포가 가만히 있지 않을 것입니다. 서주를 두고 두 호랑이가 다투는 격이지요."

"둘 중 하나는 반드시 죽게 되겠군. 좋은 생각이다!"

조조는 황제의 도장이 찍힌 명령서를 유비에게 내려보냈다. 서주 태수로 봉하겠으니 군사를 일으켜 여포를 치라는 내용이었다. 그러나 계획은 수포로 돌아갔다.

"동탁이 죽고 나더니 이제 조조가 동탁 노릇을 하는구나."

명령서를 받아든 유비는 금방 조조의 간계임을 알아차렸다.

유비는 여포를 불러 편지를 보여주며 앞날을 상의했다.

"조조가 우리를 서로 이간시켜 싸움을 붙이고 있소이다. 이럴 때일수록 서로 힘을 합쳐 조조를 막아냅시다."

여포는 유비의 말에 크게 감복했다.

"고맙습니다. 어떤 일이 있어도 공을 배반하지 않겠습니다."

여포는 몇 번이나 절을 한 뒤 소패로 돌아갔다.

작전이 실패했다는 소식을 듣자 조조는 다시 순욱을 불러들였다.

"유비는 매우 영리한 인물이구려. 다른 방법을 찾아야겠소."

순욱이 대답했다.

"유비는 영리하지만 충성스러운 인물입니다. 이번에는 황제의 명으로 원소를 치게 하십시오. 유비가 서주를 비우게 되면 여포가 반드시 서주를 빼앗을 것입니다. 이렇게 되면 여포와 유비는 필연적으로 원수가 됩니다."

"과연, 천하의 순욱이로다."

조조는 무릎을 치며 기뻐했다.

35. 앗! 장비의 실수

황제의 칙령을 받은 유비는 거듭 한숨을 내쉬었다. 조조가 황제를 조종하여 꾸민 편지임을 알았기 때문이다. 그렇다고 칙령을 듣지 않을 수도 없는 상황이었다. 고민 끝에 유비는 명령을 내려 군사를 소집했다.

관우가 달려와 만류했다.

"시기가 매우 좋지 않군요. 서주성을 비우면 여포가 군사를 움직일 것입니다."

그러나 유비의 생각은 달랐다.

"나 역시 조조의 뱃속을 훤히 들여다보고 있네. 하지만 황제의 명령을 두 번씩이나 어길 수는 없지 않은가? 명령을 듣지 않으면 조조가 그걸 빌미로 우리를 침공할 걸세."

손건이 유비를 찾아와 말했다.

"서주성은 우리의 근거집니다. 원술을 치는 것도 중요하지만 무엇보다 서주를 지키는 일이 중요하지요. 관우와 장비, 두 장수 중에 한 명을 이곳에 남겨야 합니다."

"음, 그게 좋겠군. 그렇다면 누가 좋겠소?"

말이 떨어지기도 전에 장비가 나섰다.

"형님, 제가 남아 서주를 지키겠습니다."

그러나 유비는 고개를 흔들었다.

"아니, 형님은 이 아우를 믿지 못한단 말입니까?"

"믿지 못하는 게 아닐세. 다만 자네의 술버릇이 걱정돼서 그러네. 자네는 성미가 급하고 술을 좋아하여 큰일을 맡길 수 없네."

유비가 냉정하게 말하자 장비는 바닥에 엎드려 통곡했다.

"형님이 저를 그렇게 보시다니 섭섭합니다. 이제부터 술을 끊고 한 모금도 먹지 않겠습니다. 제 말을 믿어 주십쇼!"

장비는 허리에 차고 있던 술잔을 꺼내어 바닥에 내던졌다. 장비가 매우 아끼던 술잔이었다.

"음……. 그러면 자네를 믿고 떠나겠네. 모사 진등을 남겨 놓을 테니 어려운 일이 생기면 진등과 상의하게."

장비가 감격해서 소리쳤다.

"걱정 마십시오. 목숨을 바쳐 서주를 지키겠습니다."

유비는 장비에게 3천 군사를 주어 서주를 지키게 했다. 그런 다음 3만 군사를 일으켜 관우, 손건, 미축, 간옹 등을 이끌고 남양으로 길을 떠났다.

조조의 계략임을 알 턱이 없는 원술은 펄쩍 뛰었다.

"유비는 몇 년 전까지만 해도 돗자리를 짜서 장에 내다 팔던 시골 촌놈이 아니냐? 겁도 없이 남의 땅을 넘보다니 참으로 건방지군!"

원술은 장군 기령을 시켜 유비를 치게 했다. 기령은 산동 사람으로 50근짜리 삼지창을 잘 사용했다. 삼지창은 끝이 세 갈래로 갈라진 무시무시한 무기였다.

기령은 군사를 이끌고 유비군이 오고 있는 곳으로 달려갔다.

"촌놈, 유비야. 왜 남의 땅을 침범하느냐?"

기령의 말에 유비도 지지 않고 소리쳤다.

"우리는 황제의 칙령을 받들고 있다. 칙령을 거스르지 말고 항복하라!"

"그게 무슨 개 같은 소리냐?"

기령이 창을 휘두르며 달려나왔다.

보고 있던 관우가 청룡도를 휘두르며 기령을 맞이했다.

"수염 긴 놈아, 내 삼지창 맛 좀 봐라."

기령이 50근 삼지창으로 관우를 내리쳤다.

"무슨 소리! 82근 청룡도가 여기 있다!"

관우는 청룡도로 가볍게 삼지창을 쳐냈다. 그 다음부터는 관우의 일방적인 싸움이었다. 기령은 창을 들어 청룡도를 막아내기에 바빴다.

"안 되겠군!"

기령이 갑자기 말머리를 돌려 달아나기 시작했다.

"음, 내가 유비를 너무 만만하게 보았구나."

겁을 집어먹은 기령은 그 뒤부터 방어만 할 뿐 유비군을 공격하지 못했다. 유비는 유비 나름대로 군사가 적어 더 이상 전진하지 못했다. 황제의 칙령을 지키기 위해 떠난 싸움이라 승패에는 큰 관심이 없었던 것이다.

유비가 원술과 싸우고 있을 때였다.

서주성에 남겨진 장비는 갑옷도 벗지 않은 채 연일 성을 순찰했다. 손수 망루에 올라 성 밖을 살피고 말과 군사들을 돌보았다. 군사들은 험한 음식과 불편한 잠자리 속에서도 불평하지 않고 충실히 성을 지켰다. 그것을 본 장비는 큰 잔치를 열어 군사들을 배불리 먹게 했다.

"오늘같이 좋은 날 술이 없으면 안 되지."

장비는 술 한 통을 가져오게 하여 군사들에게 한 사발씩 돌렸다. 그러면서도 자신은 한 잔도 입에 대지 않았다.

"장군도 한 잔 드시지요. 어찌 저희끼리 마시겠습니까?"

부하의 말에 장비는 자제력을 잃었다. 안 그래도 진동하는 술 냄새를 참느라 침만 삼키고 있던 상황이었다.

"좋아, 딱 한 잔만 마시자!"

장비는 급히 술 한 잔을 목구멍으로 넘겼다. 한 잔을 비웠지만 뭔가 개운하지가 않았다.

"음, 딱 한 잔만 더 먹자!"

두 잔이 석 잔이 되고 석 잔이 넉 잔이 되었다. 장비는 술 한 통을 가져오게 하여 정신없이 들이켰다. 모처럼 마신 술이라 장비는 금방 취했다. 장비는 창고를 열어 술을 있는 대로 다 가져오게 했다.

"자, 그동안 고생 많았다. 오늘 하루만 마음껏 마시자."

장비는 선심이라도 쓰듯 부하들을 격려했다. 모두가 취해 비틀거리는데 유독 한 사람만 술을 마시지 않았다. 그는 옛날 도겸의 부하장수였던 조표였다.

"너는 왜 술을 마시지 않느냐?"

장비는 조표가 술을 먹지 않자 기분이 나빠졌다.

"저는 술을 일절 하지 못합니다."

조표가 공손히 대답했다.

"뭐라고? 감히 내 명령을 거역할 셈이냐?"

장비는 술통을 들고 와 강제로 술을 먹이려고 했다.

"장군은 태수님과의 약속을 벌써 잊은 게요?"

조표가 술통을 밀치며 버럭 화를 냈다.

"아니, 이놈이 어디서 눈을 부라리느냐? 여봐라. 이놈을 끌어내어 곤장 백 대를 쳐라!."

이성을 잃은 장비는 큰 소리로 군사들에게 명령했다.

"장군은 소패성의 여포를 잊으셨소? 어찌하여 술판을 벌이시오!"

밖으로 끌려나가며 조표가 소리쳤다. 여포란 소리를 듣자 장비는 화가 머리끝까지 치솟았다.

"내가 여포 따위를 겁낼 줄 아느냐!"

곤장 백 대를 얻어맞은 조표는 그 자리에서 실신했다.

조표가 정신을 차린 것은 새벽녘이었다. 밖으로 나와 보니 성을 지키던 군사들은 개미새끼 하나 보이지 않았다. 모두가 술에 취해 잠들어 있었던 것이다.

"오냐, 어디 맛 좀 봐라!"

조표는 재빨리 말을 달려 여포가 있는 소패성으로 달려갔다.

"지금 서주성은 텅텅 비어 있는 상태요. 속히 군사를 이끌고 달려가 서주성을 빼앗으시오."

조표는 장비가 술주정 한 일을 낱낱이 얘기했다.

"그렇긴 하지만 유비는 나를 받아준 은인이 아니오?"

여포가 망설이자 진궁이 나섰다.

"사나이 대장부가 어찌 작은 일에 연연하시오? 군사를 몰고 가 속히 서주성을 차지합시다. 언제까지 소패에 갇혀 있을 수만은 없지 않소? 서주를 차지하여 힘을 기르고 그 힘을 바탕으로 후일을 도모하십시오."

여포는 군사 1천 명을 이끌고 바람처럼 서주로 달려갔다. 예상대로 성문은 텅 비어 있었다. 군사들은 모두 술에 취해 잠든 상태였다. 여포는 힘 하나 들이지 않고 순식간에 서주를 점령했다.

"여포가 쳐들어왔습니다!"

군사들이 뒤늦게 달려와 장비를 깨웠다.

"아뿔싸! 그게 사실인가?"

장비는 비틀거리며 말에 올라탔다.

"여포는 어디 있느냐?"

장비는 여포가 있는 곳으로 말을 몰았다.

"이 상태로 싸우면 목이 달아납니다."

부하들은 술에 취한 장비를 말에 태워 필사적으로 달아났다. 장비가 겨우 성을 벗어났을 때였다. 조표가 백 명의 군사를 이끌고 장비를 쫓아왔다.

"이놈, 장비야. 어찌하여 죄 없는 내게 매질을 하였느냐?"

조표가 칼을 휘두르며 장비에게 달려들었다.

"음, 이제야 알겠다. 여포를 끌어들인 게 바로 네놈이구나!"

장비는 취한 와중에도 장팔사모를 미친 듯 휘둘렀다. 장팔사모는 사납게 조표의 가슴을 꿰뚫었다. 백 명의 군사는 대항하지도 못하고 뿔뿔이 흩어졌다.

'형님이 나를 믿고 성을 맡겼는데 이제 어디로 간단 말인가?'

장비는 하늘을 우러러보며 탄식했다. 눈물이 쉴 새 없이 앞을 가렸다. 따르는 군사도 수십 명밖에 되지 않았다.

'두 형님께 나아가 사실대로 말하고 죽어버리자!'

장비는 말을 달려 원술과 싸우고 있는 유비를 찾아갔다.

"뭐? 성을 빼앗겼다고?"

비참한 몰골로 나타난 장비를 보자 유비는 할 말을 잊었다. 장비는 유비와 관우 앞에 무릎을 꿇고 엎드려 그간의 사정을 얘기했다.

"기왕에 그렇게 되었으니 어쩔 수 없는 일이다."

유비가 침착하게 대답했다. 관우가 눈을 크게 뜨고 물었다.

"그래, 형님 가족들은 어떻게 되었느냐?"

"아직 성 안에 계십시다. 이놈을 죽여 주십시오."

장비는 목을 길게 늘어뜨리고 엉엉 울음을 터뜨렸다.

"이놈! 성을 떠날 때 술을 조심하라고 그렇게 당부하지 않았더냐? 형님 가족을 두고 무슨 낯짝으로 찾아왔느냐?"

관우가 버럭 화를 냈다.

"제가 여기까지 달려온 건 용서를 구하고 죽기 위해서였습니다. 이제 용서를 빌었으니 죽어 버리겠습니다. 못난 아우를 용서하십시오."

장비는 부하의 칼을 빼앗아 자신의 목을 찌르려 했다. 관우가 급히 달려가 장비의 손에서 칼을 빼앗았다.

"이게 무슨 짓인가?"

"죽게 내버려두십시오."

서러운 듯 장비는 펑펑 눈물을 흘렸다.

"우리 셋은 함께 죽기로 도원의 맹세를 하지 않았더냐? 빼앗긴 성은 다시 찾으면 그만이니 이제 깨끗이 잊자."

유비가 장비의 손을 잡으며 위로했다.

그때 서주에서 전령이 여포의 편지를 가지고 달려왔다.

가족들은 저희가 잘 보호하고 있으니 걱정하지 마십시오
부득이 성을 빼앗았지만 어쩔 수 없는 일이었습니다
군사를 거두고 돌아와 소패를 맡아 주십시오

여포의 모사 진궁이 보낸 편지였다. 서주를 빼앗은 진궁은 유비를 자신들이 있던 소패에 잡아두어 조조의 대군과 싸울 생각이었다.

진궁의 편지를 받은 유비는 크게 기뻐했다.

"그래도 여포가 우리를 버리지는 않았군. 당장 소패로 떠나자."

유비 일행이 서주에 이르자 늙은 어머니와 아내 감 부인, 미 부인이 반갑게 달려나왔다. 여포는 보호하고 있던 유비의 가족들을 돌려주며 변명하듯 말했다.

"맹세코 서주를 빼앗을 마음은 없었소이다. 아우 되는 장비가 술에 취해 함부로 사람을 매질하고 술판을 벌였기에 혹시나 하여 성을 맡아 지키고 있었던 것뿐이오."

"뭐라고, 이런 짐승 같은 자식!"

여포를 발견한 장비가 사모창을 휘어잡고 미친 듯 달려들었다.

"이게 무슨 짓인가?"

유비는 황급히 장비를 나무랐다.

"네 이놈! 다시 내 눈에 띄면 죽음을 면치 못할 것이다."

화가 머리끝까지 치민 장비는 말을 몰아 먼저 소패로 떠나버렸다.

유비가 여포에게 말했다.

"누가 주인이고 아니고는 중요하지 않소이다. 힘을 합쳐 서주를 잘 지킵시다."

유비는 가족들을 이끌고 조용히 소패로 떠났다.

"형님, 이렇게 억울한 일을 당하고 어찌 참기만 하십니까?"

관우가 답답하다는 듯 한숨을 내쉬었다.

"지금은 때가 아니네. 소패에서 힘을 기르며 상황을 지켜보기로 하세."

유비가 힘없이 대답했다.

며칠 뒤 여포는 소패로 식량과 비단을 보내왔다.

유비는 말없이 그것을 받아두었다.

36. 손책의 강동 정벌

중국 대륙은 장강이라는 긴 강을 사이에 두고 강남과 강북으로 나누어진다. 조조와 원소, 유비, 여포 등 대부분의 영웅들은 강북에 진을 치고 있었다.

대륙은 중앙에 있는 형주와 장사를 기점으로 강동과 강서로 나누어진다. 형주에서 유표와 싸우다 아버지를 잃고 손견이 후퇴해 간 곳이 바로 강남의 장사 지방이었다.

강동의 호랑이로 불리던 손견이 37세의 나이로 어이없게 죽자 강동 지역은 큰 슬픔에 휩싸였다. 그러나 강동에는 손책이 있었다. 강북에서 제후들이 물고 물리는 싸움을 계속하는 사이 손책은 장사에서 점차 세력을 확장해 나갔다. 그러기를 4년여, 손책은 마침내 강동 81주를 거의 손에 넣었다. 손책이 21세 되던 해의 일이었다.

이제 마지막으로 남은 곳은 가장 동쪽에 있는 양주였다. 장강 하류에 있는 양주는 곡아를 중심으로 자사 유요가 다스리는 지역이었다. 손책은 수만 명의 정예 병력을 이끌고 양주로 출발했다. 황제가 조조를 따라 허창으로 수도를 옮긴 지 2년째 되던 해의 일이었다.

손책이 이끄는 강동군은 창검을 휘날리며 양주로 나아갔다. 정보와 한당, 황개가 변함없이 손책 뒤를 따랐다.

그로부터 며칠 뒤였다. 일행이 역양 땅에 이르렀을 무렵 저쪽에서 한 떼의 군사가 다가왔다. 선두에서 말을 몰던 젊은 무사가 손책을 보자 반갑게 손을 흔들었다.

"손공 아니시오?"

풍채가 단단하고 얼굴이 옥처럼 흰 젊은이였다.

"그대는 주유가 아닌가?"

손책은 말에서 내려 반갑게 청년의 손을 잡았다. 군사를 이끌고 나타난 젊은이는 여강 사람으로 주유라는 인물이었다. 나이는 손책이 조금 많았지만 두 사람은 고향 친구로 어린 시절을 함께 보낸 죽마고우였다. 고향에서 군사를 기르고 있던 주유는 손책이 양주로 진격한다는 소식을 듣자 즉시 군사를 이끌고 달려온 것이었다.

"이런 곳에서 친구를 만나다니 정말 뜻밖일세."

손책의 말에 주유는 고개를 깊게 숙였다.

"형님과 큰일을 도모하기 위해 달려왔습니다."

"주유를 얻었으니 이제 곧 천하를 얻게 되겠구나."

손책은 어린아이처럼 좋아했다. 두 사람은 옛 추억을 이야기하느라 시간 가는 줄 몰랐다.

이틀 뒤 작은 마을을 지날 때였다.

"형님께서는 강동의 '이장'을 아시오?"

이장은 두 명의 장씨 성 가진 사람을 높여 부르는 말이었다.

"그게 누구를 말함인가?"

손책이 눈을 크게 뜨고 물었다.

"산속에 묻혀 사는 현인들입니다. 한 사람은 장소라 하고 또 한 사람은 장굉이라 하지요. 두 사람 모두 하늘이 내린 사람이라 일컬어집니다. 마침 이 근처에 그 두 사람의 집이 있습니다. 두 사람을 초청하여 군사로 쓰시면 훗날 큰 도움이 될 것입니다."

"두 현인이 순순히 나를 따라 나설지 의문이군."

"두 사람은 재물에 관심이 없으니 설득하기 힘들 것입니다. 형님이 직접 찾아가셔서 도움을 청하십시오. 나라와 백성을 생각하는 사람들이니 필시 마음을 움직일 것입니다."

손책은 크게 기뻐하며 장소가 사는 시골로 찾아갔다. 손책은 장소에게 큰 절을 올리고 찾아온 뜻을 전했다. 바깥세상을 등지고 살아가던 장소는 손책의 간곡한 청에 못 이겨 마침내 군사가 될 것을 허락했다. 장굉도 손책의 청을 거절하지 못하고 따라 나섰다. 장소와 장굉은 조조의 휘하에 있는 순욱과 정욱, 곽가에 버금가는 인재들이었다. 나라가 어지러워지자 천하의 인재들도 이렇듯 주인을 찾아 각자 가는 길이 다르게 갈라졌다.

"양주를 점령하고 강동을 통일하자!"

손책은 말 위에 높이 올라 전 군에 호령했다.

"강동을 집어삼킨 손책이 이제 마지막 남은 양주로 오고 있소이다."

손책이 대군을 이끌고 다가온다는 소식을 듣자 유요는 부하들을 불러놓고 작전 회의를 열었다. 양주자사 유요는 원래 동래현 모평 사람이었다. 장강 연안의 호족으로 유비처럼 한실의 혈통을 이어받은 위인이었다. 양주의 근거지는 원래 원소가 있는 장강 북쪽 수춘이었다. 원술이 수춘을 빼앗자 할 수 없이 곡아로 밀려 내려와 있었던 것이다.

"제게 맡겨 주십시오. 손책을 잡아오겠습니다."

키가 큰 장수 하나가 눈을 부라리며 앞으로 나섰다. 그는 장양이라는 장수였다. 유요는 크게 기뻐하여 장양에게 군사를 주어 손책을 막게 했다. 장양은 장강 가에 있는 우저라는 요새지에 진을 치고 손책을 기다렸다.

그러나 장양은 손책의 상대가 되지 못했다. 손책이 사방으로 불을 놓고 공격하자 장양은 성을 버리고 줄행랑을 놓았다. 장양이 패하고 돌아오자 유요는 직접 군사를 이끌고 신정산으로 나아갔다.

"유요는 나와서 내 칼을 받아라!"

유요를 보자 손책이 말을 타고 달려나와 소리쳤다.

"누가 나가서 손책의 목을 베어올꼬?"

유요가 주변에 늘어선 장수들을 돌아보았다. 그런데 어찌된 영문인지 서로 눈치만 볼 뿐 아무도 나가 싸우려 하지 않았다.

"제가 손책의 목을 가져오겠습니다!"

그때 한 소년이 창을 들고 뛰어나왔다. 모든 사람이 놀라 그쪽을 바라보았다. 그는 지난날 북해에서 황건적의 포위를 뚫고 평원현 유비에게 구원을 요청했던 소년 장수 태사자였다. 황건적이 토벌되자 태사자는 북해를 떠나 양주로 건너와 유요에게 몸을 의지하고 있었다.

"오, 태사자로구나."

유요는 기뻐하며 출전을 허락했다. 태사자는 허리에 철궁을 두르고 창을 비켜 잡았다. 그리고 손책을 향해 똑바로 말을 달려나갔다.

"네놈이 손책이냐?"

태사자가 다짜고짜 손책을 향해 달려들었다. 손책도 창을 들고 태사자를 맞았다. 그러나 두 사람은 실력이 서로 막상막하였다. 자그마치 50여 합을 싸웠지만 좀처럼 승부가 나지 않았다. 두 사람의 싸움은 하루 종일 이어졌다. 양쪽 군사는 숨을 죽이고 그들의 싸움을 지켜보았다.

"오늘은 해가 졌으니 내일 아침 다시 싸우자."

손책이 숨을 몰아쉬며 말했다.

"좋을 대로."

지쳐있던 태사자도 등을 돌려 진지로 돌아왔다.

다음날 싸움은 또다시 이어졌다. 정오가 되도록 90합이나 싸웠지만 역시 승부가 나지 않았다.

'대단한 놈이다. 이 자를 사로잡아 나의 부하로 만들리라.'

태사자의 창 솜씨는 갈수록 손책을 능가했다. 크게 감탄한 손책은 싸움을 멈추고 말 머리를 돌려 도망쳤다.

"어딜 도망가느냐?"

태사자가 비호처럼 달려들어 손책을 덮쳤다. 순식간에 벌어진 일이라 손책은 창을 놓치고 말에서 떨어졌다. 태사자와 손책은 무기를 버리고 주먹과 발로 치고 받았다. 싸움이 불리해지자 손책은 다리에 숨겨 놓았던 단검을 빼들었다. 태사자는 머리에 썼던 투구를 벗어들고 손책과 맞섰다. 그렇게 50여 합을 치고받았지만 역시 승부가 나지 않았다.

태사자가 숨을 돌리는 사이 손책은 재빨리 말에 올라 도망쳤다. 보고 있던 태사자도 말을 집어타고 손책의 뒤를 쫓았다. 손책은 태사자를 자꾸만 숲속으로 유인했다.

"비겁하다!"

태사자는 말에 채찍을 가하며 정신없이 손책을 뒤쫓았다. 커다란 바위가 앞을 가로막고 있는 곳에 이르렀을 때였다. 도망치던 손책이 별안간 말머리를 홱 돌렸다. 그것을 신호로 커다란 그물이 날아들어 태사자를 덮쳤다. 범을 사냥할 때 쓰는 그물이었다. 그물에 갇힌 태사자는 미친 듯 울부짖으며 발버둥쳤다. 그러면 그럴수록 그물은 더욱 깊게 태사자의 몸을 조였다.

태사자가 사로잡히자 유요군의 사기는 크게 떨어졌다. 정보와 한당, 황개 등은 모든 군사를 휘몰아 유요군을 덮쳤다. 유요군은 싸울 기력을 잃고 뿔뿔이 흩어졌다. 죽은 군사의 수도 1만 명이나 되었다. 주유는 따로 군사를 이끌고 유요의 근거지인 곡아를 점령했다. 며칠에 걸친 싸움은 손책의 승리로 끝났다. 유요는 겨우 수백 명의 부하를 이끌고 유표에게 도망쳤다.

태사자는 꽁꽁 묶인 채 손책 앞으로 끌려갔다.

"이놈들, 이게 무슨 짓이냐?"

묶여 온 태사자를 보자 손책은 부하들을 꾸짖었다. 손책은 맨발로 달려 내려가 태사자의 묶인 몸을 풀어주고 새 옷을 가져오게 하여 갈아입게 했다.

"사로잡은 적국의 장수에게 이게 무슨 짓이오?"

태사자가 의아한 얼굴로 물었다.

"나라가 어지러워 서로 창을 겨누었을 뿐, 우리에게 적이 어디 있겠소? 장군의 무예 실력에 깊이 감동한 나머지 그물을 써서 사로잡게 했을 뿐이오. 부디 저를 도와주시오."

손견이 고개를 숙이고 청하자 태사자는 크게 감동했다.

"사로잡힌 장수를 이처럼 후하게 대접해주시니 몸둘 바를 모르겠소. 거두어 주신다면 기꺼이 충성을 바치겠습니다."

양주를 점령한 손책은 이로써 태사자라는 뛰어난 장수 한 명을 얻게 되었다. 내친 김에 손책은 곡아 아래쪽에 있는 오군과 회계를 점령하고 강동을 완전히 손아귀에 집어넣었다.

"손책이 온다!"

"손책은 강동을 지켜주기 위해 온 장군이다!"

가는 곳마다 백성들이 나와 손책을 환영했다. 손책은 곳곳에 방을 붙여 백성을 안심시키고 가난에 허덕이는 사람들을 구제했다. 불과 몇 달 되지 않아 손책은 강동의 구세주로 떠올랐다. 백성들은 이구동성으로 손책의 덕을 칭찬했다.

선성에 자리잡은 손책은 군사를 나누어 강동 곳곳을 지키게 했다. 어느 정도 자리가 잡히자 장소와 장굉이 차례로 손책에게 건의했다.

"강동을 하나로 통일했지만 아직 황제의 허락을 얻지 못했습니다. 전령을 보내 자세한 내용을 조정에 보고하시는 게 순서라고 생각합니다."

"원술에게도 전령을 보내 맡겨 둔 옥새를 돌려 달라고 청하십시오."

손책은 그 말을 옳게 여겨 허창과 수춘으로 각각 전령을 보냈다.

37. 도망가는 유비

손책이 강동을 차지하자 가장 화를 낸 사람은 원술이었다.

"건방진 놈, 당장 대군을 몰고 가 목을 베리라!"

원술이 화를 내는 이유는 손책이 원술의 은혜를 모른 체했기 때문이다. 아버지 손견이 죽자 손책은 원술에게 군사 3천을 빌린 일이 있었다. 군사를 빌리며 손책은 아버지가 물려준 옥새를 임시로 원술에게 맡겼던 것이다.

원술이 대군을 소집하자 부하들이 이구동성으로 말렸다.

"손책을 치려면 장강을 건너가야 합니다. 그런데 우리에게는 수군이 없지 않습니까? 차라리 북쪽에 있는 유비를 쳐서 서주의 반을 빼앗으십시오."

원술이 겨우 화를 가라앉히고 말했다.

"유비를 치는 건 시간문제이지만 유비에겐 여포가 있지 않은가?"

부하 중에 양대장이라는 자가 대답했다.

"여포는 걱정할 위인이 못 됩니다. 양곡 5만 석을 보내 이번 싸움에 나서지 말아달라고 청하십시오. 미련한 여포는 제 옆에 있는 소패가 날아가는 줄도 모르고 좋아할 것입니다."

"흠, 그거 좋겠군."

원술은 식량 5만 석을 여포에게 보냈다.

"뭐? 식량을 공짜로 주고 유비까지 쳐서 없애준다고?"

여포는 예상대로 함박웃음을 지으며 좋아했다.

"이제, 건방진 유비에게 복수를 하는 일만 남았군!"

원술은 장군 기령에게 5만 군사를 주어 유비가 있는 소패를 공격하게 했다. 소패성은 불난 집처럼 들끓었다.

"원술이 지난 번 일을 잊지 않고 복수를 하러 온 모양이오. 이를 어찌하면 좋겠소?"

유비는 급히 부하 장수들을 불러모았다.

한쪽에 있던 손건이 조용히 나섰다.

"소패를 빼앗기면 서주 또한 무사하지 못할 것이니 여포에게 구원을 요청하십시오. 여포에겐 아직 수만 명의 강병이 남아 있지 않습니까?"

"의리라고는 눈곱만큼도 없는 놈이 우리를 도와줄 것 같소?"

장비가 버럭 화를 냈다.

"지금으로선 방법이 없다."

유비는 전령을 보내 여포에게 구원을 요청했다.

여포는 모사 진궁을 불러 상의했다.

"식량을 지원 받은 마당에 입장이 난처하게 됐지 않소?"

진궁이 미소를 머금고 대답했다.

"유비를 구원하되 기령과 싸움은 하지 마십시오. 그렇게 되면 양쪽의 청을 모두 들어주는 게 아닙니까?"

"오, 과연 기발한 생각이오."

여포는 군사 3만을 이끌고 소패 인근으로 나가 진을 쳤다.

"여포가 우리를 도와주러 나온 모양이군."

여포를 보자 유비는 크게 안심했다.

여포는 전령을 보내 기령과 유비를 자신의 막사로 초청했다.

"장군은 어찌하여 약속을 지키지 않소?"

화가 치민 기령이 여포에게 따졌다.

"이놈아, 왜 우리를 공격하느냐?"

기령을 보자 장비가 칼을 빼들고 달려들었다.

"나는 오직 원술 장군의 명령을 따를 뿐이다!"

기령도 지지 않고 대들었다.

"남의 막사에 와서 웬 소란들이오?"

여포가 소리를 빽 질렀다.

여포는 부하들을 시켜 자신의 방천화극을 가져오게 했다.

"나는 두 사람을 화해시키기 위해 이 자리에 부른 것이오?"

"명령을 받아 유비의 목을 가지러 온 장수에게 그게 무슨 망발이오?"

기령이 자리를 박차고 일어났다.

"나 여포가 두 눈 부릅뜨고 있는 이상 쉽지 않을 것이오."

여포는 방천화극을 원문 바깥에 세우게 했다. 막사로부터 백오십 보나 떨어진 먼 거리였다. 유비와 기령은 의아한 얼굴로 여포의 행동을 지켜보았다.

"내가 화살을 쏘아 창끝을 맞히겠소. 화살이 창끝을 맞히면 두 장수는 하늘의 뜻임을 알고 싸움을 멈추시오. 만약 맞히지

못하면 그땐 싸우든 말든 난 일체 상관하지 않으리라."

참으로 절묘한 제안이었다.

'설마, 창끝을 화살로 맞힐 수 있으랴?'

기령은 선뜻 여포의 제안을 수락했다. 거리가 멀어 창날 끝은 가물가물 잘 보이지도 않았다. 크게 손해 볼 것 없는 일이라 유비도 여포의 제안을 받아들였다. 여포는 자신이 아끼는 철궁을 가져오게 했다.

"그럼 쏘겠소이다!"

여포는 붉은 비단 옷소매를 걷고 시위를 당겼다. 여포의 진중엔 적막이 감돌았다. 모두가 긴장한 순간, 피융 소리와 함께 날아간 화살은 여지없이 방천화극 끝에 맞고 튕겨나갔다.

"와!"

지켜보던 여포의 부하들이 함성을 울렸다.

"하늘의 뜻이 이러하니 어쩌겠소? 두 분은 싸움을 멈추고 돌아가시오."

여포가 활짝 웃으며 기령과 유비의 손을 마주잡았다. 입장이 난처해진 기령은 군사를 이끌고 남양으로 돌아갔다.

"내가 아니었으면 천하의 유비도 끝장날 뻔했소이다."

여포는 자신이 큰 일이라도 성사시킨 양 거들먹거렸다. 사실 모든 계획은 모사 진궁의 작전이었다.

"은혜는 잊지 않겠소."

유비는 허리를 숙여 고마움을 표시하고 소패로 돌아갔다.

한편 소식을 전해들은 원술은 펄쩍 뛰었다.

"이런 찢어죽일 놈이 있나? 식량을 고스란히 받아 삼키고 그것도 모자라 우릴 방해해?"

기령이 조심스럽게 말을 받았다.

"여포는 천하의 영웅으로 싸워 이기기가 쉽지 않습니다. 우선 여포를 우리편으로 만든 다음에 천하를 도모하십시오."

"무슨 계략이라도 있는가?"

원술이 목소리를 가라앉히고 물었다.

"여포에게는 시집 갈 나이가 된 딸이 하나 있습니다. 마침 장군에게도 장성한 아드님이 있지 않습니까? 사람을 보내 청혼하면 여포도 좋아할 것입니다. 여포의 딸을 며느리로 맞게 되면 여포를 이용해 유비를 칠 수 있음은 물론 눈엣가시 같은 조조도 능히 토벌할 수 있을 것입니다. 먼 것이 가까운 것을 갈라놓을 수 없음을 이용한 계책이지요."

원술은 즉시 계획을 실행에 옮겼다. 여포 역시 순순히 원술의 청혼을 받아들였다. 원술과 사돈 관계를 맺고 조조와 대항하기 위해서였다.

갑자기 예정에 없던 혼담이 오고가자 서주와 남양은 그 이야기로 시끄러웠다. 소문은 서주성 밖에 있는 진규라는 노인의 귀에도 들어갔다. 진규는 유비의 부하가 된 진등의 아버지이기도 했다.

진규는 이 작전이 여포를 이용해 원술이 유비를 제거하려는 계략임을 눈치챘다. 진규는 병든 몸을 이끌고 여포를 찾아갔다.

"속히 혼담을 중지하시지요. 원술은 따님을 인질로 잡고 장군을 이용해 천하를 얻으려는 수작을 부리고 있소이다."

여포는 귀가 얇은 위인이었다. 진규의 말을 듣고 난 여포는 정신이 아찔해졌다.

"음, 자칫 잘못했으면 음흉한 원술에게 당할 뻔했군!"

여포는 원술이 보낸 전령을 죽이고 혼담을 없었던 일로 만들었다.

그러나 유비와 여포의 위태로운 평화는 뜻하지 않은 일로 깨졌다. 장비가 여포의 말을 빼앗는 사건이 발생했기 때문이다.

여포의 부하들이 수백 마리의 말을 사서 서주로 돌아올 때였다. 갑자기 장비가 나타나 말을 모조리 빼앗아갔다. 성미 급한 여포는 앞 뒤 가리지 않고 질풍처럼 소패로 달려갔다.

"배은망덕한 유비야, 어서 나와 내 칼을 받아라!"

깜짝 놀란 유비가 성문 위로 달려나왔다.

"여포 장군, 갑자기 왜 그러시오?"

유비는 장비가 저지른 일을 모르고 있었다.

"원술이 공격해 왔을 때 구해준 게 엊그제 일이거늘, 나를 배반하고 어째서 말을 빼앗았느냐?"

"말을 빼앗다니? 도대체 그게 무슨 소리요?"

유비가 고개를 갸웃거리며 물었다.

"저런, 뻔뻔한 놈을 봤나?"

여포가 입에 거품을 물며 방천화극을 흔들었다.

"그래, 내가 말을 빼앗았다. 네놈은 우리 형님이 지키던 서주를 빼앗지 않았더냐. 그까짓 말 몇 마리 빼앗은 일이 무슨 대수로운 일이냐?"

장비가 장팔사모를 휘두르며 여포를 향해 달려나갔다.

"너 잘 만났다. 나는 네놈 얼굴만 봐도 살이 떨린다."

장비를 보자 여포의 방천화극이 춤을 추었다.

"나 역시 너만 보면 재수가 없다!"

장비도 지지 않고 장팔사모를 휘둘렀다. 뱀처럼 생긴 장팔사모와 반달처럼 생긴 방천화극이 불꽃을 튀기며 공중에서 부딪쳤다. 백 합이나 싸웠지만 좀처럼 승부가 나지 않았다.

"안 되겠군. 내일 다시 싸우자!"

날이 어두워지자 두 장수는 서로 말머리를 돌렸다.

"아우는 어찌하여 시키지도 않은 일을 저질렀는가?"

장비를 보자 유비는 큰 소리로 나무랐다.

"서주를 빼앗긴 일이 분해서 그랬습니다."

장비가 씩씩거리며 대답했다.

"어쨌든 정당하게 얻은 말이 아니니 돌려주게."

유비는 관우를 시켜 말 2백 필을 여포에게 돌려주었다. 그러나 여포는 물러가지 않았다. 5만이나 되는 대군을 동원하여 소패를 포위하고 맹렬히 공격을 퍼부었다. 방어하는 유비의 군사는 고작 수천 명도 되지 않았다.

"싸울 군사가 없으니 무슨 수로 소패를 지키겠나?"

유비는 부하들을 불러 회의를 열었다.

모사 손건이 말했다.

"소패를 버리고 조조에게 가십시오. 조조는 영웅을 홀대하지 않는다고 들었습니다. 조조에게 몸을 의지하다가 적당한 기회에 여포를 치십시오."

"다른 방법이 있으면 말해 보시오?"

유비가 한숨을 쉬며 좌중을 돌아보았다. 모두 꿀 먹은 벙어리처럼 말이 없었다.

달이 환하게 밝은 밤이었다. 북문이 일시에 열리고 한 떼의 군마가 나는 듯이 쏟아져 나왔다. 성을 포위하고 있던 여포군이 창을 휘두르며 달려들었다.

"이놈들!"

맨 앞에 선 두 장수가 창을 휘두르며 길을 열었다. 그들은 관우와 장비였다. 여포군은 파도가 갈라지듯 좌우로 물러났다.

"유비가 도망칩니다!"

군사들이 달려와 여포에게 보고했다.

"쫓지 말고 도망가게 그냥 두어라."

천하의 여포지만 관우, 장비는 무서운 상대였다.

소패를 벗어난 유비 일행은 연일 서쪽으로 말을 달려 마침내 조조가 있는 허창에 당도했다. 조조는 머리가 좋고 꾀가 많은 인물이었다. 유비가 제 발로 자신을 찾아오자 크게 기뻐하며 환대했다.

"천하 영웅이 나를 찾아오다니 꿈만 같구려. 정말 잘 오셨소이다. 지난 일은 모두 잊고 함께 힘을 모아 나라의 장래를 걱정해 봅시다."

유비는 머리를 숙여 답례했다.

"이처럼 따스하게 대해 주시니 고맙기 그지없습니다."

며칠 뒤 조조는 유비를 예주 태수에 임명했다. 이로서 유비는 조조의 부하가 된 셈이었다. 조조는 유비에게 군사 3천과 식량 1만 석을 지원해 주었다. 유비가 예주로 떠나자 모사 순욱과 정욱이 조조를 만나러 왔다.

"유비는 반드시 승상을 배반할 것입니다. 사람을 보내 처단하십시오."

그러나 곽가의 생각은 달랐다.

"지금 유비를 죽이면 천하의 영웅호걸들이 승상을 원망할 것입니다. 그 이후부터는 누구도 승상을 찾아오지 않겠지요."

조조는 곽가의 의견을 옳게 여겼다.

"그건 그렇고, 완성에 있는 장수를 치려 하는데 여포가 뒤를 공격할까 걱정이네."

장수는 동탁의 부하였던 장제의 조카였다. 장제가 죽자 뒤를 이어받은 장수는 군사를 이끌고 완성에 들어가 진을 쳤다. 형주와 동맹을 맺은 장수는 공공연하게 허창을 치겠다고 떠벌였다. 조조로서는 완성을 공격하지 않을 수 없는 상황이었다.

순욱이 의견을 냈다.

"여포는 재물에 눈이 어두운 자입니다. 벼슬을 내려 유비와 화해를 권하십시오. 그 사이 장수를 공격하면 여포는 군사를 움직이지 않을 것입니다."

"음, 매우 좋은 생각이로다."

조조는 전령을 보내 여포에게 평동장군이라는 벼슬을 내렸다. 조조가 황제를 마음대로 조종하고 있었기에 가능한 일이었다.

"조조가 내린 벼슬을 받자니 뒤가 꺼림칙하군."

여포가 망설이자 곁에 있던 진규가 은밀히 속삭였다.

"받아 두십시오. 벼슬이 있어야 백성들에게 인정을 받을 수 있습니다."

여포는 흔쾌히 벼슬을 받아들였다.

38. 조조, 사랑에 빠지다

"자, 완성을 공격하라!"

걱정이 사라진 조조는 15만 대군을 이끌고 완성을 향해 진격했다. 조조를 따르는 맹장들이 모두 동원되어 군대를 이끌었다. 황제가 허창으로 수도를 옮긴 지 2년째 되던 건안 2년 5월의 일이었다.

때는 봄이어서 꽃이 피고 사방으로 벌과 나비가 날아다녔다. 조조가 이끄는 대군은 창칼을 높이 든 채 수십 리에 걸쳐 완성으로 행군했다.

소식을 전해 들은 장수는 크게 당황했다. 조조의 군사가 예상보다 많았기 때문이다. 그러나 장수에게는 영리한 모사 가후가 있었다. 가후는 이각과 곽사가 조조에게 패하자 장제를 찾아가 몸을 의지하고 있었다.

"이대로 싸웠다간 전멸을 당하고 말 것이오. 일단 항복을 한 뒤에 훗날을 도모합시다."

장수는 가후를 조조에게 전령으로 보내 항복의 뜻을 전하고 충성을 맹세했다. 싸우지 않고 성을 빼앗자 조조는 크게 기뻐했다.

"음, 드디어 완성도 내 차지가 되었구나."

조조의 대군은 그 수가 너무 많아 성안으로 다 들어갈 수도 없었다. 군사들은 성문 밖 벌판에 막사를 짓고 대기했다.

장수는 조조를 높은 자리에 앉히고 연일 잔치를 베풀었다. 술을 좋아하는 조조는 장수의 환대가 나쁘지 않았다. 더구나 피 한 방울 흘리지 않고 성을 차지한 터라 조조의 기분은 한껏 고조되어 있었다. 거짓으로 항복했던 장수 역시 차츰 조조에게 마음이 기울어 급기야 조조를 따르게 되었다.

완성은 물이 맑고 경치가 매우 아름다운 곳이었다. 조조는 성을 차지한 이후에도 허창으로 돌아가지 않고 완성에 머물렀다. 지친 몸과 마음을 쉬기 위해서였다. 그러던 어느 날이었다. 길을 지나다가 조조는 매우 아름다운 여인을 보게 되었다. 조조는 부하를 시켜 그 여인을 데려오게 했다.

"그대는 이름이 어떻게 되시오?"

조조가 다정한 목소리로 물었다.

"저는 돌아가신 장제 장군의 아내로 추씨라고 합니다."

여인이 고개를 숙인 채 다소곳이 대답했다. 장제는 이각, 곽사 등과 더불어 장안을 유린했던 동탁의 부하였다.

"그렇다면 나를 알고 계시오?"

조조가 헛기침을 하며 물었다.

"조 승상의 이름을 어찌 모르겠습니까?"

여인이 살짝 얼굴을 붉혔다. 작은 입술이 파르르 떨렸다. 선녀처럼 아름다운 모습이었다. 조조는 넋을 잃고 여인을 쳐다보았다.

"며칠 뒤 나와 함께 장안으로 돌아갑시다. 내 마음을 받아준다면 그대에게 부귀영화를 내리겠소."

거역할 수 없는 말이었다. 여인은 고개를 끄덕이며 조조의 마음을 받아들였다.

“한 가지 청이 있사옵니다.”

추씨가 가늘고 흰 목을 쳐들고 조조를 바라보았다.

“오, 무엇이든 말씀을 해 보시오.”

“행여나 남의 입에 오르내릴까 걱정입니다.”

“음, 걱정 마시오.”

조조는 다음 날 즉시 자신의 막사를 성문 밖으로 옮겼다. 조조는 장수 전위를 불러 막사 바깥을 지키게 한 뒤 추씨 부인과 함께 이런저런 얘기를 나누었다. 추씨에게 마음을 빼앗긴 조조는 허창으로 돌아갈 일을 까맣게 잊었다.

이런 소식은 결국 장수의 귀에도 들어갔다.

“장씨 가문에 먹칠을 해도 유분수지. 어찌 형님을 배신하고 조조와 붙었단 말인가?”

장수는 분함으로 몸을 부들부들 떨었다.

“조조를 죽일 방법이 아주 없는 것은 아니오.”

모사 가후가 들어와 말했다.

“그게 무엇인가?”

장수가 두 눈을 동그랗게 떴다.

“조조는 지금 추씨 부인에게 완전히 빠져 있습니다. 새벽에 군사를 이끌고 가 일제히 공격하면 천하의 조조도 어찌하지 못할 것입니다."

"조조가 호락호락 무너질지 걱정이네."

가후가 빙그레 웃으며 대답했다.

"막사 앞을 지키고 있는 전위는 천하에 따를 자가 없는 맹장이지요. 전위가 있는 한 조조 앞으로 한 발짝도 나아갈 수 없습니다. 우선 내일 전위를 불러 술을 내리고 위로하십시오."

"좋은 방법이오."

장수는 부하들에게 은밀히 명령을 내려 놓았다. 모든 준비가 끝나자 가후는 잔치를 열어 전위를 초청했다. 전위는 몇 번이나 가후의 청을 거절했다. 가후는 술상을 준비하여 전위를 찾아갔다. 가후가 몸소 찾아오자 전위도 술을 마다할 수 없었다. 가후와 더불어 한두 잔 주거니 받거니 마시다 보니 어느덧 술에 취하고 말았다.

'이제, 조조도 끝장이다.'

전위가 술에 취하자 가후는 급히 말을 몰아 성으로 돌아왔다.

"조조의 목을 베라!"

"도적놈들을 몰아내자!"

장수가 이끄는 대군은 성문을 박차고 조조의 진지를 덮쳤다.

"불화살을 쏴라!"

조조군을 향해 수만 발의 불화살이 날아갔다. 잠에 빠져 있던 조조군은 옷도 입지 못한 채 막사 밖으로 뛰어나왔다. 여기저기 불길이 번졌다. 조조군은 불의의 기습에 갈팡질팡 흩어졌다. 연기가 하늘을 뒤덮은 가운데 기마대가 조조군을 마음껏 짓밟았다. 창병들이 파도처럼 밀어닥쳤다. 창병이 휩쓸고 지나가자 이번에는 칼을 든 군사들이 뛰어들었다.

깊은 잠에 빠져 있던 조조는 뒤늦게 눈을 떴다. 조조는 자신의 귀를 의심했다. 사방에 비명 소리가 가득했다.

"저, 전위는 어디 있느냐?"

깜짝 놀란 조조는 소리쳐 전위를 불렀다. 매캐한 연기 냄새가 코를 찔렀다. 사방이 장수군 천지였다.

"전위가 여기 있습니다."

술에 곯아떨어졌던 전위는 옷을 입는 둥 마는 둥 허겁지겁 조조에게 달려왔다.

"장수가 왜 나를 공격하는 것이냐?"

조조가 놀란 가슴을 가라앉히며 물었다.

"마음이 변한 것 같습니다."

때마침 말을 탄 기병대가 조조에게 달려들었다. 조조는 허겁지겁 전위 뒤로 몸을 숨겼다.

"이놈들!"

전위가 호통치며 내달아 그들을 쓰러뜨렸다. 뒤이어 창을 든 수백 명의 군사들이 조조를 향해 달려들었다. 전위는 창을 빼앗아 이리저리 돌리며 닥치는 대로 적을 베었다. 참으로 무서운 솜씨였다. 순식간에 수십 명이 목숨을 잃고 바닥으로 나뒹굴었다.

"활을 쏴라!"

적장이 부하들에게 명령했다. 활을 든 군사들이 앞으로 달려 나왔다.

"주군, 어서 도망가십시오."

전위가 조조를 향해 외쳤다. 조조는 추씨 부인을 내팽개치고 재빨리 말에 올랐다.

"덤벼라!"

전위는 길목을 가로막고 범처럼 으르렁거렸다. 수백 발의 화살이 전위를 향해 날아갔다. 전위는 무쇠창을 풍차처럼 돌리며 화살을 쳐 냈다. 화살 하나가 전위의 팔에 박혔다. 또 하나가 날아와 전위의 목을 꿰뚫었다. 전위는 창을 떨어뜨리고 몸을 숙였다. 수십 발의 화살이 동시에 날아와 전위의 몸에 꽂혔다. 전위는 고슴도치가 되어 바닥으로 쓰러졌다.

'전위가 나 때문에 죽는구나.'

조조는 길게 탄식했다.

전위를 죽인 장수군은 성난 파도처럼 조조를 뒤쫓았다. 조조를 따르는 부하는 조카인 조안민밖에 없었다. 장수군이 조조를 따라잡자 조안민이 말 머리를 돌려 길을 막았다. 그 사이 조조는 황급히 도망쳤다. 조안민은 달려오던 장수군에 의해 그대로 목이 날아갔다.

날이 훤하게 밝아 올 무렵, 조조는 시냇가에 이르렀다. 옷은 죄다 찢어지고 몸은 피투성이였다.

"조조는 거기 섯거라!"

장수가 부하들을 이끌고 쫓아왔다. 조조는 말에 채찍을 가해 냇물을 건너갔다. 장수는 궁수를 시켜 활을 쏘게 했다. 날아온 화살 하나가 말의 눈에 명중했다. 말이 둔탁한 소리와 함께 땅으로 쓰러졌다. 그 바람에 조조도 말과 함께 나뒹굴었다.

"조조를 사로잡아라!"

장수가 개울 건너편에서 소리쳤다. 조조는 말을 버리고 미친 듯 달리기 시작했다.

"아버님, 어서 이 말을 타십시오."

젊은 장수 하나가 화살을 뚫고 조조에게 달려왔다. 그는 조조의 큰아들 조앙이었다.

"너는 어쩔 셈이냐?"

허겁지겁 말에 오르며 조조가 아들을 쳐다보았다.

"제 걱정은 하지 마십시오. 부디 살아서 큰일을 이루셔야 합니다."

조앙이 조조를 향해 절을 올렸다.

"아, 내가 전위와 조카를 죽이고 이제 아들마저 죽이는구나."

조조는 피눈물을 흘렸다.

"덤벼라! 나는 조조의 아들이다!"

조조가 사라지자 조앙은 칼을 빼 들고 장수군을 향해 돌진했다. 화살이 조앙의 이마를 정통으로 관통했다. 조앙은 눈을 부릅뜬 채 죽었다.

조조는 정신없이 장수군의 포위망을 뚫었다.

"주군, 어디 계십니까?"

얼마쯤 달리자 후방에 진을 치고 있던 우금이 군사를 이끌고 달려왔다. 우금과 장수군은 강을 사이에 두고 부딪쳤다. 달아났던 조조군이 속속 모여들자 장수군은 겁을 집어먹고 후퇴했다. 조조도 부하들의 호위를 받으며 허창으로 돌아왔다.

허창에 도착한 조조는 제단을 쌓고 그 아래 꿇어 엎드렸다.

“내 실수로 인해 큰아들 조앙과 조카를 잃었다. 하지만 조앙과 조카의 죽음보다 더 나를 슬프게 하는 것은 충성스러웠던 전위의 죽음이다.”

조조는 식음을 전폐하고 통곡했다. 군사들은 부하를 목숨처럼 사랑하는 조조의 마음에 크게 감동했다. 부하들이 하나 둘 흐느끼기 시작하자 주변은 온통 울음바다가 되었다. 하후돈을 비롯한 장수들도 조조를 따라 눈물을 흘렸다.

한편 싸움에 크게 이긴 장수 또한 마음이 편치 않았다. 조조가 언젠가 복수를 해 올 것이 뻔했기 때문이다. 장수는 모사 가후를 불러 대책을 논의했다.

“조조는 이번 싸움에 조카와 큰아들을 잃었습니다. 전위의 복수를 위해서라도 조조는 반드시 대군을 이끌고 쳐들어올 것이오.”

가후가 대답했다.

“좋은 방법이 있습니다. 일단 형주의 유표를 찾아가도록 하십시오. 형주가 우리를 돕는 이상 조조도 섣불리 군사를 내지 못할 것입니다.”

조조를 정확히 꿰뚫어 본 가후의 말이었다.

며칠 뒤 장수는 남은 군사를 모두 이끌고 형주로 길을 떠났다.

39. 황제가 된 원술

남양에서 군사를 일으킨 원술은 차츰 세력을 확장하여 몇 년 만에 회남 일대를 완전히 점령했다. 회남은 손책이 있는 강동과 조조가 있는 허창 사이에 위치했으며 땅이 기름지고 식량이 넉넉한 곳이었다. 다스리는 백성들이 수백만에 이르렀고 군사도 수십만이나 되었다.

원술이 회남을 장악하자 조조도 섣불리 원술을 공격하지 못했다. 시간이 흐를수록 원술은 거만해졌다. 원술은 수춘에서 가장 경치가 좋은 곳에 화려한 궁궐을 짓게 했다. 세력이 날로 커질수록 원술은 자신이 황제가 되고 싶다는 충동에 사로잡혔다.

원술은 여러 부하들을 불러 놓고 자신의 꿈을 전했다.

"한나라는 이제 하늘의 운이 다하였소. 그러한 오늘 손책이 맡긴 옥새가 내 손에 들어와 있으니 이것이야말로 하늘의 뜻이 아니고 무엇이겠소? 나로 말할 것 같으면 4대에 걸쳐 삼공을 지낸 명문가의 자손으로 황제가 된다 해도 흠잡을 곳이 없는 사람이오. 날을 잡아 황제에 오르고 조조와 여포를 차례로 쳐 천하를 하나로 통일할 생각이오. 그대들의 의견은 어떻소?"

아무도 원술의 뜻을 막지 못했다. 잘못하면 목이 달아날 수 있는 상황이었다.

원술은 적당한 날을 골라 즉위식을 올리고 황제가 되었음을 선포했다.

'이제 천하를 하나로 통일하자!'

황제에 오른 원술은 제일 먼저 서주를 공격하게 했다.

"여포는 내 청혼을 거절하고 전령을 죽인 방자한 놈이다. 황제의 명령을 거역한 여포를 죽이고 서주를 빼앗아라!"

원술은 20만 군사를 7개 부대로 나누어 서주와 소패 등으로 진격시켰다. 원술 자신도 이풍과 악취 등의 부장을 거느리고 대군의 뒤를 따랐다.

여포는 원술이 온다는 소식을 듣고 크게 당황했다.

"원술의 군사가 20만이나 되니 이를 어찌하면 좋겠소?"

진규가 껄껄 웃으며 앞으로 나섰다.

"천하의 여포가 어째서 원술 따위를 두려워하십니까?"

자신을 무시하는 말에 여포는 버럭 화를 냈다.

"원술을 물리칠 방법이라도 있단 말이냐? 만약 그렇지 못하면 목을 벨 것이다."

"원술의 군사가 많다고 하나 오합지졸에 불과합니다. 우리에게도 수만의 군사가 있으니 두려워할 이유가 없지요. 예주에 있는 유비에게 도움을 청하시고 원술의 중군을 정면으로 공격하십시오."

"우리에게 쫓겨 간 유비한테 어떻게 구원을 요청한단 말인가?"

"그렇지 않습니다. 유비를 예주 태수에 임명한 것은 조조입니다. 조조에게 전령을 보내 유비를 움직이도록 하십시오. 유비와 조조가 우리를 돕는다면 원술도 함부로 공격하지 못할 것이오."

모든 일은 진규의 계획대로 진행되었다. 조조는 유비에게 전령을 보내 여포를 돕도록 지시했다. 조조 자신도 군사를 이끌고 달려올 뜻을 전했다. 조조는 여포로 원술을 막고 그 이후에 여포를 죽일 계획이었다.

아무것도 모르는 여포는 신이 났다

"황제를 사칭하는 원술의 목을 베라!"

여포는 모든 군사를 이끌고 원술이 있는 중군을 공격했다.

원술이 코웃음을 치며 명령했다.

"누가 나가서 여포의 목을 가져오겠느냐!"

그러자 세 장수가 동시에 여포를 향해 달려 나갔다. 그들은 양기와 악취, 이풍이었다. 그러나 세 명 모두 여포의 상대가 되지 못했다. 악취는 달려오던 자세 그대로 말 위에서 머리가 날아갔다. 이풍은 손이 잘린 채 말을 돌려 달아났다. 양기는 허겁지겁 무기를 버리고 도망쳤다.

"원술을 사로잡아라!"

여포가 황금 수레를 가리키며 소리쳤다. 장수들이 어이없이 패하자 원술은 혼비백산했다. 원술은 수레를 버리고 말에 올랐다. 원술이 도망치자 부하들도 무기를 버리고 20리나 후퇴했다.

"이놈, 어딜 가느냐!"

원술이 겨우 여포를 따돌렸을 때였다. 호통 소리와 함께 숲 속에서 한 떼의 군사가 나타나 길을 가로막았다. 수염을 가슴까지 늘어뜨린 장수가 무섭게 원술을 노려보았다.

"너, 너는 누구냐?"

원술이 몸을 떨며 물었다.

"나는 예주에서 달려온 관운장이다!"

관우의 청룡언월도가 원술의 목을 향해 날아들었다. 원술은 재빨리 고개를 숙여 칼을 피했다. 청룡도는 원술이 쓰고 있던 투구를 강타했다. 투구가 두 조각나며 땅으로 떨어졌다. 원술 곁에 있던 부하들이 대장기로 원술을 감싼 채 필사적으로 관우에게 대항했다. 그 틈을 타 원술은 재빨리 회남으로 도망쳤다.

싸움에 이긴 여포는 의기양양하게 서주로 개선했다. 20만이나 되는 원술군을 무력화시킨 빛나는 승리였다. 여포는 잔치를 베풀고 군사들에게 술과 고기를 상으로 내렸다.

"싸움에 이길 수 있었던 것은 진규 부자가 좋은 계략을 짰기 때문이오. 또한 예주에서 먼 길을 달려온 관운장의 활약도 대단하였소."

여포가 술잔을 들어 여러 장수들을 칭찬했다.

싸움에 지고 회남으로 도망간 원술은 울화병에 걸리고 말았다.

"20만 대군으로 여포를 이기지 못하다니……."

생각에 잠겼던 원술은 편지 한 통을 써서 강동으로 보냈다.

그대가 강동을 모두 통일했다는 얘기를 들었소
짐에게 얼마간의 군사를 빌려 주시오
배은망덕한 여포를 쳐서 버릇을 고칠 생각이오

원술의 편지를 읽자 손책은 화를 버럭 냈다.

"원술은 어찌하여 나한테 빌려 간 옥새를 돌려주지 않는 것이냐? 감히 황제를 사칭하다니, 여포를 치기 전에 우선 원술부터 쳐야겠다."

성난 손책은 전령에게 매질을 가한 뒤 회남으로 쫓아 보냈다.

원술의 전령이 돌아간 지 얼마 안 돼 허창에서 조조의 전령이 강동으로 내려왔다. 손책을 회계 태수에 봉할 테니 즉시 원술을 공격하라는 내용이었다. 황제의 도장이 찍히긴 했지만 사실상 조조의 명령이었다.

손책은 뛸 듯이 기뻐하였다. 원술을 칠 기회가 왔을 뿐만 아니라 벼슬까지 내려졌기 때문이다. 그러나 모사 장소의 생각은 달랐다.

"간사한 조조가 뒤에서 황제를 조종하고 있습니다. 우리에게 원술을 치게 한 뒤 앉아서 회남을 먹겠다는 수작이지요. 전령을 보내 합동 공격을 하자고 청하십시오. 저쪽에서 군사를 움직이면 그때 우리도 군사를 움직여야 합니다."

"장소의 말이 옳다."

손책은 장소의 말대로 편지를 써서 조조가 있는 허창으로 보냈다. 손책의 편지를 받은 조조는 고개를 끄덕였다.

"유비와 여포가 동맹이 되었고 손책까지 가담했으니 원술을 칠 수 있는 좋은 기회로다."

조조는 유비와 여포에게 서신을 보내고 스스로 17만 대군을 일으켰다. 조조는 여포를 좌장군, 유비를 우장군에 임명하고 하후돈과 우금을 선봉장으로 삼았다. 황제를 지칭했던 동탁 토벌 이후 두 번째로 결성된 연합군이었다.

"큰일났습니다. 여포가 동쪽으로 쳐들어옵니다."

"유비가 남쪽에 다다랐습니다."

"조조가 대군을 이끌고 북쪽을 포위했습니다."

연합군이 쳐들어오자 수춘은 발칵 뒤집혔다. 전령들이 말을 타고 시시각각 달려와 전황을 보고했다. 그때 또 날벼락 같은 소식이 전해졌다.

"손책이 배를 타고 서쪽으로 이동 중입니다."

원술은 대신들을 모아 놓고 침울한 목소리로 물었다.

"회남이 포위되었네. 좋은 방법이 없겠는가?"

양 대장이 허리를 숙이고 의견을 얘기했다.

"남은 군사로 성을 굳게 지키게 한 뒤 회수를 건너 잠시 피하십시오. 적군 또한 식량이 부족하니 오래 버티지 못할 것입니다."

"황제가 궁궐을 버리고 어디로 간단 말인가?"

원술은 몹시 자존심이 상했다. 그러나 어쩔 수 없는 노릇이었다. 원술은 이풍과 양강, 진기 등의 장수에게 10만 군사를 주어 수춘성을 지키게 하고 자신은 회수 건너로 도망쳤다.

"공격하라!"

"성을 빼앗자!"

조조의 대군은 함성을 지르며 수춘성을 기어올랐다. 화살과 돌멩이가 폭풍처럼 쏟아져 내렸다. 아무리 공격해도 수춘성은 끄떡도 하지 않았다.

"큰일이군. 식량이 점점 떨어져 가는데……."

조조군은 시간이 흐를수록 애가 탔다. 조조는 백성들에게 식량을 거두어 오게 했다. 그러나 그것 역시 실패로 돌아갔다. 오랜 가뭄으로 백성들은 풀뿌리를 삶아 겨우 목숨을 연명하는 처지였다.

조조는 식량을 담당하는 부장 왕후를 불러 명령했다.

"오늘부터 식량 배급을 반으로 줄여라!"

왕후가 고개를 저었다.

"군사들의 원망이 클 것입니다."

"내게 좋은 방법이 있으니 그대로 시행하라!"

조조의 명령에 따라 전군에 배급되는 식량이 반으로 줄어들었다. 군사들은 너도나도 조조를 원망했다.

"식량을 반으로 줄이다니, 무슨 기운으로 싸우란 얘긴가?"

"이럴 바에는 차라리 고향으로 돌아가자!"

군사들의 불만이 높아 가자 조조는 조용히 왕후를 불렀다.

"반응이 어떤가?"

"승상께서 부하들을 속이고 있다고 아우성입니다."

"음, 그렇다면 한 가지 방법밖에 없겠군. 자네에게 뭔가 하나를 빌려야겠네. 줄 수 있겠나?"

조조가 눈을 가늘게 뜨고 왕후를 쳐다보았다.

"무엇을 말입니까?"

왕후가 깜짝 놀라 물었다.

"자네의 목일세. 자네가 목을 빌려 준다면 성난 군사들을 다스리고 성도 점령할 수 있을걸세."

"제, 제발 살려 주십시오."

왕후가 사색이 되어 빌었다.

"왕후의 목을 잘라 장대에 매달아라!"

조조는 괴로운 표정을 지으며 왕후를 밖으로 끌어내게 했다. 잠시 후 왕후의 목과 함께 이런 방문이 내걸렸다.

왕후는 군사들이 먹을 식량을 몰래 빼돌렸다

따라서 군령에 따라 엄벌하는 바이다

"승상이 식량을 줄이게 한 게 아니었군."

"그럼 그렇지, 승상이 어떤 분인가!"

군사들은 조조에 대한 오해를 풀고 일제히 조조를 연호했다. 분위기가 무르익자 조조는 높은 곳에 올라가 부하들에게 소리쳤다.

"삼 일 안으로 수춘성을 함락하라. 함락하지 못하면 왕후처럼 모두의 목을 벨 것이다."

조조군은 함성을 지르며 수춘성 아래로 달려갔다. 조조는 맨 앞에 서서 손수 사다리를 기어올랐다.

"주군이 위험하다!"

사기가 오른 조조의 군사들은 개미 떼처럼 성벽을 기어올랐다. 처절한 전투가 이틀 동안이나 계속되었다. 마침내 성문 하나가 뚫렸다. 조조군은 밀물처럼 성안으로 몰려 들어갔다. 조조군은 수만 명이나 되는 원술군을 죽이거나 사로잡았다. 조조는 원술이 세웠던 모든 궁궐을 불태우고 신하들을 참수했다.

그때 허창에서 전령이 달려와 놀라운 소식을 전했다.

"장수가 유표와 짜고 허창을 공격했습니다."

조조는 발을 동동 굴렀다.

"이런 쥐새끼 같은 놈들."

조조는 싸움에 가담했던 여포에게 좌장군이란 높은 벼슬을 내리고 유비와 화해시켰다. 그런 다음 유비를 다시 소패 성주로 임명했다. 유비가 떠날 준비를 하자 조조가 물었다.

"공을 예주에서 다시 소패로 보내는 이유가 무엇인지 알고 계시오?"

유비가 조조의 마음을 읽고 빙긋 웃었다.

"호랑이 사냥을 하겠다는 얘기군요?"

조조가 무릎을 탁 쳤다.

"바로 그렇소. 조만간 여포를 죽일 계획이니 소패로 돌아가 군사를 기르며 기다리시오."

유비가 돌아가자 조조는 비로소 허창으로 회군 명령을 내렸다.

40. 눈알을 삼킨 하후돈

한편 조조가 원술을 치러 간 틈을 타 허창을 공격했던 장수 군은 고전을 면치 못했다. 허창을 지키던 조인의 군대가 시간을 끌며 필사적으로 저항했던 것이다.

"장수는 명장 전위와 함께 내 조카와 아들을 죽인 자들이다. 나가서 그들의 혼을 달래자!"

조조는 정비를 마치고 다시 군사를 일으켰다. 건안 3년 4월의 일이었다.

조조가 이끄는 10만 대군은 길게 열을 지어 행군을 시작했다. 때는 초여름이어서 길옆에는 누렇게 익은 보리가 가득했다. 행군 대열이 지나가자 말과 수레에 부딪혀 익은 보리들이 우수수 떨어졌다. 그것을 본 백성들은 눈물을 흘리며 조조군을 원망했다.

조조는 군사들에게 엄명을 내렸다.

"보리는 백성들의 귀중한 식량이다. 실수로 보리밭을 밟는 자는 군령에 의해 목을 벨 것이다."

군령이 떨어지자 군사들은 조심조심 보리밭을 지나갔다. 백성들은 조조 만세를 외치며 엎드려 조조의 덕을 칭찬했다.

그런데 뜻밖의 사태가 발생했다. 말발굽 소리에 놀란 비둘기 한 마리가 푸드득 날아오른 것이었다. 그러자 조조가 타고 있던 말이 펄쩍 뛰어올라 보리밭으로 돌진했다. 조조는 보리밭 한가운데로 굴러 떨어졌다.

조조는 전군에 행군 중지 명령을 내렸다.

"보리밭을 밟지 말라고 해 놓고 내 스스로 군령을 어겼다. 어떠한 일이 있어도 군령은 지켜져야 한다."

말을 마친 조조는 허리에 찼던 칼을 쑥 뽑아 자신의 목을 찌르려 했다.

"승상, 이게 무슨 일입니까?"

지켜보던 부장들이 달려들어 조조의 칼을 빼앗았다.

"대장이 법을 지키지 않으면 군사들도 지키지 않는다."

곽가가 달려와 말했다.

"원래 존귀한 곳에는 법이 미치지 못하는 법이지요. 승상이 없으면 군사도 없습니다. 속히 칼을 거두소서."

조조는 쓰고 있던 투구를 벗고 머리를 풀어헤쳤다.

"그렇다면 부모님께 물려받은 내 머리카락을 잘라 군령의 징표로 삼으리라. 내 머리칼은 곧 내 목과 다름이 없다."

조조는 단검을 들어 자신의 머리카락을 싹둑 자르고 장대 위에 매달게 했다. 군사들은 몸을 떨며 누구도 군령을 어기지 않았다.

조조군은 질풍처럼 남양에 있는 완성으로 몰려갔다. 조조가 성 밑에 이르자 장수가 군사를 이끌고 달려 나왔다.

"황제를 넘보는 역적 조조야, 나와서 내 칼을 받아라!"

장수가 조조를 손으로 가리키며 욕설을 퍼부었다.

"누가 나가서 저놈의 주둥이를 꿰매다오!"

조조가 소리치니 허저가 창을 휘두르며 달려 나갔다. 장수의 부하 장선이 칼을 들고 달려 나와 허저를 맞이했다. 그러나 장선은 천하장사 허저를 이기지 못했다. 불과 몇 합 만에 몸이 두 동강 나 말에서 떨어졌다. 장수는 재빨리 군사를 거두어 성 안으로 퇴각했다.

조조는 군사들을 동원하여 성을 철통같이 에워쌌다. 남양성은 성벽이 높고 물웅덩이가 깊어 군사의 접근이 어려웠다. 성 가까이 접근하면 여지없이 화살이 날아왔다. 조조는 성 바깥 서쪽에 흙으로 높은 언덕을 만들게 했다. 얼마 지나지 않아 성벽과 비슷한 높이의 흙벽이 만들어졌다.

조조군을 살피던 모사 가후가 장수에게 속삭였다.

"조조가 잔머리를 굴리고 있군요. 조조는 서쪽에 흙벽을 쌓아 그쪽으로 공격할 것처럼 꾸미고 있습니다. 우리가 서쪽을 방비하는 사이 조조는 동남쪽으로 쳐들어올 것입니다."

"그럼 어떻게 조조를 막아야 하오?"

"어려울 것 없습니다. 성안에 있는 백성들을 동원하여 서쪽에 세워 두십시오. 그런 다음 주력을 모두 동남쪽에 숨겨 두었다가 조조가 나타나면 일시에 포위하여 사로잡으면 됩니다."

"오, 과연 뛰어난 계책이로다."

장수는 손뼉을 치며 감탄했다.

가후의 계략은 그대로 적중했다. 밤이 되자 조조는 군사들을 시켜 서쪽을 맹렬히 공격했다. 그러다가 갑자기 군사를 돌려 남쪽 성벽을 공략했다. 남쪽 성벽은 개미새끼 하나 보이지 않을 정도로 고요했다.

"장수군이 모두 서쪽으로 몰려갔다. 마음껏 성을 공격해라!"

조조는 회심의 미소를 지었다.

수만 명의 조조군이 일시에 성벽을 타 넘었다. 성안에 집결한 그들이 막 공격을 시작할 무렵이었다.

"조조를 사로잡아라!"

사방에서 함성이 일며 장수군이 달려 나왔다.

"아뿔싸, 속았구나!"

당황한 조조는 길을 찾아 마구 달려 나갔다. 조조의 대군은 독 안에 든 쥐처럼 곳곳에서 죽어 나갔다. 화살과 창이 난무하고 사방에서 불길이 일었다. 살아남은 조조군은 겨우 성 밖으로 빠져나갔다. 5만이 넘는 조조군이 시체로 변했다. 조조는 싸울 기력을 완전히 상실하고 수십 리 밖으로 후퇴했다.

싸움을 지켜보던 모사 가후가 장수에게 권고했다.

"좋은 기횝니다. 급히 형주 유표에게 전령을 보내 조조를 치게 하십시오."

장수가 보낸 전령은 나는 듯이 형주로 달려갔다.

"나가서 조조를 사로잡자!"

유표는 황조에게 형주를 맡기고 조조가 달아난 방향으로 군사를 몰아갔다. 유표가 출동했다는 소식을 듣자 장수도 대군을 동원하여 조조의 뒤를 쫓았다. 유표와 장수는 중간에서 군사를 합친 뒤 맹렬하게 조조를 뒤쫓았다.

그러나 가후의 생각은 달랐다.

"지금 조조를 추격하면 반드시 패할 것이오."

"조조군은 싸움에 지고 도망가는 패잔병이오. 어찌 우리가 패할 수 있겠소."

장수와 유표는 가후의 말을 듣지 않았다.

그들이 10여 리쯤 갔을 때였다. 도망치던 조조가 갑자기 군사를 뒤로 돌려 장수와 유표를 공격했다. 적은 수의 군사였지만 조조의 공격은 매서웠다. 추격에 정신이 없던 유표와 장수는 조조의 반격에 어이없이 무너졌다.

"가후의 말을 듣지 않아 낭패를 당했군."

유표와 장수는 뒤늦게 후회했다. 그러나 가후는 뜻밖의 말을 했다.

"지금 군사를 정비하여 다시 조조를 공격하시오. 필시 대승을 거둘 것이오."

"조조에게 패하고 돌아온 길인데 어찌 또 승리하겠소?"

가후가 자신 있게 대답했다.

"내 목을 걸겠소이다. 반드시 승리할 것이오."

혹시나 해서 유표와 장수는 군사를 몰고 달려가 도망가는 조조군을 기습했다. 결과는 대승리였다. 조조군은 뿔뿔이 흩어져 도망가기 바빴다. 조조는 겨우 목숨을 건져 허창으로 돌아갔다.

"참으로 이상한 일이오. 첫 공격에서 패했는데 이번엔 이겼소이다. 공은 어떤 방법으로 싸움을 미리 예측하였소?"

가후가 웃으며 대답했다.

"조조의 꾀를 반대로 읽은 것에 불과합니다. 처음 도망칠 때 조조는 기습에 대비하여 가장 날랜 군사를 후미에 배치했습니다. 우리가 크게 패해 도망치자 조조는 안심하고 날랜 군사를 앞으로 거두었습니다. 오합지졸이 뒤에 배치되었으니 승리는 당연한 것이었지요."

"허허, 매우 훌륭한 식견이시오."

장수와 유표는 가후의 병법에 거듭 감탄했다.

"앞으로 어찌하면 조조를 막을 수 있겠소. 부디 좋은 작전을 내주시오."

군사를 거두며 유표가 물었다.

"지금처럼 형주와 남양을 철통같이 지키며 서로 협조하여 적을 맞으십시오. 두 분 장군께서 힘을 합치고 있는 한 조조나 손책도 섣불리 공격해 오지 못할 것입니다."

유표와 장수는 만족스런 얼굴로 형주와 남양으로 돌아갔다.

여러 제후들이 물고 물리는 싸움을 벌이는 사이 원소는 군사를 기르는 일에만 매달렸다. 기주를 거점으로 일어선 원소는 그 무렵, 청주와 유주, 병주까지 세력을 넓힌 상태였다. 따르는 군사도 어느덧 백만 명이나 되었다.

'이제 천하를 통일할 때가 되었다.'

기반이 잡히자 원소는 슬슬 자신의 영토 밖으로 눈길을 돌렸다. 제일 먼저 눈에 들어온 곳이 발해와 요동에 걸쳐 세력을 키우고 있는 공손찬이었다. 공손찬과 원소는 오래전부터 앙숙 같은 사이였다. 원소는 조조에게 은밀히 편지 한 통을 보냈다. 공손찬을 칠 테니 군사와 양식을 빌려 달라는 내용이었다.

"원소가 매우 건방지게 나오는군. 군사와 식량을 빌려 달라는데 이를 어찌하면 좋겠나?"

조조가 곽가를 불러 물었다.

"원소는 승상을 떠볼 생각인 것 같습니다. 승상이 자신에게 어떤 생각을 가지고 있는지 알아보고 싶은 거겠지요. 원소가 마음껏 공손찬을 칠 수 있도록 답장을 주십시오. 사방이 우리의 적이니 일단 원소와 화친을 맺는 게 중요합니다."

곽가의 말은 사실이었다. 허창 남서쪽엔 지난번 싸움을 마친 유표와 장수가 버티고 있었다. 동북엔 원소의 백만 대군이 호시탐탐 허창을 엿보았고 남쪽의 원술도 아직 버젓이 살아 있었다. 원소와 공손찬의 싸움은 조조에게 있어 여포를 칠 수 있는 절호의 기회였다.

조조는 회심의 미소를 지었다.

"안 그래도 여포를 치는 동안 원소가 혹시나 딴마음을 품지 않을까 걱정이었네. 이제 군사를 일으켜 서주에 있는 곰을 사냥하세."

한편 서주에 있는 여포는 이런 사실을 전혀 알지 못했다. 여포는 매일 진규, 진등 부자와 더불어 술로 세월을 보냈다. 모든 것은 진규, 진등의 계략이었다. 진규와 진등은 원래 죽은 서주 태수 도겸의 부하였다. 유비에게 물려준 서주를 여포가 강제로 빼앗자 복수의 기회만을 노리고 있었던 것이다.

조조가 온다는 소식을 듣자 유비는 편지를 써서 보냈다.

모든 준비가 끝났습니다
승상은 정면으로 여포를 치십시오
우리가 여포의 측면을 공격하겠습니다

그런데 뜻밖의 일이 발생했다. 유비의 편지를 가지고 허창으로 달려가던 전령이 잘못하여 진궁에게 사로잡혔다. 진궁은 편지를 들고 여포를 찾아갔다.

"조조가 서주를 공격할 모양이오. 장군께서는 언제까지 술독에 빠져 계실 작정입니까?"

"무엇이라고?"

깜짝 놀란 여포는 진궁이 사로잡은 전령을 그 자리에서 죽였다.

"아뿔사! 전령이 사로잡힌 모양이군."

소식을 전해 들은 유비는 급히 부하들을 소집했다.

"조조가 우리를 도우러 오고 있소이다. 모두 싸울 준비를 하시오."

유비는 갑옷을 걸치고 남문으로 달려갔다. 관우는 서문, 장비는 동문으로 달려갔다. 손건이 북문을 맡고 미방과 미축은 유비의 가족을 보호하러 뛰어갔다. 미방과 미축은 유비의 둘

째 부인인 미 부인의 형제들이었다.

조조는 하후돈을 선봉에 세워 서주로 진격했다. 여포도 부장 고순을 선봉에 세워 조조군을 치게 했다.

"하후돈은 내 칼을 받아라!"

하후돈과 고순은 서주성 밖에서 정면으로 만났다.

"흥! 웬 놈이 겁도 없이 덤비느냐?"

하후돈과 고순은 50합이나 창칼을 주고받았다. 시간이 지날수록 고순의 칼이 무뎌졌다. 마침내 더는 당해 내지 못하고 고순이 말 머리를 돌려 도망쳤다. 하후돈의 창이 번개처럼 고순의 목을 향해 날아갔다.

"앗! 고순 장군이 위험하다!"

싸움을 지켜보던 고순의 부하 조성이 급히 활을 꺼내 쏘았다.

"아악!"

바람을 가르며 날아간 화살은 하후돈의 왼쪽 눈에 정통으로 꽂혔다. 하후돈의 얼굴은 금세 피로 범벅이 되었다. 하후돈은 들고 있던 창을 내던지고 한 손으로 화살을 뽑았다. 화살 끝에 눈알이 박혀 나왔다.

"앗, 눈알이다!"

군사들이 싸움을 멈추고 하후돈을 지켜보았다.

"부모님이 주신 눈알이다. 내 어찌 버릴 수 있겠느냐!"

하후돈은 뽑힌 눈알을 입 안에 집어넣어 꿀꺽 삼켰다. 악귀와 같은 모습이었다. 보고 있던 양쪽 군사들은 간담이 서늘해졌다. 자기 눈알을 삼킨 하후돈은 말에 채찍을 가해 조성에게 달려들었다.

"네놈이 내게 활을 쏘았구나."

하후돈은 말을 탄 채로 손을 뻗어 조성의 목을 비틀었다. 목이 꺾인 조성은 그 자리에서 죽고 말았다.

"하후돈을 사로잡아라!"

보고 있던 고순이 부하들에게 재빨리 공격 명령을 내렸다. 눈알이 빠진 하후돈은 말 위에서 그대로 기절했다. 동생 하후연이 달려와 하후돈을 구해 달아났다.

한편 유비는 성에 있는 모든 군사를 이끌고 여포를 뒤에서 공격했다. 유비가 성문을 열고 나오자 여포는 몹시 좋아했다.

"호랑이 굴로 기어들어 오는구나."

여포는 싸움에 이긴 기세를 몰아 그대로 유비군을 덮쳤다. 아무것도 모르고 진격하던 유비는 크게 놀랐다.

"이게 어찌 된 일이냐? 조조의 선봉 부대가 하나도 보이지 않는구나."

유비군은 밀려드는 여포군을 맞아 결사적으로 싸웠다. 그러나 몇 천 명의 군사로 5만이 넘는 여포군을 이길 수 없는 노릇이었다.

"이놈, 어딜 가느냐?"

유비를 발견한 여포가 방천화극을 휘두르며 달려왔다. 유비는 겨우 수십 명을 이끌고 소패성으로 도망쳤다. 끈질기게 쫓아온 여포가 유비를 따라 성안으로 난입했다. 유비는 뒤따르는 손건과 함께 조조의 진영으로 도망쳤다.

관우와 장비는 어디로 갔는지 보이지 않았다.

(3권에 계속)

청소년 삼국지 2

어지러운 천하

초　판 1쇄 발행일 | 2004년 8월 7일
개정판 2쇄 발행일 | 2020년 10월 23일

지은이 | 나관중
엮은이 | 권정현
펴낸이 | 정은영
펴낸곳 | (주)자음과모음

출판등록 | 2001년 11월 28일 제2001-000259호
주소 | 04047 서울시 마포구 양화로6길 49
전화 | 편집부 (02)324-2347, 경영지원부 (02)325-6047
팩스 | 편집부 (02)324-2348, 경영지원부 (02)2648-1311
e-mail | jamoteen@jamobook.com

ISBN 978-89-544-3941-1 (44820)
978-89-544-3939-8 (set)

사람

01	career	ⓜ 직업; 경력, 이력
02	author	ⓜ 저자, 작가
03	architect	ⓜ 건축가; 설계자
04	physician	ⓜ 의사, 내과의사
05	tutor	ⓜ 가정교사
06	salesperson	ⓜ 판매원
07	principal	ⓜ 교장 ⓗ 중요한, 제1의
08	merchant	ⓜ 상인 ⓗ 상인의
09	minister	ⓜ 성직자; 장관
10	priest	ⓜ 성직자
11	detective	ⓜ 탐정, 형사 ⓗ 탐정의
12	crew	ⓜ 승무원; 동료
13	maid	ⓜ 하녀, 가정부
14	clown	ⓜ 어릿광대; 익살꾼
15	cheek	ⓜ 뺨, 볼
16	blond	ⓗ 금발의 ⓜ 금발의 사람
17	forehead	ⓜ 이마; (물건의) 앞부분
18	blind	ⓗ 시각 장애가 있는
19	chin	ⓜ 턱 (끝)
20	jaw	ⓜ 턱, 아래턱

| 나만의 단어장 |

어	뜻

0021	oral	ⓗ 구술의; 입의
0022	limb	ⓜ 팔다리 (중 하나); 큰 가지
0023	belly	ⓜ 복부; 위; 식욕
0024	nerve	ⓜ 신경; 담력; 신경과민
0025	cynical	ⓗ 냉소적인, 비꼬는
0026	passionate	ⓗ 열정적인; (감정이) 격렬한
0027	optimist	ⓜ 낙천주의자, 낙관론자
0028	infant	ⓜ 영아 ⓗ 유아(용)의
0029	toddler	ⓜ 유아, 아장아장 걷는 아이
0030	adolescent	ⓜ 청소년 ⓗ 청소년기의
0031	mature	ⓗ 익은, 성숙한 ⓓ 성숙하다
0032	senior	ⓗ 연상의; 선배의 ⓜ 연장자
0033	bride	ⓜ 신부, 새색시
0034	spouse	ⓜ 배우자
0035	orphan	ⓜ 고아 ⓗ 고아의 ⓓ 고아로 만들다
0036	passerby	ⓜ 지나가는 사람, (통)행인
0037	pedestrian	ⓜ 보행자 ⓗ 보행하는; 보행자의
0038	victim	ⓜ 희생자, 피해자
0039	pioneer	ⓜ 개척자 ⓓ 개척하다
0040	specialist	ⓜ 전문가 ⓗ 전문(가)의

| 나만의 단어장

단어	뜻
☐	
☐	
☐	
☐	
☐	
☐	

DAY 02 신체 동작, 이동

041	awake	ⓢ 깨다, 깨우다 ⓗ 깨어 있는
042	behave	ⓢ 행동하다
043	embrace	ⓢ 얼싸안다 ⓜ 포옹
044	tremble	ⓢ 떨다 ⓜ 떨림
045	applaud	ⓢ 박수갈채하다, 성원하다
046	clap	ⓢ 손뼉 치다; 찰싹 때리다 ⓜ 박수
047	hand	ⓢ 건네주다
048	crawl	ⓢ 포복하다; 꾸물꾸물 움직이다
049	creep	ⓢ 포복하다; 살금살금 걷다
050	blink	ⓢ 깜박거리다, 깜박이다 ⓜ 깜박임
051	weep	ⓢ 눈물을 흘리다, 울다
052	sniff	ⓢ 냄새를 맡다; 코를 훌쩍이다
053	sigh	ⓢ 한숨 쉬다 ⓜ 한숨
054	yawn	ⓢ 하품하다 ⓜ 하품
055	chew	ⓢ 씹다; 물어뜯다
056	vomit	ⓢ 토하다
057	frown	ⓢ 눈살을 찌푸리다 ⓜ 찡그림
058	nod	ⓢ 끄덕이다; 승낙하다 ⓜ 끄덕임
059	descend	ⓢ 내려가다; 전해지다
060	scramble	ⓢ 기어오르다; 뒤섞다

| 나만의 단어장 |

단어	뜻

0061	bounce	㉯ 튀다; 뛰다 ㉰ 튀어 오름
0062	skip	㉯ 건너뛰다, 거르다 ㉰ 도약, 거르기
0063	circulate	㉯ 순환하다; 유포하다
0064	rotate	㉯ 회전하다; 교대하다; 순환하다
0065	commute	㉯ 통근하다 ㉰ 통근
0066	approach	㉯ 접근하다 ㉰ 접근(법)
0067	depart	㉯ 출발하다, 떠나다
0068	migrate	㉯ 이주하다, 이동하다
0069	transfer	㉯ 옮기다, 이동하다 ㉰ 이동
0070	march	㉯ 행진하다 ㉰ 행진
0071	rush	㉯ 서두르다 ㉰ 돌진
0072	navigate	㉯ 항행하다; 길을 찾다
0073	penetrate	㉯ 관통하다; 침투하다
0074	convey	㉯ 나르다, 전달하다
0075	portable	㉱ 운반할 수 있는
0076	pursue	㉯ 추구하다; 추적하다
0077	trace	㉯ 추적하다 ㉰ 자취; 조금
0078	trail	㉰ 오솔길; 자국 ㉯ 추적하다
0079	flow	㉯ 흐르다 ㉰ 흐름
0080	shed	㉯ 흘리다; (빛을) 발하다 ㉰ 헛간

| 나만의 단어장

단어	뜻
☐	
☐	
☐	
☐	
☐	
☐	

직업, 휴식, 일상생활

81	employ	ⓢ 고용하다 ⓜ 고용; 근무
82	hire	ⓢ 고용하다 ⓜ 고용; 임차
83	recruit	ⓢ 모집하다 ⓜ 신병, 신입생
84	labor	ⓜ 노동 ⓢ 일하다 ⓗ 노동의
85	profession	ⓜ 직업, 전문직; 선언
86	retire	ⓢ 은퇴하다; 물러가다
87	promote	ⓢ 촉진하다; 승진시키다
88	affair	ⓜ 일, 사건; 업무
89	agency	ⓜ 대리(점); 작용; 기관
90	chief	ⓜ 우두머리 ⓗ 최고의; 주요한
91	client	ⓜ 의뢰인; 고객
92	corporate	ⓗ 기업의; 단체의; 집합적인
93	manual	ⓗ 손으로 하는 ⓜ 소책자
94	chore	ⓜ 허드렛일; 집안일
95	role	ⓜ 역할, 임무; 배역
96	abroad	ⓑ 외국으로, 외국에
97	backpack	ⓜ 배낭 ⓢ 배낭여행을 하다
98	destination	ⓜ 목적지; 목적, 용도
99	recess	ⓜ 휴식; 휴회 ⓢ 휴회하다
00	bet	ⓜ 내기; 방책 ⓢ 단언하다

| 나만의 단어장 |

어	뜻

0101	pastime	명 기분 전환, 오락
0102	informal	형 비공식의; 일상적인
0103	routine	명 일과 형 일상의, 틀에 박힌
0104	habitat	명 서식지; 거주지
0105	dwell	동 거주하다; 머물다
0106	resident	명 거주자 형 거주하는
0107	circumstance	명 상황, 환경; 처지
0108	load	명 짐; 부담 동 (짐을) 싣다
0109	object	명 물건; 목적 동 반대하다
0110	pack	명 짐 동 포장하다
0111	cabinet	명 상자, 수납장; 내각
0112	jar	명 항아리, 병
0113	bulb	명 전구
0114	fridge	명 냉장고
0115	costume	명 복장, 의상
0116	fabric	명 직물; 구조, 조직
0117	fiber	명 섬유 (조직)
0118	fur	명 모피(제품); 부드러운 털
0119	overall	명 작업용 바지 형 전부의 부 전반적으로
0120	blanket	명 담요 형 포괄적인

| 나만의 단어장

단어	뜻
☐	
☐	
☐	
☐	
☐	
☐	

감각, 인식

21	eyesight	㊔ 시력
22	sight	㊔ 시력; 시야; 광경 ㊙ 찾아내다
23	vision	㊔ 시력; 비전, 선견(지명)
24	perspective	㊔ 관점; 전망; 원근법
25	visible	㊕ 보이는; 명백한
26	invisible	㊕ 보이지 않는
27	visual	㊕ 시각의, 눈에 보이는
28	seemingly	㊖ 겉보기에는, 외관상은
29	gaze	㊔ 응시; 시선 ㊙ 응시하다
30	glance	㊔ 힐긋 봄; 눈짓 ㊙ 힐긋 보다
31	monitor	㊙ 관찰하다 ㊔ 감시자; 모니터
32	overlook	㊙ 간과하다; 내려다보다
33	audition	㊔ 청취; 오디션 ㊙ 오디션을 받다
4	auditory	㊕ 청각의
5	scent	㊔ 향기 ㊙ 냄새를 맡다
6	odor	㊔ 냄새; 악취
7	chill	㊔ 한기 ㊕ 차가운 ㊙ 오싹하게 하다
8	painful	㊕ 고통스러운; 불쾌한
9	smooth	㊕ 매끄러운 ㊙ 매끄럽게 하다
0	perceptual	㊕ 지각하는; 지각이 있는

| 나만의 단어장 |

어	뜻

0141	sensation	명 감각; 센세이션, 대사건
0142	sensitive	형 민감한; 섬세한
0143	notice	동 인지하다; 통지하다 명 인지; 공
0144	perceive	동 감지하다, 인식하다
0145	realize	동 깨닫다; 실현하다
0146	recognize	동 인지하다; 인정하다
0147	aware	형 알아차린; 의식하는
0148	beware	동 주의하다, 경계하다
0149	conscious	형 자각하고 있는, 의식적인
0150	impression	명 인상; 느낌; 영향
0151	insight	명 통찰(력)
0152	instinct	명 본능; 직관; 천성
0153	intuition	명 직관(력), 직감
0154	recall	동 생각해 내다 명 회상, 상기
0155	remind	동 상기시키다
0156	astonish	동 (깜짝) 놀라게 하다
0157	incredible	형 믿을 수 없는; 놀라운
0158	awful	형 무시무시한; 엄청난 부 대단히
0159	horrify	동 공포에 떨게 하다
0160	terrible	형 끔찍한, 소름끼치는; 지독한

| 나만의 단어장

단어	뜻
☐	
☐	
☐	
☐	
☐	
☐	

부정적 감정·태도

1 impolite	형 무례한
2 reluctant	형 내키지 않는
3 restless	형 가만히 있지 않는
4 ridiculous	형 우스꽝스러운; 터무니없는
5 reckless	형 무모한, 분별없는
6 wasteful	형 낭비하는
7 timid	형 소심한, 용기 없는
8 annoyed	형 화가 난
9 irritated	형 짜증이 난; 염증이 난
0 furious	형 격노한; 맹렬한
1 resent	동 ~에 분개하다; 원망하다
2 frustrate	동 좌절시키다; 실망시키다
3 upset	형 속상한 동 속상하게 하다 명 속상함
grief	명 비통함; 슬픔(의 원인)
sorrowful	형 아주 슬픈
miserable	형 비참한
depressed	형 우울한; 침체된
heartbreaking	형 가슴이 찢어지게 하는
desperate	형 절망적인; 필사적인
helpless	형 무력한; 난감한

| 나만의 단어장 |

어	뜻

0181	agony	명 극도의 고통; 고뇌
0182	anxiety	명 걱정; 열망
0183	burden	명 부담 동 ~에게 부담시키다
0184	nervous	형 불안한; 신경의
0185	tense	형 긴장한, 긴박한
0186	fear	명 두려움 동 두려워하다
0187	panic	명 공포 동 공황 상태에 빠지다
0188	frighten	동 겁먹게 하다
0189	terrify	동 무서워하게 하다
0190	ashamed	형 부끄러운
0191	embarrassed	형 당혹스러운
0192	humiliate	동 굴욕을 주다
0193	awkward	형 당혹스럽게 하는; 어색한
0194	envious	형 부러워하는
0195	greed	명 탐욕
0196	self-interest	명 이기심; 사리사욕
0197	selfish	형 이기적인; 제멋대로인
0198	bully	명 괴롭히는 사람 동 괴롭히다
0199	neglect	동 방치하다 명 방치, 간과
0200	insult	동 모욕하다 명 모욕

| 나만의 단어장

단어	뜻
☐	
☐	
☐	
☐	
☐	
☐	

긍정적 감정·태도

01	grateful	형 고마워하는
02	amused	형 즐거워하는, 즐기는
03	cheerful	형 즐거운; 쾌활한
04	delight	명 기쁨, 즐거움 동 매우 기쁘게 하다
05	preference	명 선호(도); 편애
06	eager	형 열망하는; 열심인
07	satisfy	동 만족시키다; 납득시키다
08	endurance	명 인내(력); 지구력
09	tolerance	명 관용; 인내(력)
10	generous	형 후한, 관대한
11	sacrifice	명 희생; 제물 동 희생시키다
12	affection	명 애정, 호의; 감정
13	favor	명 호의, 친절 동 호의를 보이다
14	hospitality	명 환대, 후한 대접
15	bold	형 대담한; 뻔뻔스러운; 뚜렷한
16	cautious	형 신중한; 주의하는
17	painstakingly	부 힘들여, 공들여
18	hard-working	형 근면한, 열심히 하는
19	enthusiasm	명 열의; 열광
20	heartwarming	형 마음이 따뜻해지는

| 나만의 단어장 |

어	뜻

0221	moderate	형 절제하는; 온건한
0222	self-control	명 자제(력), 극기
0223	self-confidence	명 자신감
0224	self-esteem	명 자존감; 자부심
0225	adventurous	형 모험적인; 모험을 즐기는
0226	alert	형 방심 않는 명동 경계(하게 하다)
0227	charming	형 매력적인
0228	confident	형 확신하는, 자신감 있는
0229	graceful	형 우아한, 품위 있는
0230	inspire	동 고취하다; 영감을 주다
0231	motivate	동 동기를 주다, 자극하다
0232	attract	동 흥미를 끌다
0233	fascinate	동 마음을 빼앗다
0234	capable	형 유능한; (~할) 능력이 있는
0235	competent	형 적임의, 유능한; 충분한
0236	promising	형 유망한
0237	talented	형 재능 있는
0238	noticeable	형 눈에 띄는, 두드러진
0239	outstanding	형 현저한, 걸출한
0240	renowned	형 유명한, 명성이 있는

| 나만의 단어장

단어	뜻
☐	
☐	
☐	
☐	
☐	
☐	

언어, 말, 글

41	linguistic	ⓗ 어학의, 언어의
42	verbal	ⓗ 말의, 구두의
43	illiterate	ⓗ 문맹의; 소양이 없는
44	spell	ⓓ 철자를 말하다 ⓜ 마법
45	tone	ⓜ 어조; 음질; 색조
46	narrative	ⓗ 이야기의 ⓜ 이야기; 서술
47	tale	ⓜ 이야기, 소설
48	rumor	ⓜ 소문 ⓓ 소문내다
49	gossip	ⓜ 소문, 험담 ⓓ 수군거리다
50	ironically	ⓑ 반어적으로; 얄궂게도
51	metaphor	ⓜ 은유, 유사한 것
52	paradox	ⓜ 역설
53	persuasive	ⓗ 설득력 있는
54	revise	ⓓ 수정하다 ⓜ 교정, 개정
5	translate	ⓓ 번역하다; 해석하다; 전환되다
6	publish	ⓓ 출판하다; 발표하다
7	announce	ⓓ 알리다, 발표하다
8	declare	ⓓ 선언하다; (의견을) 분명히 말하다
9	respond	ⓓ 응답하다; 반응하다
0	inquire	ⓓ 문의하다

| 나만의 단어장 |

어	뜻

0261 **comment** ⓢ 의견을 말하다 ⓜ 논평
0262 **mention** ⓢ 언급하다 ⓜ 언급
0263 **remark** ⓢ (의견을) 말하다 ⓜ 주목; 비평
0264 **utter** ⓢ 소리를 내다; 말하다 ⓗ 완전한
0265 **whisper** ⓢ 속삭이다 ⓜ 속삭임; 소문
0266 **yell** ⓢ 고함치다 ⓜ 외침
0267 **apologize** ⓢ 사과하다
0268 **pledge** ⓢ 서약하다 ⓜ 서약
0269 **debate** ⓢ 토의하다 ⓜ 토론, 논쟁
0270 **argue** ⓢ 언쟁을 하다; 주장하다
0271 **chat** ⓢ 잡담하다 ⓜ 잡담, 한담
0272 **clue** ⓜ 단서, 실마리
0273 **context** ⓜ 문맥; 전후 관계
0274 **headline** ⓜ (신문의) 표제; 주요 뉴스
0275 **index** ⓜ 색인; 지표
0276 **journal** ⓜ 신문; 학술지; 일기
0277 **paragraph** ⓜ 문단; 단편 기사
0278 **passage** ⓜ 구절; 통과; 통로
0279 **phrase** ⓜ 어구, 관용구 ⓢ 말로 표현하다
0280 **script** ⓜ 대본, 원고

| 나만의 단어장

단어	뜻
☐	
☐	
☐	
☐	
☐	
☐	

생각, 믿음, 관계

81	notion	명 관념, 생각
82	stereotype	명 고정 관념 동 정형화하다
83	fancy	명 공상 형 예쁜; 공상의
84	ideal	명 이상, 관념 형 이상적인
85	imagination	명 상상(력)
86	illusion	명 환영, 착각
87	suppose	동 가정하다, 추측하다
88	psychology	명 심리학, 심리 (상태)
89	intend	동 의도하다
90	tendency	명 경향, 추세; 성향
91	deliberate	형 계획적인; 신중한 동 숙고하다
92	assure	동 보증하다; 확신시키다
93	convince	동 납득시키다; 설득하다
94	authentic	형 진짜의, 믿을 만한
95	loyal	형 충성스러운, 충실한
96	certificate	명 증명서; 면허증 동 증명서를 주다
97	reliable	형 믿음직한; 의지가 되는
98	credible	형 믿을 수 있는, 확실한
99	engage	동 약속하다; 약혼시키다
00	ensure	동 보장하다; 확실하게 하다

| 나만의 단어장 |

어	뜻

0301	vow	명 맹세 동 맹세하다
0302	betray	동 배반하다; (적에게) 팔다
0303	contact	명 접촉, 연락 동 연락하다
0304	encounter	명 만남 동 마주치다
0305	mutual	형 서로의; 공동의
0306	interact	동 상호 작용하다; 소통하다
0307	relate	동 관계시키다; 관련이 있다
0308	involve	동 관련시키다; 포함하다
0309	buddy	명 친구, 짝 동 친해지다
0310	colleague	명 동료
0311	fellow	명 친구, 동료 형 동료의
0312	peer	명 동등한 사람 동 응시하다
0313	adorable	형 존경할 만한; 사랑스러운
0314	honor	명 명예, 영광 동 존경하다
0315	controversy	명 논란, 논쟁
0316	conflict	명 싸움; 대립 동 충돌하다
0317	contrast	명 대조, 차이 동 대조시키다
0318	quarrel	명 다툼, 불화 동 다투다
0319	struggle	동 몸부림치다 명 몸부림; 투쟁
0320	obsess	동 사로잡히다; 괴롭히다

| 나만의 단어장

단어	뜻
☐	
☐	
☐	
☐	
☐	
☐	

평가, 판단, 의견, 주장

321	determine	㊍ 결심하다; 결정하다
322	blame	㊍ 비난하다 ㊎ 비난
323	attribute	㊍ ~의 원인을 …으로 여기다 ㊎ 속성
324	judge	㊎ 판사 ㊍ 재판하다; 판단하다
325	assess	㊍ 평가하다; 사정하다
326	evaluate	㊍ 평가하다
327	estimate	㊍ 추정하다 ㊎ 평가; 견적
328	qualify	㊍ 자격을 갖추(게 하)다
329	analyze	㊍ 분석하다, 검토하다
330	inspect	㊍ 조사하다
331	investigate	㊍ 조사하다; 수사하다
332	identify	㊍ 확인하다; 동일시하다
333	react	㊍ 반응하다; 반작용하다
334	acknowledge	㊍ 인정하다, 승인하다; 감사하다
335	claim	㊍ (권리를) 주장하다 ㊎ 주장
336	insist	㊍ 우기다, 주장하다; 강요하다
337	assert	㊍ 단언하다
338	appeal	㊍ 간청하다 ㊎ 간청, 호소
339	protest	㊍ 항의하다 ㊎ 항의
340	justify	㊍ 정당화하다

| 나만의 단어장 |

단어	뜻

0341	stress	ⓜ 강조; 스트레스 ⓓ 강조하다
0342	approve	ⓓ 찬성하다; 승인하다
0343	disapprove	ⓓ 찬성하지 않다
0344	contradict	ⓓ 반박하다; 모순되다
0345	oppose	ⓓ 이의를 제기하다
0346	refuse	ⓓ 거절하다, 거부하다 ⓜ 쓰레기
0347	reject	ⓓ 거절하다 ⓜ 거부된 대상
0348	regret	ⓓ 후회하다 ⓜ 유감; 후회
0349	suspect	ⓓ 의심하다 ⓗ 수상한 ⓜ 용의자
0350	hesitate	ⓓ 주저하다
0351	curse	ⓓ 저주하다 ⓜ 저주; 욕설
0352	celebrate	ⓓ 경축하다; 찬양하다
0353	cherish	ⓓ 소중히 하다
0354	exaggerate	ⓓ 과장하다
0355	counsel	ⓜ 상담가; (법률) 고문
0356	suggest	ⓓ 제안하다; 시사하다
0357	recommend	ⓓ 추천하다; 충고하다
0358	propose	ⓓ 제안하다; 청혼하다
0359	urge	ⓓ 강력히 촉구하다; 주장하다
0360	feedback	ⓜ 반응, 감상; 피드백

| 나만의 단어장

단어	뜻
☐	
☐	
☐	
☐	
☐	
☐	

훌륭한 가치

361 awesome	형 경탄할 만한; 멋진
362 brilliant	형 훌륭한; 영리한
363 terrific	형 아주 좋은; 엄청난
364 marvelous	형 놀라운; 매우 훌륭한
365 desirable	형 탐나는, 바람직한
366 gorgeous	형 아주 아름다운
367 respectable	형 존경할 만한, 훌륭한; 상당한
368 remarkable	형 주목할 만한; 남다른
369 dignity	명 위엄, 품위; 진중함
370 privilege	명 특권 동 ~에게 특권을 주다
371 valuable	형 값비싼 명 귀중품
372 precious	형 소중한; 값비싼
373 invaluable	형 평가할 수 없을 만큼 귀중한
374 noble	형 귀족의; 고상한 명 귀족
375 characteristic	명 특징 형 특색을 이루는
376 trait	명 특징
377 odd	형 기묘한; 홀수의
378 unusual	형 특이한, 유별난
379 steady	형 꾸준한 부 꾸준히 동 견고하게 하다
380 ethical	형 윤리적인; 도덕적으로 옳은

| 나만의 단어장 |

단어	뜻

0381 **optimal**	형 최선의, 최적의
0382 **destiny**	명 운명, 숙명
0383 **fate**	명 운명; 최후
0384 **fame**	명 명성
0385 **popularity**	명 인기
0386 **reputation**	명 평판
0387 **delicate**	형 섬세한; 민감한; 깨지기 쉬운
0388 **precise**	형 정확한; 꼼꼼한
0389 **tidy**	형 단정한 동 정돈하다
0390 **sophisticated**	형 교양 있는; 정교한
0391 **significant**	형 중대한; 의미심장한
0392 **crucial**	형 결정적인, 중대한
0393 **primary**	형 제1의, 주요한; 최초의
0394 **core**	명 핵심, 중심 동 (과일의) 심을 도려내다
0395 **essence**	명 본질; 정유, 에센스
0396 **meaningful**	형 의미 있는; 중요한
0397 **cozy**	형 아늑한, 안락한
0398 **comfort**	명 안락; 위안 동 위로하다
0399 **effective**	형 효과적인; 실질적인
0400 **valid**	형 유효한; 타당한

| 나만의 단어장

단어	뜻
☐	
☐	
☐	
☐	
☐	
☐	

성질·정도 서술

401	analogy	명 비슷함; 유추, 비유
402	similar	형 비슷한, 유사한
403	coincidence	명 (우연의) 일치, 동시 발생
404	correspond	동 일치하다; 서신을 주고받다
405	equal	형 동등한 명 대등한 사람 동 ~와 같다
406	identical	형 일치하는
407	uniform	형 동일한; 획일적인 명 제복
408	disagree	동 의견이 다르다; 일치하지 않다
409	discrimination	명 구별; 차별
410	distinct	형 별개의; 뚜렷한
411	chaos	명 혼돈; 무질서
412	complicated	형 복잡한, 알기 어려운
413	confuse	동 혼동하다; 혼란시키다
414	crisis	명 위기; (병의) 고비
415	apparent	형 명백한; 외견상의
416	definitely	부 확실히, 틀림없이
417	vivid	형 생기 있는; 선명한
418	accelerate	동 가속하다; 촉진하다
419	prompt	동 촉구하다 형 신속한
420	rapid	형 신속한; 급히 서두르는

| 나만의 단어장 |

단어	뜻

0421 appropriate	형 알맞은 동 충당하다
0422 proper	형 적당한; 올바른; 고유의
0423 relevant	형 관련된; 적절한
0424 applicable	형 해당되는, 적절한
0425 typical	형 전형적인; 일반적인
0426 neutral	형 중립의 명 중립(국); 중간색
0427 slightly	부 약간; 약하게
0428 considerable	형 상당한; 중요한
0429 profound	형 심오한; 난해한
0430 absolutely	부 절대적으로
0431 deadly	형 치명적인; 극도의 부 극도로
0432 exceed	동 초과하다
0433 extensive	형 광대한, 광범위한
0434 intense	형 강렬한, 심한; 열정적인
0435 overwhelming	형 압도적인
0436 severe	형 극심한; 엄격한
0437 enormous	형 거대한, 엄청난
0438 tremendous	형 엄청나게 큰; 대단한
0439 vast	형 광대한, 막대한; 광장한
0440 minimize	동 최소화하다; 축소하다

| 나만의 단어장

단어	뜻
☐	
☐	
☐	
☐	
☐	
☐	

출현, 선택, 주고받기

41 disclose	동 폭로하다; 드러내다
42 display	명 전시 동 전시하다
43 exhibit	동 전시하다 명 전시품
44 detect	동 탐지하다, 발견하다
45 appear	동 ~인 것 같다; 등장하다
46 arise	동 발생하다; 유발되다
47 emerge	동 나오다; 드러나다
48 exposure	명 노출; 폭로; 알려짐
49 imply	동 암시하다; 의미하다
50 indicate	동 나타내다; 시사하다; 가리키다
51 demonstrate	동 입증하다; 보여 주다; 시위하다
52 illustrate	동 설명하다, 예시하다; 삽화를 넣다
53 disguise	동 위장하다; 숨기다 명 변장 (도구)
54 fade	동 서서히 사라지다; 쇠약해지다
55 pretend	동 ~인 척하다 형 가짜의
56 alternative	형 대안이 되는 명 대안
57 opportunity	명 기회
58 additional	형 추가의
59 appendix	명 부록; 맹장
60 attach	동 붙이다; 첨부하다

| 나만의 단어장 |

단어	뜻
☐	
☐	
☐	
☐	
☐	
☐	

0461	**remove**	ⓢ 없애다; 내보내다; 벗다
0462	**eliminate**	ⓢ 완전히 없애다; 탈락시키다
0463	**cancel**	ⓢ 취소하다; 무효화하다
0464	**exception**	ⓜ 예외
0465	**exclude**	ⓢ 제외하다, 배제하다
0466	**filter**	ⓜ 여과 (장치) ⓢ 여과하다
0467	**isolation**	ⓜ 고립; 분리, 격리
0468	**assign**	ⓢ 할당하다; 부여하다
0469	**commit**	ⓢ 저지르다; 약속하다; 전념하다
0470	**deliver**	ⓢ 배달하다; (연설) 하다; 출산하다
0471	**grant**	ⓢ 부여하다; 승낙하다 ⓜ 보조금
0472	**input**	ⓜ 입력; 투입 ⓢ 입력하다
0473	**refer**	ⓢ 언급하다; 참고하다; 나타내다
0474	**accept**	ⓢ 받아들이다, 수락하다
0475	**admit**	ⓢ 인정하다; 들어가게 하다
0476	**obtain**	ⓢ 입수하다; 통용되다
0477	**acquire**	ⓢ 습득하다, 취득하다
0478	**inherit**	ⓢ 상속받다, 물려받다
0479	**capture**	ⓢ 포로로 잡다; 포착하다 ⓜ 포획
0480	**reception**	ⓜ 받아들임; 환영회; 접수처

| 나만의 단어장

단어	뜻
☐	
☐	
☐	
☐	
☐	
☐	

국가

81	party	명 정당; 일행; 당사자
82	council	명 회의, 협의회, (지방) 의회
83	session	명 (활동) 기간; 학기
84	civil	형 시민의; 민간의; 문명의
85	democracy	명 민주주의
86	administration	명 행정(부); 경영; 집행
87	appoint	동 임명하다; 지정하다
88	executive	명 행정부; (경영) 간부 형 실행의
89	candidate	명 입후보자, 지원자
90	poll	명 여론 조사 동 여론 조사를 하다
91	advocate	명 옹호자 동 옹호하다
92	attorney	명 변호인; 대리인
93	legal	형 법률의; 합법적인
94	principle	명 원칙, 원리; (과학의) 법칙
95	regulate	동 규제하다, 조절하다
96	standard	명 표준; 수준; 규범 형 표준의
97	constitution	명 헌법; 구성
98	witness	명 목격자 동 목격하다
99	document	명 문서 동 기록하다
00	abuse	명 남용; 학대 동 남용[학대]하다

| 나만의 단어장 |

단어	뜻

0501	assault	⑱ 공격; 폭행 ⑤ 공격[폭행]하다
0502	cheat	⑤ 속이다 ⑱ 사기(꾼)
0503	corrupt	⑱ 타락한 ⑤ 타락시키다
0504	criminal	⑱ 범죄자 ⑱ 범죄의
0505	punish	⑤ 처벌하다
0506	trial	⑱ 재판; 시도; 골칫거리
0507	violate	⑤ 위반하다; 침해하다
0508	convict	⑤ 유죄를 선고하다 ⑱ 죄인, 죄수
0509	sentence	⑤ 형을 선고하다 ⑱ 형벌; 선고
0510	armed	⑱ 무장한
0511	bullet	⑱ 총알
0512	explosion	⑱ 폭발(적인 증가)
0513	strategy	⑱ 전략
0514	trophy	⑱ 트로피; 전리품
0515	colony	⑱ 식민지; (생물) 군집
0516	territory	⑱ 영토, 영역
0517	troop	⑱ 무리; 병력
0518	globalization	⑱ 국제화, 세계화
0519	immigration	⑱ 이주; 출입국 관리소
0520	ambassador	⑱ 대사

| 나만의 단어장

단어	뜻
☐	
☐	
☐	
☐	
☐	
☐	

금융, 손익, 수량, 증감

521 finance ⓜ 재정, 금융 ⓓ 자금을 대다

522 insurance ⓜ 보험 (계약), 보험업

523 invest ⓓ 투자하다

524 stock ⓜ 주식, 자본금; 재고(품); 가축

525 allowance ⓜ 용돈, 수당; 허용량

526 budget ⓜ 예산(안) ⓓ 예산을 세우다

527 costly ⓗ 비용이 많이 드는

528 debt ⓜ 부채; 은혜

529 fare ⓜ (탈것의) 요금; 승객

530 fee ⓜ 요금, 수수료

531 fund ⓜ 기금 ⓓ 기금을 대다

532 reward ⓜ 보상(금) ⓓ 보답하다

533 sum ⓜ 합계, 총액; 산수

534 wage ⓜ 임금

535 bargain ⓜ 흥정, 합의 ⓓ 흥정하다

536 commercial ⓗ 상업의 ⓜ 광고 (방송)

537 discount ⓜ 할인 ⓓ 할인하다

538 expend ⓓ (시간, 노력 등을) 들이다; 지출하다

539 receipt ⓜ 영수증; 수령

540 refund ⓜ 환불(금) ⓓ 환불하다

| 나만의 단어장 |

단어	뜻

0541	asset	명 자산
0542	bankrupt	명 파산자 형 파산한 동 파산시키다
0543	wealth	명 재산; 풍부
0544	advantage	명 유리; 장점
0545	benefit	명 이득 동 ~에게 이롭다
0546	profit	명 수익, 이윤 동 이익을 얻다
0547	behalf	명 측, 편; 이익
0548	disadvantage	명 불이익 동 (사람을) 불리하게 하다
0549	abundant	형 풍부한
0550	amount	명 양; 총액 동 총계가 ~에 달하다
0551	multiple	형 많은, 복합의 명 배수
0552	numerous	형 수많은
0553	quantity	명 양, 수량; 많음
0554	enhance	동 향상하다
0555	intensify	동 강화하다; 강해지다
0556	magnify	동 확대하다; 과장하다
0557	multiply	동 늘리다; 증가하다; 곱하다
0558	diminish	동 줄이다, 감소하다; 폄하하다
0559	reduce	동 줄이다, 축소하다
0560	relieve	동 덜다; 안도하게 하다

| 나만의 단어장

단어	뜻
☐	
☐	
☐	
☐	
☐	
☐	

교육, 예술, 기부, 봉사

561	educated	형 교육받은; 교양 있는; 숙련된
562	instruct	동 교육하다; 지시하다
563	breed	동 기르다 명 품종
564	foster	동 양육하다; 육성하다
565	nourish	동 ~에 자양분을 주다; 기르다
566	nursery	명 육아실; 보육 시설
567	alarm	명 경보; 놀람; 자명종 동 놀라게 하다
568	cue	명 신호, 단서 동 신호를 주다
569	signal	명형 신호(의) 동 신호하다
570	inform	동 ~에게 알리다; 정보를 주다
571	label	명 라벨, 꼬리표 동 라벨을 붙이다
572	aim	동 겨냥하다 명 조준; 목적
573	discipline	명 훈련; 규율 동 훈련시키다
574	drill	명 반복 연습 동 훈련시키다
575	practice	명 연습; 실행 동 연습하다
576	experienced	형 경험이 많은, 숙련된
577	craft	명 공예, 수공업; 솜씨
578	critic	명 평론가
579	masterpiece	명 걸작, 명작
580	autobiography	명 자서전

| 나만의 단어장 |

단어	뜻

0581	**biography**	ⓜ 전기, 일대기
0582	**fiction**	ⓜ 소설, 허구
0583	**novel**	ⓜ (장편) 소설 ⓗ 신기한
0584	**tragedy**	ⓜ 비극(적 사건)
0585	**dye**	ⓜ 물감, 색조 ⓓ 염색하다
0586	**carve**	ⓓ 조각하다
0587	**portrait**	ⓜ 초상(화), 인물 사진
0588	**profile**	ⓜ 옆모습; 윤곽; 인물 소개
0589	**sculpture**	ⓜ 조각(술), 조각 작품 ⓓ 조각하다
0590	**choir**	ⓜ 합창단, 성가대
0591	**dedicate**	ⓓ 바치다; 전념하다
0592	**devote**	ⓓ 바치다; 헌신하다
0593	**contribute**	ⓓ 기부하다; 기여하다
0594	**distribution**	ⓜ 분배; (상품의) 유통
0595	**donate**	ⓓ 기부하다, 기증하다
0596	**share**	ⓜ 몫; 할당 ⓓ 분배하다
0597	**charity**	ⓜ 자선 (단체); 자애
0598	**voluntary**	ⓗ 자발적인; 지원의
0599	**volunteer**	ⓜ 자원봉사자 ⓗ 자발적인 ⓓ 자원해서 하다
0600	**welfare**	ⓜ 복지; 행복 ⓗ (사회) 복지의

| 나만의 단어장 |

단어	뜻
☐	
☐	
☐	
☐	
☐	
☐	

과학, 기술

601 experimental	ⓗ 실험의, 실험적인
602 laboratory	ⓜ 실험실 ⓗ 실험실의
603 theory	ⓜ 이론, 학설; 의견
604 universe	ⓜ 우주; 전 세계
605 comet	ⓜ 혜성
606 orbit	ⓜ 궤도 ⓢ 궤도를 돌다
607 gravity	ⓜ 중력; 중대함
608 eclipse	ⓜ 일식, 월식 ⓢ 가리다
609 atmosphere	ⓜ 대기, 공기; 분위기
610 astronaut	ⓜ 우주 비행사
611 astronomy	ⓜ 천문학
612 telescope	ⓜ 망원경
613 satellite	ⓜ (인공) 위성, 위성 도시
614 chemistry	ⓜ 화학(적 작용)
615 acid	ⓜ 산 ⓗ 산성의, (맛이) 신
616 carbon	ⓜ 탄소
617 element	ⓜ 요소, 성분; 원소
618 physicist	ⓜ 물리학자
619 atom	ⓜ 원자; 극소량
620 particle	ⓜ 입자, 미립자; 극소(량)

| 나만의 단어장 |

단어	뜻
☐	
☐	
☐	
☐	
☐	
☐	

0621	biology	명 생물학; 생태
0622	physiological	형 생리학(상)의, 생리적인
0623	species	명 (생물의) 종
0624	germ	명 세균, 미생물
0625	tissue	명 (세포) 조직; 화장지
0626	gene	명 유전자
0627	fossil	명 화석 형 화석의; 구식의
0628	ecosystem	명 생태계
0629	ecological	형 생태계[학]의
0630	balance	명 균형 동 균형을 잡다
0631	mechanism	명 기계 (장치); 방법; 기제
0632	device	명 장치, 기구
0633	gear	명 기어 동 기어를 넣다; 조정하다
0634	automatic	형 자동의; 기계적인
0635	automobile	명 자동차
0636	angle	명 각; 관점 동 기울이다
0637	digit	명 숫자
0638	logical	형 논리적인
0639	calculate	동 계산하다; 추정하다
0640	geometry	명 기하학

| 나만의 단어장 |

단어	뜻
☐	
☐	
☐	
☐	
☐	
☐	

건축, 공간, 시설, 교통

641 arch	명 활 모양 구조물; 아치
642 structure	명 건축물; 구조, 조직
643 barrier	명 장벽, 장애(물)
644 pole	명 막대기; 기둥; 극지
645 equip	동 장비를 갖추게 하다
646 install	동 설치하다, 설비하다
647 broaden	동 넓히다
648 cable	명 전선; 굵은 밧줄
649 leak	명 새는 곳 동 새다
650 internal	형 내부의; (약) 내복용의
651 external	형 외부의; 대외적인
652 hollow	형 (속이) 빈 명 우묵한 곳; 구멍
653 blank	형 공백의; 공허한 명 공백
654 surface	명 표면; 외관 형 표면의
655 border	명 경계, 국경; 테두리
656 boundary	명 경계(선); 한계, 범위
657 stair	명 계단(의 한 단)
658 aisle	명 통로, 복도
659 cell	명 작은 방; 세포
660 chamber	명 방, 침실; 회의실

| 나만의 단어장 |

단어	뜻
☐	
☐	
☐	
☐	
☐	
☐	

0661 accommodate	ⓢ 수용하다; (편의를) 제공하다
0662 occupy	ⓢ 차지하다; 거주하다
0663 locate	ⓢ ~에 두다, ~의 위치를 알아내다
0664 nest	ⓜ 보금자리 ⓢ 보금자리를 짓다
0665 shelter	ⓜ 피난처; 쉼터 ⓢ 보호하다
0666 locality	ⓜ 위치; 근처
0667 shelf	ⓜ 선반; (책장의) 칸
0668 auditorium	ⓜ 강당; 관객석
0669 pool	ⓜ 웅덩이; 수영장
0670 tunnel	ⓜ 터널 ⓢ 터널을 파다
0671 resort	ⓜ 리조트; 의지 ⓢ 의지하다
0672 platform	ⓜ 승강장; 강단
0673 anchor	ⓜ 닻 ⓢ 닻을 내리다
0674 lane	ⓜ 통로; (도로의) 차선
0675 aboard	ⓑ 탑승하여
0676 cab	ⓜ 택시
0677 carriage	ⓜ 마차; 객차
0678 fuel	ⓜ 연료 ⓢ 연료를 공급하다
0679 vehicle	ⓜ 운송 수단
0680 transport	ⓜ 수송 (기구), 운송 ⓢ 수송하다

| 나만의 단어장

단어	뜻
☐	
☐	
☐	
☐	
☐	
☐	

도구, 재료, 물리적 상태

681	lid	명 뚜껑; 눈꺼풀
682	trap	명 덫 동 덫으로 잡다
683	tray	명 쟁반
684	trigger	명 방아쇠; 계기 동 촉발하다
685	fix	동 고정하다; 고치다
686	utilize	동 활용하다
687	expand	동 확장하다; 발전시키다
688	extend	동 연장하다; 뻗다
689	maximize	동 최대화하다; 최대한 활용하다
690	ash	명 재; 유골
691	moisture	명 습기, 수분
692	humid	형 습한
93	dense	형 밀집한; 짙은
94	fluid	명 액체 형 유동성의
95	solid	명 고체 형 고체의; 단단한; 탄탄한
96	vacuum	명 진공 형 진공의 동 청소하다
97	resource	명 자원; 물자
98	stuff	명 물건; 일 동 채우다
99	pile	명 더미, 무더기 동 쌓(이)다
00	square	명 정사각형; 광장 형 정사각형의

| 나만의 단어장 |

어	뜻

0701 level	명 수준 형 평평한 동 평평하게 하다
0702 narrow	형 좁은; 한정된 동 좁히다
0703 straight	형 곧은; 솔직한 부 똑바로
0704 stripe	명 줄무늬
0705 bare	형 벌거벗은 동 드러내다
0706 pale	형 창백한; 흐릿한 동 창백해지다
0707 remote	형 먼; 외딴; 희박한
0708 resemble	동 닮다, 비슷하다
0709 shallow	형 얕은; 천박한; 피상적인
0710 erosion	명 부식, 침식
0711 friction	명 마찰, (의견의) 충돌
0712 ripe	형 익은; 성숙한
0713 rotten	형 썩은; 타락한
0714 ragged	형 누더기를 걸친; 해어진; 거친
0715 harsh	형 거친; 가혹한; 귀에 거슬리는
0716 wrinkle	명 주름 동 주름을 짓다
0717 motion	명 움직임; 동작 동 몸짓으로 알리다
0718 trick	명 속임수, 요령; 장난 동 속이다
0719 means	명 수단; 자금
0720 manner	명 방식; 태도; 예절

| 나만의 단어장

단어	뜻
☐	
☐	
☐	
☐	
☐	
☐	

생명, 동식물, 기초, 기원

0721	alive	형 살아 있는; 활발한
0722	vital	형 생명의; 필요한; 치명적인
0723	blossom	명 꽃; 만발 동 꽃을 피우다
0724	hatch	동 알을 품다; 부화하다 명 부화
0725	revive	동 소생하(게 하)다
0726	survive	동 살아남다
0727	seal	명 바다표범, 물개; 봉인 동 봉인하다
0728	lawn	명 잔디(밭)
0729	mushroom	명 버섯
0730	wheat	명 밀
0731	creature	명 생물, 동물; 창조물
0732	mammal	명 포유동물
0733	ape	명 유인원, 원숭이
0734	beast	명 짐승, 동물
0735	predator	명 약탈자; 육식 동물
0736	bacteria	명 박테리아, 세균
0737	sibling	명형 형제자매(의)
0738	claw	명 (동물의) 발톱; 집게발 동 할퀴다
0739	paw	명 (동물의) 발
0740	feather	명 깃털

| 나만의 단어장 |

단어	뜻
☐	
☐	
☐	
☐	
☐	
☐	

0741	vegetation	ⓜ 식물, 초목
0742	bush	ⓜ 덤불, 수풀
0743	weed	ⓜ 잡초 ⓢ 잡초를 뽑다; 제거하다
0744	grain	ⓜ 곡물; 낟알; 극소량
0745	branch	ⓜ (나뭇)가지; 지점 ⓢ 가지를 뻗다
0746	stem	ⓜ (초목의) 줄기 ⓢ 생기다
0747	trunk	ⓜ 줄기; 여행용 가방; (코끼리의) 코
0748	log	ⓜ 통나무, 원목 ⓢ 벌채하다
0749	root	ⓜ 뿌리 ⓢ 뿌리박다 ⓗ 근본적인
0750	stump	ⓜ 그루터기
0751	basis	ⓜ 기초; 원리
0752	foundation	ⓜ 기반; 토대; 협회
0753	norm	ⓜ 표준; 규범; 평균
0754	radical	ⓗ 근본적인; 철저한 ⓜ 급진론자
0755	inborn	ⓗ 선천적인
0756	innate	ⓗ 선천적인; 본질적인
0757	inherent	ⓗ 내재하는, 고유의, 타고난
0758	origin	ⓜ 유래; 원인; 태생
0759	originate	ⓢ 비롯되다; 시작하다
0760	derive	ⓢ 유래하다

| 나만의 단어장 |

단어	뜻
☐	
☐	
☐	
☐	
☐	
☐	

지리, 자연, 역사, 산업

0761	geography	명 지리; 지리학
0762	arctic	형 북극의 명 북극 지방
0763	landscape	명 전망; 풍경화(법)
0764	scenery	명 경치; 무대 장치
0765	province	명 지역; 도(道)
0766	suburb	명 교외
0767	urban	형 도시의
0768	site	명 위치, 장소 동 위치시키다
0769	horizon	명 수평선, 지평선; 시야
0770	cave	명 동굴 동 굴을 파다
0771	mine	명 광산; 보고 동 채굴하다
0772	cliff	명 낭떠러지
0773	peak	명 산꼭대기 동 최고점에 이르다 형 한창인
0774	desert	명 사막 형 사막의, 불모의 동 버리다
0775	pond	명 연못
0776	stream	명 개울; 흐름; 연속 동 흐르다
0777	steep	형 가파른; 급격한
0778	peninsula	명 반도
0779	coast	명 해안
0780	bay	명 만(灣)

| 나만의 단어장 |

단어	뜻
☐	
☐	
☐	
☐	
☐	
☐	

0781	**breeze**	ⓜ 산들바람 ⓢ 산들바람이 불다
0782	**tropical**	ⓗ 열대(지방)의; 무더운
0783	**disaster**	ⓜ 재해, 재난
0784	**drought**	ⓜ 가뭄
0785	**earthquake**	ⓜ 지진
0786	**pollute**	ⓢ 오염시키다
0787	**recycle**	ⓢ 재활용하다
0788	**historical**	ⓗ 역사(학)의
0789	**primitive**	ⓗ 원시(시대)의, 원시적인
0790	**ancestor**	ⓜ 조상
0791	**legend**	ⓜ 전설(적인 인물)
0792	**industry**	ⓜ 산업; 근면
0793	**merchandise**	ⓜ 제품; 재고품 ⓢ 판매하다
0794	**purchase**	ⓢ 구매하다 ⓜ 구매
0795	**agriculture**	ⓜ 농업, 농학
0796	**cultivate**	ⓢ 재배하다; 계발하다
0797	**plantation**	ⓜ 농장; 재배지
0798	**dairy**	ⓜ 낙농업; 유제품 ⓗ 유제품의
0799	**broadcast**	ⓢ 방송하다 ⓜⓗ 방송(의)
0800	**advertise**	ⓢ 광고하다

| 나만의 단어장

단어	뜻
☐	
☐	
☐	
☐	
☐	
☐	

의학, 물질, 현상

0801	epidemic	ⓜ 유행(병) ⓗ 유행병의
0802	infection	ⓜ 전염(병), 감염
0803	injure	ⓓ 다치게 하다; 해치다
0804	wound	ⓓ 상처를 입히다 ⓜ 상처
0805	ankle	ⓜ 발목
0806	gender	ⓜ 성(性), 성별
0807	antibiotic	ⓜ 항생 물질 ⓗ 항생 물질의
0808	drug	ⓜ 약품; 마약
0809	nutrient	ⓜ 영양소 ⓗ 영양이 되는
0810	nutrition	ⓜ 영양 (공급); 영양학
0811	tablet	ⓜ 알약
0812	ache	ⓓ 아프다 ⓜ 아픔
0813	bleed	ⓓ 피를 흘리다
0814	choke	ⓓ 질식시키다; 숨이 막히다
0815	chronic	ⓗ (병이) 만성의; 오래 끄는
0816	digest	ⓓ 소화하다
0817	insane	ⓗ 제정신이 아닌; 비상식적인
0818	pregnant	ⓗ 임신한
0819	sore	ⓗ 아픈, 쓰라린 ⓜ 상처; 종기
0820	symptom	ⓜ 증상; 조짐

| 나만의 단어장 |

단어	뜻
☐	
☐	
☐	
☐	
☐	
☐	

0821	**clinic**	명 전문 병원; 임상 강의
0822	**cure**	동 치료하다 명 치료(제), 치료법
0823	**heal**	동 낫(게 하)다
0824	**diagnose**	동 진단하다; 원인을 규명하다
0825	**surgery**	명 외과; 수술
0826	**therapy**	명 치료(법)
0827	**clay**	명 찰흙
0828	**magnet**	명 자석; 사람을 끄는 것
0829	**poison**	명 독(약); 폐해 동 독살하다
0830	**protein**	명 단백질 형 단백질의
0831	**rubber**	명 고무(제품); 지우개 형 고무(제품)의
0832	**substance**	명 물질; 본질; 요지, 대의
0833	**toxic**	형 유독한, 중독(성)의
0834	**glow**	동 빛나다; 타다 명 백열; 홍조
0835	**illuminate**	동 조명하다; 장식하다; 계몽하다
0836	**impact**	명 충돌; 영향(력) 동 충격을 주다
0837	**impulse**	명 충격; 추진(력); 충동
0838	**melt**	동 녹다; 서서히 사라지다
0839	**phenomenon**	명 현상; 사건
0840	**shiny**	형 반짝이는; 햇볕이 내리쬐는

| 나만의 단어장 |

단어	뜻
☐	
☐	
☐	
☐	
☐	
☐	

변화, 조정, 만들기

0841 **depict** ⓢ 묘사하다

0842 **devise** ⓢ 고안하다, 발명하다

0843 **generalize** ⓢ 개괄하다; 일반화하다

0844 **institute** ⓢ 도입하다, 실시하다 ⓜ (교육) 기관

0845 **found** ⓢ 설립하다; 토대를 두다

0846 **establish** ⓢ 수립하다; 제정하다

0847 **manufacture** ⓢ 제조하다 ⓜ 제조; 제품

0848 **reproduce** ⓢ 번식하다; 재현하다

0849 **launch** ⓢ 착수하다 ⓜ 출시; 발사

0850 **brand-new** ⓗ 신품의

0851 **elaborate** ⓢ 정교하게 고안하다 ⓗ 공들인; 정교한

0852 **artificial** ⓗ 인공의, 인위적인

0853 **generate** ⓢ 만들어 내다; 발생시키다

0854 **activate** ⓢ 작동하다; 활성화하다

0855 **apply** ⓢ 적용하다; 신청하다

0856 **arrange** ⓢ 배열하다; 조정하다

0857 **conform** ⓢ 순응하다; 일치하다

0858 **socialize** ⓢ 사회화하다; 교제하다

0859 **clarify** ⓢ 분명하게 하다

0860 **purify** ⓢ 정화하다

| 나만의 단어장 |

단어	뜻
☐	
☐	
☐	
☐	
☐	
☐	

0861 confirm	ⓢ 확실히 하다
0862 adjust	ⓢ 조정하다; 적응하다
0863 coordinate	ⓢ 조화시키다 ⓗ 대등한
0864 reconcile	ⓢ 조화시키다; 화해시키다
0865 compromise	ⓜ 타협 ⓢ 타협하다
0866 manipulate	ⓢ 조종하다; 조작하다
0867 organize	ⓢ 조직하다; 체계화하다
0868 delay	ⓢ 연기하다 ⓜ 지연; 연기
0869 shift	ⓢ 옮기다 ⓜ (교대) 근무
0870 alter	ⓢ 변경하다
0871 evolve	ⓢ 발달하다; 진화하다
0872 refine	ⓢ 정제하다; 개선하다
0873 convert	ⓢ 전환하다
0874 replace	ⓢ 대체하다
0875 restore	ⓢ 복구하다; 회복시키다
0876 switch	ⓢ 전환하다 ⓜ 전환; 스위치
0877 transform	ⓢ 변형하다
0878 reform	ⓢ 개혁하다 ⓜ 개혁, 개선
0879 innovation	ⓜ 쇄신; 새로 도입한 것
0880 revolution	ⓜ 혁명; 회전

| 나만의 단어장 |

단어	뜻
☐	
☐	
☐	
☐	
☐	
☐	

모임, 동반, 도움, 보호

0881	collaborate	ⓓ 협력하다
0882	collective	ⓗ 공동의 ⓜ 집단
0883	combine	ⓓ 결합하다; 화합시키다
0884	compound	ⓜ 혼합물 ⓗ 합성의 ⓓ 혼합하다
0885	cooperative	ⓗ 협력하는, 협조적인
0886	unite	ⓓ 연합하다, 결속하다
0887	supplement	ⓜ 보충(물) ⓓ 보충하다
0888	register	ⓓ 등록하다 ⓜ 기록; 등록부
0889	enroll	ⓓ 명부에 기재하다
0890	incorporate	ⓓ 통합하다 ⓗ 법인의
0891	integrate	ⓓ 통합하다; 결합시키다
0892	unify	ⓓ 단일화하다; 통일하다
0893	union	ⓜ 협회; 연합
0894	campaign	ⓜ (사회) 운동, 캠페인
0895	ceremony	ⓜ 의식; 의례
0896	agenda	ⓜ 의제, 안건
0897	committee	ⓜ 위원회
0898	conference	ⓜ 회의; 협의회
0899	ritual	ⓜ (종교적) 의식 ⓗ 의식의
0900	tribe	ⓜ 부족, 종족

| 나만의 단어장 |

단어	뜻
☐	
☐	
☐	
☐	
☐	
☐	

0901 cling	ⓢ 달라붙다; 집착하다
0902 accompany	ⓢ 동행하다; 수반하다
0903 assemble	ⓢ 모으다; 조립하다
0904 associate	ⓢ 연관 짓다; 교제하다
0905 attend	ⓢ 참석하다; 돌보다
0906 bond	ⓜ 유대 ⓢ 유대를 형성하다
0907 aid	ⓢ 원조하다 ⓜ 도움
0908 assist	ⓢ 거들다; 참가하다
0909 backup	ⓜ 지원 ⓗ 지원하는
0910 beg	ⓢ 간청하다
0911 boost	ⓢ 북돋우다 ⓜ 격려, 후원
0912 consult	ⓢ 상담하다; 참고하다
0913 serve	ⓢ 시중들다; ~에 도움이 되다
0914 sponsor	ⓜ 후원자 ⓢ 후원하다
0915 conservation	ⓜ 보존, 유지
0916 escort	ⓜ 호위자 ⓢ 호위하다
0917 rescue	ⓢ 구조하다 ⓜ 구조
0918 secure	ⓗ 안전한 ⓢ 확보하다
0919 warranty	ⓜ (품질) 보증(서)
0920 guarantee	ⓜ 보장 ⓢ 보장하다

| 나만의 단어장 |

단어	뜻
☐	
☐	
☐	
☐	
☐	
☐	

능력, 진행, 성취, 해결

0921	available	형 이용할 수 있는
0922	likely	형 ~할 것 같은 부 아마도
0923	potential	형 잠재적인 명 가능성
0924	function	명 기능, 역할 동 기능하다
0925	efficient	형 효율적인, 유능한
0926	authority	명 권위, 권한; 당국
0927	ability	명 능력, 재능
0928	capacity	명 수용 가능한 정도; 능력
0929	intellectual	형 지적인; 지능의
0930	expertise	명 전문적 지식
0931	dominant	형 지배적인 명 우세한 것
0932	attempt	명 시도 동 시도하다
0933	challenge	명 도전; 이의 동 도전하다
0934	concentrate	동 집중하다 명 농축물
0935	venture	명 모험 동 위험을 무릅쓰고 하다
0936	ambition	명 야망, 포부
0937	incentive	명 동기, 격려; 장려(금) 형 장려하는
0938	incident	명 사건 형 (함께) 일어나기 쉬운
0939	occur	동 일어나다; (생각이) 떠오르다
0940	process	명 진행, 과정 동 처리하다

| 나만의 단어장 |

단어	뜻

0941 **transaction**	명 (업무) 처리; 거래
0942 **maintain**	동 유지하다; 부양하다; 주장하다
0943 **progress**	명 전진, 진행; 진보 동 전진하다
0944 **sustain**	동 떠받치다; 지속하다
0945 **thrive**	동 번창하다, 잘 자라다
0946 **accomplish**	동 이루다, 성취하다
0947 **achieve**	동 성취하다, 성공하다
0948 **afford**	동 ~할 여유가 있다; 제공하다
0949 **fulfill**	동 이행하다; 충족하다
0950 **preparatory**	형 준비의, 예비의
0951 **reserve**	동 예약하다; 유보하다 명 비축(물)
0952 **cope**	동 대처하다, 극복하다
0953 **manage**	동 간신히 해내다; 잘 다루다
0954 **modify**	동 수정하다
0955 **negotiate**	동 협상하다
0956 **operate**	동 작동하다; 수술하다
0957 **overcome**	동 극복하다
0958 **resolve**	동 해결하다; 결심하다 명 결심
0959 **settle**	동 해결하다; 안정시키다
0960 **treat**	동 대우하다; 치료하다 명 대접, 선물

| 나만의 단어장 |

단어	뜻
☐	
☐	
☐	
☐	
☐	
☐	

물리적 움직임

0961 grind	ⓢ 빻다 ⓜ 갈기, 빻기; 힘든 일
0962 rub	ⓢ 문지르다 ⓜ 마찰
0963 dig	ⓢ 파다, 캐내다 ⓜ 파내기
0964 scratch	ⓢ 할퀴다, 긁다 ⓜ 긁기
0965 wipe	ⓢ 닦다; 지우다
0966 bind	ⓢ 묶다, 결속하다
0967 fasten	ⓢ 매다, 묶다
0968 grab	ⓢ 잡다, 움켜쥐다 ⓜ 잡(아채)기
0969 grasp	ⓢ 꽉 잡다; 파악하다 ⓜ 꽉 쥐기; 이해
0970 seize	ⓢ 붙잡다; 점령하다
0971 squeeze	ⓢ 짜내다 ⓜ 짜내기
0972 lean	ⓢ 의지하다; 기울다
0973 incline	ⓢ 기울다; ~할 마음이 들다 ⓜ 경사
0974 strike	ⓢ 치다; (생각이) 떠오르다 ⓜ 파업
0975 beat	ⓢ 때리다; (심장이) 뛰다 ⓜ 리듬
0976 tap	ⓢ 두드리다 ⓜ 두드리기
0977 pound	ⓢ 두드리다; (심장이) 뛰다
0978 slide	ⓢ 미끄러져 가다 ⓜ 미끄러짐
0979 stumble	ⓢ 발을 헛디디다; 더듬거리다
0980 slip	ⓢ 미끄러지다 ⓜ 미끄러짐

| 나만의 단어장 |

단어	뜻
☐	
☐	
☐	
☐	
☐	
☐	

0981	soak	ⓢ (물에) 담그다 ⓜ 적시기; 젖음
0982	absorb	ⓢ 흡수하다; 열중하게 하다
0983	shrink	ⓢ 줄어들(게 하)다
0984	spread	ⓢ 퍼지다; 펼치다 ⓜ 확산
0985	stretch	ⓢ 뻗(치)다; 늘이다 ⓜ 기간; 신축성
0986	bend	ⓢ 구부리다 ⓜ 굽힘
0987	roll	ⓢ 구르다; 말다 ⓜ 구르기
0988	spin	ⓢ 회전하다[시키다] ⓜ 회전
0989	slice	ⓢ 얇게 썰다 ⓜ 조각; 몫
0990	chop	ⓢ 자르다; 잘게 썰다
0991	crop	ⓢ 잘라 내다 ⓜ (농)작물
0992	elevate	ⓢ 올리다; 승진시키다
0993	blow	ⓢ 불다; 날리다 ⓜ 불기; 강타
0994	chase	ⓢ 뒤쫓다 ⓜ 추적
0995	pitch	ⓢ 투구하다 ⓜ 투구; 음의 높이
0996	cast	ⓢ 던지다; 투표하다 ⓜ 던지기; 깁스
0997	lay	ⓢ 놓다, 두다; (알을) 낳다
0998	litter	ⓢ 쓰레기를 버리다 ⓜ 쓰레기
0999	surround	ⓢ 둘러싸다 ⓜ 둘러싸는 것
1000	burst	ⓢ 터지다; 갑자기 ~하다 ⓜ 터뜨림

| 나만의 단어장 |

단어	뜻
☐	
☐	
☐	
☐	
☐	
☐	

단위, 구성, 범위, 인과

1001	degree	명 도(度); 등급; 학위
1002	dozen	명 12개 형 12개의
1003	measure	명 치수, 분량; 단위; 수단 동 측정하다
1004	quarter	명 4분의 1; 15분; 1분기; 쿼터
1005	rank	명 열; 계급 동 등급을 매기다
1006	row	명 열; 노 젓기 동 (노를) 젓다
1007	spot	명 점; 장소 동 얼룩지게 하다
1008	volume	명 책; 권(卷); 부피; 음량
1009	bunch	명 송이; 묶음; 무리
1010	bundle	명 묶음, 꾸러미 동 다발로 묶다
1011	compose	동 구성하다; 작문〔작곡〕하다
1012	makeup	명 구성, 조립; 화장
1013	shape	명 형태, 외양 동 형성하다
1014	formation	명 형성; 구조; 대형
1015	format	명 (전체) 구성, 체재
1016	dispose	동 배치하다; 처리하다
1017	systematic	형 체계적인; 계획적인
1018	portion	명 부분; 몫 동 나누다
1019	proportion	명 비율; 부분; 몫; 균형
1020	quota	명 몫, 할당(액), 할당량

| 나만의 단어장 |

단어	뜻
☐	
☐	
☐	
☐	
☐	
☐	

1021	component	명 구성 요소 형 구성하는
1022	factor	명 요인, 요소
1023	detail	명 세부 동 상술하다
1024	range	명 범위; 산맥 동 (~의) 범위에 이르다
1025	scope	명 범위, 영역; (정신적) 시야
1026	coverage	명 적용 범위; 보도; 보장 범위
1027	track	명 흔적; 길 동 추적하다
1028	target	명 표적; 목표 동 목표로 삼다
1029	category	명 범주, 카테고리; 종류
1030	classify	동 분류하다, 등급으로 나누다
1031	distinguish	동 구별하다; 눈에 띄게 하다
1032	conclude	동 결론을 내리다; 마치다
1033	consequence	명 결과; 결말
1034	outcome	명 결과, 성과
1035	by-product	명 부산물; 부작용
1036	output	명 산출; 생산(물)
1037	responsible	형 책임이 있는; 원인이 되는
1038	gap	명 틈; 간격; 차이
1039	interval	명 (시간의) 간격; 휴식 시간
1040	symbol	명 상징, 기호

| 나만의 단어장

단어	뜻
☐	
☐	
☐	
☐	
☐	
☐	

파괴, 제한, 폭력, 위험

1041	destroy	동 파괴하다; 망치다
1042	ruin	동 망치다 명 몰락; 폐허
1043	disrupt	동 붕괴시키다; 방해하다
1044	collapse	동 붕괴하다 명 붕괴; 좌절
1045	crash	동 충돌하다; 추락하다 명 충돌 (사고)
1046	crush	동 으깨다, 분쇄하다 명 으깸
1047	spoil	동 망치다; (아이를) 버릇없게 키우다
1048	extinct	형 멸종된; (생명력이) 끊어진
1049	fragile	형 부서지기 쉬운; 허약한
1050	drown	동 물에 빠뜨리다
1051	vulnerable	형 상처를 입기 쉬운; 취약한
1052	aggressive	형 공격적인; 적극적인
1053	cruel	형 잔혹한; 지독한
1054	violent	형 격렬한; 폭력적인; 극심한
1055	fierce	형 사나운, 흉포한; 맹렬한
1056	deprive	동 빼앗다, 박탈하다
1057	temper	명 화; 기질 동 진정시키다
1058	threat	명 위협, 협박
1059	invade	동 침입하다; 침해하다
1060	offend	동 성나게 하다; 위반하다

| 나만의 단어장 |

단어	뜻
☐	
☐	
☐	
☐	
☐	
☐	

1061	cease	동 멈추다 명 중지
1062	compel	동 강제하다
1063	confine	동 제한하다 명 경계; 한계
1064	limitation	명 제한; 한계
1065	prescribe	동 규정하다; (약을) 처방하다
1066	restricted	형 제한된; 기밀의
1067	spare	동 아끼다 형 여분의 명 예비품
1068	ban	동 금(지)하다 명 금지(령)
1069	forbid	동 금(지)하다, 허용하지 않다
1070	prohibit	동 금(지)하다; 방해하다
1071	prevent	동 막다, 예방하다
1072	risk	명 위험(성) 동 위태롭게 하다
1073	harmful	형 해로운; 위험한
1074	duty	명 의무; 세금; 직무
1075	obligation	명 의무, 책임
1076	impose	동 부과하다; 강제하다
1077	mandatory	형 의무적인; 명령의
1078	bother	동 귀찮게 하다 명 성가심
1079	interfere	동 간섭하다; 방해하다
1080	obstacle	명 장애(물), 방해(물)

| 나만의 단어장 |

단어	뜻
☐	
☐	
☐	
☐	
☐	
☐	

시간, 상황, 연결어

1081	continually	㉮ 계속해서; 빈번히
1082	eternal	㉵ 영원한
1083	frequent	㉵ 빈번한 ㉯ 자주 가다
1084	momentary	㉵ 순간의, 일시적인
1085	former	㉵ 예전의; 전자의 ㉰ 전자
1086	previous	㉵ 이전의, 사전의
1087	prior	㉵ 이전의, 우선하는
1088	contemporary	㉵ 동시대의 ㉰ 동시대인
1089	ultimate	㉵ 최후의; 궁극의; 근본적인
1090	annual	㉵ 매년의 ㉰ 연보, 연감
1091	decade	㉰ 10년; 10개 한 벌
1092	semester	㉰ 학기
1093	occasion	㉰ 경우; 행사 ㉯ ~의 원인이 되다
1094	accurate	㉵ 정확한, 정밀한
1095	ambiguous	㉵ 애매모호한
1096	plain	㉵ 분명한 ㉮ 분명히 ㉰ 평야
1097	subtle	㉵ 미묘한; 엷은; 예민한; 교묘한
1098	merit	㉰ 장점; 우수성
1099	minor	㉵ 소수의 ㉰ 미성년자
1100	fault	㉰ 단점; 잘못 ㉯ 흠잡다

| 나만의 단어장 |

단어	뜻
☐	
☐	
☐	
☐	
☐	
☐	

1101 mistaken	형 잘못된; 오해한
1102 inevitable	형 필연적인; 당연한
1103 monotonous	형 단조로운
1104 practical	형 실제의; 실용적인
1105 excessive	형 과도한
1106 fundamental	형 근본적인; 중요한 명 기본; 원리
1107 equivalent	형 동등한 명 동등한 것
1108 aspect	명 측면; 외관; 방향
1109 barely	부 간신히; 거의 ~ 않다
1110 accordingly	부 따라서; 그에 따라
1111 eventually	부 결국, 마침내
1112 namely	부 즉, 다시 말하자면
1113 otherwise	부 그렇지 않으면; 그 외에
1114 nevertheless	부 그럼에도 불구하고
1115 furthermore	부 더욱이, 게다가
1116 moreover	부 게다가, 더욱이, 또한
1117 likewise	부 마찬가지로, 또한
1118 so-called	형 소위, 이른바
1119 respectively	부 각각
1120 literally	부 글자 그대로; 그야말로

| 나만의 단어장

단어	뜻
☐	
☐	
☐	
☐	
☐	
☐	

기타 동사·명사

121	bias	명동 편견(을 갖게 하다)
122	concept	명 개념, 관념
123	prospect	명 전망; 예상 동 탐사하다
124	project	동 계획하다; 예상하다 명 계획
125	anticipate	동 예상하다; 기대하다
126	predict	동 예측하다, 예언하다
127	simplify	동 단순화하다
128	define	동 정의하다; 규정하다
129	deal	동 거래하다 명 거래; 대우; 분량
130	compensate	동 보상하다; 상쇄하다
131	imitate	동 모방하다
132	status	명 지위, 신분; 상황
133	fatigue	명 피로 동 지치게 하다
134	facility	명 시설; 재능; 쉬움
135	procedure	명 절차; 진행
136	quit	동 그만두다; 떠나다
137	initiate	동 시작하다; 가입시키다
138	diet	명 음식; 식이 요법
139	appetite	명 식욕; 욕구; 기호
140	famine	명 기근; 굶주림

| 나만의 단어장 |

단어	뜻

1141	starve	ⓢ 굶주리다; 굶기다
1142	peel	ⓢ 껍질을 벗기다 ⓜ 껍질
1143	ingredient	ⓜ 성분, 재료; 구성 요소
1144	recipe	ⓜ 조리법; 비결
1145	spice	ⓜ 양념, 향신료 ⓢ 양념을 치다
1146	flavor	ⓜ 맛, 풍미; 조미료 ⓢ 맛을 내다
1147	await	ⓢ 기다리다
1148	deserve	ⓢ ~을 받을 자격이 있다
1149	remain	ⓢ 남다 ⓜ 나머지; 유적
1150	confront	ⓢ 직면하다; 맞서다
1151	folk	ⓢ 사람들 ⓗ 민속의; 민중의
1152	mate	ⓜ 배우자 ⓢ 짝짓기를 하다
1153	personality	ⓜ 성격; 개성
1154	occupation	ⓜ 직업; 점령; 거주
1155	heritage	ⓜ 유산
1156	possess	ⓢ 소유하다; 사로잡다
1157	belong	ⓢ (~에) 속하다
1158	abandon	ⓢ 버리다; 그만두다
1159	organ	ⓜ 장기; 기관; 오르간
1160	edge	ⓜ 가장자리; 날; 유리함

| 나만의 단어장

단어	뜻
☐	
☐	
☐	
☐	
☐	
☐	

기타 형용사·부사

161	rational	ⓗ 이성적인; 합리적인
162	reasonable	ⓗ 분별 있는; 타당한
163	initial	ⓗ 초기의 ⓜ 머리글자
164	instantly	ⓑ 즉시
165	punctual	ⓗ 시간을 엄수하는
166	urgent	ⓗ 긴급한; 재촉하는
167	emotional	ⓗ 감정의; 감정적인
168	dizzy	ⓗ 현기증 나는 ⓓ 현기증 나게 하다
169	exhausted	ⓗ 기진맥진한; 소모된
170	optimistic	ⓗ 낙관적인, 낙천적인
171	tempting	ⓗ 유혹하는; 솔깃한
172	thrilled	ⓗ 황홀해하는, 매우 기쁜
173	cognitive	ⓗ 인식의, 인지의
174	anonymous	ⓗ 익명의, 성명 미상의
175	nonverbal	ⓗ 말을 쓰지 않는
176	mute	ⓗ 무언의; 묵음의 ⓜ 묵음
177	fake	ⓗ 가짜의 ⓜ 가짜 ⓓ 위조하다
178	actual	ⓗ 현실의, 실제의
179	virtual	ⓗ 실질적인; 가상의
180	widespread	ⓗ 널리 퍼진, 광범위한

| 나만의 단어장 |

단어	뜻

1181	approximately	부 대략
1182	strict	형 엄격한; 엄밀한
1183	brief	형 짧은, 간단한 동 ~에게 보고하다
1184	sound	형 건전한 부 깊이 동 ~하게 들리다
1185	solely	부 단독으로; 오로지
1186	raw	형 날것의, 가공하지 않은
1187	hybrid	형 혼성의, 합성의 명 혼성체
1188	casual	형 우연한; 일시적인
1189	random	형 임의의, 무작위의
1190	conventional	형 관습적인; 상투적인
1191	exotic	형 외래의; 이국적인
1192	memorial	형 기념의, 추도의 명 기념비
1193	old-fashioned	형 구식의
1194	racial	형 인종의; 민족의
1195	consistent	형 일관된; 일치하는
1196	constant	형 거듭되는; 일정한 명 상수
1197	variable	형 변하기 쉬운 명 변수
1198	evolutionary	형 발달의; 진화의
1199	contrary	형 정반대의 명 정반대, 모순 부 반대
1200	opposite	형 전 맞은편의[에] 명 반대의 것

| 나만의 단어장

단어	뜻
☐	
☐	
☐	
☐	
☐	
☐	

주요 동사 숙어

201	make a difference	영향을 미치다; 중요하다
202	make a fortune	부를 축적하다, 재산을 모으다
203	make fun of	~을 놀리다
204	make it	해내다; 제시간에 맞추다
205	make sense	이해가 되다, 의미가 통하다; 타당하다
206	make up for	만회하다, 벌충하다, 보상하다
207	make use of	~을 이용하다
208	get ~ wrong	~을 오해하다, ~을 잘못 생각하다
209	get along with	~와 잘 지내다, 어울리다
210	get in the way of	방해가 되다
11	get stuck	꼼짝 못하게 되다, 갇히다
12	get the most out of	~을 최대한 활용[이용]하다
13	give ~ a hand	~을 도와주다
14	give in	~에 굴복하다; 제출하다; 동의하다
15	give off	(냄새, 열, 빛을) 발산하다
16	give way to	양보하다; ~로 대체되다
17	have an influence on	~에 영향을 미치다
18	have difficulty (in) -ing	~하는 데 어려움을 겪다
19	have no choice but to	~할 수밖에 없다
20	have nothing to do with	~와 관계가 없다

| 나만의 단어장 |

어	뜻

1221	keep ~ in mind	~을 명심하다
1222	keep away from	~을 멀리하다
1223	keep track of	~을 계속 파악하다
1224	keep up with	~을 따라잡다; ~와 계속 연락하다
1225	take ~ into account	~을 고려하다
1226	take advantage of	~을 이용하다
1227	take off	벗다; 이륙하다
1228	take one's time	시간을 들이다, 천천히 하다
1229	bring ~ to mind	~을 기억해 내다
1230	bring about	불러일으키다, 유발하다
1231	bring up	양육하다; (화제를) 꺼내다
1232	come across	우연히 마주치다; 인상을 주다
1233	come in contact with	~와 접촉하다
1234	come up with	생각해 내다, 찾아내다
1235	put on weight	체중이 늘다
1236	put off	연기하다
1237	put up with	참다, 견디다
1238	run for	(선거에) 출마하다
1239	run into	우연히 마주치다; ~을 들이받다
1240	run out of	~을 다 써 버리다

| 나만의 단어장

단어	뜻
☐	
☐	
☐	
☐	
☐	
☐	

주요 부사, 전치사 숙어

241	adapt to	~에 적응하다
242	apply to	~에 적용되다; ~에 지원하다
243	attend to	~을 처리하다; ~에 주의를 기울이다
244	lead to	~을 초래하다
245	pay attention to	~에 주의를 기울이다
246	refer to	나타내다; 참고하다; 언급하다
247	stick to	~을 고수하다
248	account for	~을 설명하다; ~을 차지하다
249	apply for	~에 지원하다
250	call for	~을 요구하다
251	long for	~을 간절히 원하다
252	pay for	~에 대한 비용을 내다
253	stand for	~을 상징하다
254	break out	발생하다; 달아나다
255	carry out	수행하다
256	figure out	이해하다
257	hang out with	~와 어울려 놀다
258	stick out	두드러지다; ~을 내밀다
259	turn out	~인 것으로 밝혀지다; (전등을) 끄다
260	catch up with	~을 따라잡다

| 나만의 단어장 |

단어	뜻

1261	end up -ing	결국 ~하게 되다
1262	look up to	~을 우러러보다
1263	pick up	들어 올리다; 데리러 가다; 수거하다
1264	sign up for	~에 등록하다
1265	throw up	토하다; 포기하다
1266	burst into	(갑자기) ~하기 시작하다
1267	engage in	~에 참여하다
1268	look into	~을 조사하다, ~을 살펴보다
1269	consist of	~으로 구성되다
1270	set off	출발하다; 유발하다; 가동하다
1271	show off	자랑하다, 과시하다
1272	focus on	~에 집중하다; ~에 초점을 맞추다
1273	hold onto	~을 고수하다; ~을 붙잡고 있다
1274	wait on	시중들다
1275	drop by	들르다
1276	stop by	들르다
1277	break down	고장 나다; 실패하다; 나뉘다
1278	settle down	정착하다; 진정하다
1279	deal with	~을 처리하다; ~을 다루다
1280	interfere with	~을 방해하다

| 나만의 단어장

단어	뜻
☐	
☐	
☐	
☐	
☐	
☐	

주요 부사구, 형용사구

1281	as a whole	전체로서, 총괄하여
1282	at hand	가까이에; 가까운 장래에
1283	at risk	위험에 처한
1284	at work	일하고 있는; 작용하여
1285	by accident	우연히
1286	by no means	결코 ~하지 않다
1287	by oneself	혼자서; 혼자 힘으로
1288	for oneself	혼자 힘으로, 스스로; 자기를 위하여
1289	in a row	일렬로; 연속적으로, 잇달아
1290	in advance	미리, 사전에
1291	in general	일반적으로, 대체로
1292	in itself	그 자체로, 본질적으로
1293	in need	어려움에 처한; 궁핍한
1294	in person	직접, 몸소; 그 사람 자신; 실물로
1295	in progress	진행 중인
1296	in return	보답으로; 그 대신에
1297	in the end	마침내, 결국
1298	in the long run	장기적으로 보면, 결국은
1299	in turn	번갈아; 차례차례; 결국
1300	on the other hand	다른 한편으로는, 반면에

| 나만의 단어장 |

단어	뜻

1301	out of control	통제할 수 없는, 통제를 벗어나
1302	out of order	고장 난; 규칙에 위배되는
1303	to one's surprise	놀랍게도
1304	to some extent	어느 정도까지, 다소
1305	up to date	최신식으로; 현대적으로
1306	at the expense of	~의 비용으로; ~을 희생하여
1307	for the sake of	~을 위해서
1308	in charge of	~을 담당하여; ~을 지휘하는
1309	in exchange for	~ 대신, ~와 교환으로
1310	in favor of	~에 찬성하여; ~의 이익이 되도록
1311	in honor of	~에게 경의를 표하여
1312	in response to	~에 응답하여
1313	in terms of	~에 의하여; ~에 관하여
1314	in the absence of	~이 없을 경우에, ~이 없어서
1315	in the face of	~에 직면하여; ~에도 불구하고
1316	on behalf of	~을 대표하여; ~을 위하여
1317	a good deal of	많은 (양의), 다량의
1318	a host of	많은 (수의), 다수의
1319	a series of	일련의, 연속된
1320	a variety of	다양한 (종류의), 여러 가지의

| 나만의 단어장

단어	뜻
☐	
☐	
☐	
☐	
☐	
☐	

기타 숙어

1321	be associated with	~와 관련되다
1322	be better off	(전보다) 형편이 더 낫다, 잘 지내다
1323	be equal to	~와 동일하다
1324	be faced with	~에 직면하다
325	be familiar with	~에 익숙하다
326	be inclined to	~하고 싶어지다; ~하는 경향이 있다
327	be involved in	~에 관련되다; ~에 연루되다
328	be short of	~이 부족하다; ~에 못 미치다
329	be subject to	~에 종속하다, ~의 지배를 받다
330	be supposed to	~하기로 되어 있다
331	provide A for B	B에게 A를 공급하다
332	regard A as B	A를 B로 여기다
333	remind A of B	A에게 B가 생각나게 하다
334	view A as B	A를 B로 간주하다
335	more or less	다소; 대략, 거의
336	no more than	단지, 겨우, ~일 뿐
337	no less than	~와 마찬가지인; ~(만큼)이나
338	not more than	~보다 많지 않은; 많아야 ~
339	not less than	~ 이상; 적어도 ~
340	sooner or later	조만간, 곧

| 나만의 단어장 |

단어	뜻

1341	devote oneself to	~에 전념하다, 헌신하다
1342	help oneself (to)	~을 마음대로 먹다; ~을 횡령하다
1343	make oneself at home	편하게 지내다
1344	think to oneself	마음속으로 생각하다, 혼잣말하다
1345	feel free to	거리낌 없이 ~하다
1346	go along with	~에 찬성하다, ~에 동조하다
1347	go through	~을 겪다; ~을 거치다
1348	let go (of)	~을 놓아 주다
1349	manage to	그럭저럭 ~해 내다, 간신히 ~하다
1350	pull over	(차를 길가에) 세우다
1351	stare at	~을 응시하다
1352	stay in touch with	~와 연락을 유지하다; ~을 계속 알
1353	throw away	~을 버리다; ~을 허비하다
1354	along with	~와 함께
1355	as long as	~하는 한, ~ 동안은
1356	contrary to	~와는 반대로, ~에 반하여
1357	free of charge	무료로
1358	let alone	~은 말할 것도 없고, ~은 고사하고
1359	regardless of	~에 관계없이, ~을 개의치 않고
1360	when it comes to	~에 관한 한, ~에 관해서라면

| 나만의 단어장

단어	뜻
☐	
☐	
☐	
☐	
☐	
☐	

DAY 35

다의어 ❶

361 **end**

1. 끝나다 2. 끝
3. 목적

362 **miss**

1. 빗나가다
2. 놓치다
3. 이해하지 못하다
4. 그리워하다

363 **run**

1. 달리다
2. 작동하다
3. 운영하다
4. 출마하다

364 **save**

1. 구하다 2. 아끼다
3. 모으다, 저축하다
4. 저장하다

365 **present**

1. 현재의
2. 참석한
3. 선물
4. (보여) 주다

366 **bill**

1. 청구서
2. 지폐
3. 법안

| 나만의 단어장 |

단어	뜻

1367 **check**	1. 검사(하다) 2. 수표 3. 계산서
1368 **book**	1. 책 2. 예약하다
1369 **company**	1. 회사 2. 동료 3. 함께 있음
1370 **draw**	1. 그리다 2. 끌다 3. 추첨 4. 무승부
1371 **block**	1. 큰 덩어리 2. (건물) 단지, 블록 3. 막다
1372 **case**	1. 상자 2. 경우 3. 사건, 소송
1373 **press**	1. 누르다 2. 압박하다 3. 언론; 인쇄

| 나만의 단어장

단어	뜻
☐	
☐	
☐	
☐	
☐	
☐	

374 air 1. 공기; 공중
2. 기운 3. 항공
4. 방송(하다)

375 hold 1. 잡다
2. 개최하다
3. 유지하다

376 right 1. 옳은 2. 오른쪽의
3. 권리
4. 바로

377 stand 1. 서다
2. 견디다

378 even 1. ~조차, ~까지
2. 평평한; 일정한
3. 짝수의

79 reason 1. 이유 2. 이성
3. 추론하다

80 rate 1. 비율
2. 속도
3. 요금
4. 평가하다

| 나만의 단어장 |

단어	뜻

1381 **state**	1. 상태 2. 국가; 주 3. 진술하다
1382 **game**	1. 놀이 2. 경기, 시합 3. 사냥감
1383 **matter**	1. 문제, 일 2. 물질 3. 중요하다
1384 **order**	1. 규칙, 질서 2. 명령(하다); 주문(하다) 3. 순서
1385 **complex**	1. 복잡한 2. 복합 건물 3. 콤플렉스, 강박 관념
1386 **physical**	1. 신체의 2. 물질적인, 실제의 3. 물리학의
1387 **mean**	1. 의미하다 2. 비열한

| 나만의 단어장

단어	뜻
☐	
☐	
☐	
☐	
☐	
☐	

388 bow
1. 절(하다), 인사(하다)
2. 뱃머리
3. (무기, 악기의) 활

389 observe
1. 관찰하다
2. 지키다
3. 진술하다

390 develop
1. 개발하다; 발전시키다
2. (병에) 걸리다
3. 현상하다

391 material
1. 재료
2. 물질적인
3. 물질의; 형태가 있는

392 figure
1. 숫자 2. 인물, 유명인
3. 중요하다
4. 계산하다
5. 판단하다

393 cover
1. 덮다; 덮개
2. 다루다
3. 보도하다
4. 이동하다

| 나만의 단어장 |

단어	뜻

1394 **interest**	1. 관심, 흥미; 관심을 끌다 2. 이익; 이자
1395 **succeed**	1. 성공하다 2. 계승하다
1396 **conduct**	1. 품행, 행동; 행하다 2. 지휘하다 3. 안내하다
1397 **correct**	1. 정확한; 옳은 2. 정정하다
1398 **charge**	1. 요금 2. 부과하다 3. 관리, 책임 4. 충전(하다) 5. 기소하다; 혐의
1399 **major**	1. 주요한 2. 전공(하다) 3. 소령
1400 **reflect**	1. 비추다; 반영하다 2. 반사하다 3. 깊이 생각하다

| 나만의 단어장

단어	뜻
☐	
☐	
☐	
☐	
☐	
☐	

다의어 Ⅱ

01 respect	1. 존중(하다) 2. (측)면, 점
02 feature	1. 특징(을 이루다) 2. 얼굴 3. 특집 기사 4. 역할을 하다
03 issue	1. 쟁점 2. 발행물, 호 3. 발행하다
04 appreciate	1. 고맙게 여기다 2. 감상하다 3. 이해하다
05 direct	1. 직접적인 2. ~로 향하게 하다 3. 지시하다, 감독하다
06 fit	1. 적합하다 2. 어울리는 3. 건강이 좋은
07 stick	1. 막대기 2. 붙다 3. 찌르다; 내밀다 4. 꼼짝 못하(게 하)다

| 나만의 단어장 |

어	뜻

1408 **count**	1. 세다 2. 중요하다 3. ~라고 여기다 4. 의지하다
1409 **assume**	1. 추정하다 2. 떠맡다 3. ~인 체하다
1410 **fine**	1. 훌륭한 2. 날씨가 맑은 3. 미세한 4. 벌금(을 부과하다)
1411 **spring**	1. 봄 2. 스프링 3. 샘(물) 4. 도약(하다) 5. 갑자기 ~이 되다
1412 **board**	1. 판자 2. 이사회 3. 탑승하다 4. 하숙하다
1413 **term**	1. 용어 2. 기간, 학기 3. 이름 짓다, 칭하다

| 나만의 단어장

단어	뜻
☐	
☐	
☐	
☐	
☐	
☐	

14 tie	1. 묶다 2. 동점(을 이루다) 3. 넥타이 4. 유대
15 character	1. 성격 2. 특성 3. 등장인물 4. 글자, 부호
16 firm	1. 회사 2. 단단한; 흔들리지 않는 3. 단호한
17 fair	1. 적정한 2. 공정한 3. 상당한 4. 박람회 5. 금발인
18 content	1. 내용 2. (책의) 목차 3. 만족하는
19 regard	1. ~을 …으로 여기다 2. 존경(하다) 3. 관계 4. 주의 5. 안부 인사
20 current	1. 현재의 2. 흐름; 해류 3. 경향 4. 통용되는; 현행의

| 나만의 단어장 |

어	뜻

1421 **tip**	1. (뾰족한) 끝 2. 조언 3. 팁, 봉사료 4. 기울다
1422 **article**	1. 기사 2. 조항 3. 물건
1423 **account**	1. 계정 2. 설명(하다) 3. ~라고 여기다 4. (~의 비율을) 차지하다 5. 청구(서)
1424 **represent**	1. 대표하다 2. 나타내다 3. 묘사하다
1425 **decline**	1. 감소(하다) 2. 거절하다
1426 **flat**	1. 평평한 2. 바람이 빠진 (타이어) 3. 아파트(형 주택)
1427 **scale**	1. 규모 2. 비늘 3. 축척, 비율 4. 저울; 눈금

| 나만의 단어장

단어	뜻
☐	
☐	
☐	
☐	
☐	
☐	

28 bar
1. 막대기 2. 술집
3. 장애물; 막다
4. 법정, 법조계; 변호사 시험

29 post
1. 기둥 2. 직책
3. 우편(물)
4. 발송하다
5. 게시하다

30 suit
1. 정장 2. 소송
3. ~에 적합하(게 하)다

31 command
1. 명령(하다)
2. 지휘(하다)
3. 언어 구사력; 능력

32 custom
1. 관습 2. 세관
3. 주문 제작한, 맞춤의

33 contract
1. 계약(서); 계약하다
2. 수축하다
3. (병에) 걸리다

34 bear
1. 견디다
2. 감당하다
3. (아이를) 낳다

| 나만의 단어장 |

어	뜻

1435 **capital**	1. 수도 2. 자본(의) 3. 대문자(의) 4. 사형의
1436 **address**	1. 주소 2. 연설(하다) 3. 말을 걸다; (~라고) 부르다 4. 다루다
1437 **dismiss**	1. 일축하다; 기각하다 2. 떨치다 3. 해고하다; 해산하다
1438 **subject**	1. 주제 2. 과목 3. 실험 대상자 4. (~을) 받기 쉬운; 종속된 5. 복종시키다
1439 **grave**	1. 무덤 2. 죽음 3. 중대한, 심각한
1440 **yield**	1. 산출량; 산출하다 2. 굴복하다 3. 양보하다

| 나만의 단어장

단어	뜻
☐	
☐	
☐	
☐	
☐	
☐	

반의어 ❶

441	negative	형 부정적인
442	positive	형 긍정적인
443	produce	동 생산하다, 제작하다
444	consume	동 소비하다; 섭취하다
445	discourage	동 낙담시키다; 단념시키다
446	encourage	동 용기를 북돋우다; 장려하다
447	general	형 일반의, 보통의
448	special	형 특별한, 독특한
449	separate	형 분리된, 별개의 동 분리하다
450	united	형 연합한; 단결한
51	ancient	형 고대의, 오래된
52	modern	형 현대의, 최신의
53	conceal	동 감추다, 비밀로 하다
54	reveal	동 드러내다
55	demand	명 수요 동 요구하다
56	supply	명 공급 동 공급하다
57	mobile	형 움직이기 쉬운
58	stable	형 고정된; 안정된
59	inferior	형 열등한, ~보다 못한
60	superior	형 우수한, ~보다 나은

| 나만의 단어장 |

어	뜻

1461 compete	⑧ 경쟁하다
1462 cooperate	⑧ 협력하다
1463 active	⑱ 능동적인, 적극적인
1464 passive	⑱ 수동적인, 소극적인
1465 damage	⑧ 손해를 입히다 ⑲ 손해
1466 recover	⑧ 회복하다
1467 doubtful	⑱ 확신이 없는, 의심스러운
1468 obvious	⑱ 명백한, 확실한
1469 objective	⑱ 객관적인; 물질적인
1470 subjective	⑱ 주관적인; 마음의
1471 domestic	⑱ 국내의; 가정의
1472 foreign	⑱ 외국의
1473 tender	⑱ 부드러운, 연한
1474 tough	⑱ 단단한, 질긴
1475 maximum	⑲ 최고, 최대 ⑱ 최대의
1476 minimum	⑲ 최저, 최소 ⑱ 최소한의
1477 explicit	⑱ 뚜렷한, 노골적인
1478 implicit	⑱ 암시적인, 내재하는
1479 expense	⑲ 지출, 경비
1480 income	⑲ 수입, 소득

| 나만의 단어장

단어	뜻
☐	
☐	
☐	
☐	
☐	
☐	

반의어 Ⅱ

81	accuse	동 고소하다; 비난하다
82	defend	동 옹호하다; 방어하다
83	guilty	형 유죄의; 죄책감이 드는
84	innocent	형 무죄의; 순진한
85	compliment	명 칭찬 동 칭찬하다
86	criticism	명 비판, 비난
87	dull	형 무딘, 둔(탁)한
88	sharp	형 날카로운
89	entrance	명 입구; 입장
90	exit	명 출구; 퇴장
91	permanent	형 영구적인
92	temporary	형 일시적인, 임시의
93	flexible	형 구부리기 쉬운; 융통성 있는
94	rigid	형 휘지 않는; 융통성 없는
95	abstract	형 추상적인, 관념적인
96	concrete	형 구체적인, 유형의
97	vice	명 악덕, 악, 비행
98	virtue	명 미덕, 선, 선행
99	expenditure	명 지출; 비용; 소비
0	revenue	명 세입; 수익

| 나만의 단어장 |

어	뜻

1501	defense	명 방어, 수비
1502	offense	명 공격; 위반
1503	deficient	형 불충분한; 결함이 있는
1504	sufficient	형 충분한
1505	admire	동 존경하다; 감탄하다
1506	condemn	동 비난하다, 나무라다
1507	counterfeit	형 가짜의, 모조의
1508	genuine	형 진짜의, 진품의
1509	arrogant	형 거만한
1510	humble	형 겸손한
1511	favorable	형 호의적인; 유리한
1512	hostile	형 적대적인; 불리한
1513	retail	형 소매의; 명동 소매(하다)
1514	wholesale	형 도매의; 명동 도매(하다)
1515	emigrant	명 (타국으로 가는) 이민자
1516	immigrant	명 (타국에서 온) 이민자
1517	conquer	동 정복하다; 이기다
1518	surrender	동 항복하다; 포기하다 명 항복; 양
1519	horizontal	형 수평의, 가로의
1520	vertical	형 수직의, 세로의

| 나만의 단어장

단어	뜻
☐	
☐	
☐	
☐	
☐	
☐	

철자 혼동 어휘 ❶

21	affect	ⓢ 영향을 미치다
22	effect	ⓜ 효과; 결과
23	rise	ⓢ 일어나다; 상승하다
24	raise	ⓢ 올리다; 기르다; 모금하다
25	addiction	ⓜ 중독; 열중
26	addition	ⓜ 추가, 첨가; 덧셈
27	deceive	ⓢ 속이다; 거짓말하다
28	receive	ⓢ 받다
29	access	ⓜ 접근; 진입로 ⓢ 접근하다
30	excess	ⓜ 과잉, 지나침
31	region	ⓜ 지역; 부분; 영역
32	religion	ⓜ 종교; 신앙
33	wander	ⓢ 돌아다니다, 헤매다
4	wonder	ⓜ 놀라운 것 ⓢ 궁금해하다; 놀라다
5	moral	ⓗ 도덕적인; 교훈적인
6	mortal	ⓗ 죽을 운명의; 치명적인
7	pray	ⓢ 기도하다, 빌다
8	prey	ⓜ 먹잇감; 희생 ⓢ 잡아먹다
9	advance	ⓢ 전진시키다; 발전하다 ⓜ 전진; 발달
0	adverse	ⓗ 반대의, 거스르는; 불리한

| 나만의 단어장 |

어	뜻

1541	adopt	ⓢ 채택하다; 입양하다
1542	adapt	ⓢ 적응하다; 각색하다
1543	bury	ⓢ 묻다, 매장하다
1544	vary	ⓢ 다르다; 바꾸다
1545	interpret	ⓢ 해석하다, 이해하다
1546	interrupt	ⓢ 방해하다; 중단하다
1547	mass	ⓜ 덩어리; 집단 ⓗ 대규모의; 대중
1548	mess	ⓜ 혼란한 상태
1549	submit	ⓢ 제출하다; 복종하다
1550	summit	ⓜ 정상, 꼭대기; 수뇌부
1551	stare	ⓢ 응시하다
1552	scare	ⓢ 겁나게 하다
1553	acceptable	ⓗ 받아들일 수 있는, 용인되는
1554	accessible	ⓗ 접근하기 쉬운; 이용할 수 있는
1555	violence	ⓜ 폭력; 격렬(함)
1556	violation	ⓜ 위반; 방해; 폭행
1557	jealous	ⓗ 질투심 많은, 시기하는
1558	zealous	ⓗ 열성적인; 열망하는
1559	poverty	ⓜ 가난; 결핍
1560	property	ⓜ 자산; 소유물; 속성

| 나만의 단어장

단어	뜻
☐	
☐	
☐	
☐	
☐	
☐	

철자 혼동 어휘 Ⅱ

61	amuse	ⓢ 즐겁게 하다
62	amaze	ⓢ 깜짝 놀라게 하다
63	leap	ⓢ 도약하다 ⓜ 도약
64	reap	ⓢ 수확하다
65	application	ⓜ 적용, 응용; 신청(서), 지원
66	appliance	ⓜ 기구, 전기 제품
67	medication	ⓜ 의약품; 약물 치료
68	meditation	ⓜ 명상; 심사숙고
69	celebrity	ⓜ 유명인; 명성
70	celebration	ⓜ 축하; 칭찬; 의식
71	saw	ⓜ 톱 ⓢ 톱질하다
72	sew	ⓢ 꿰매다, 바느질하다
73	marble	ⓜ 대리석; 구슬
74	marvel	ⓜ 놀라운 일 ⓢ 놀라다, 경탄하다
75	opponent	ⓜ 적수, 상대 ⓗ 적대하는, 반대하는
76	opposition	ⓜ 반대, 저항; 대립
77	perish	ⓢ 죽다; 멸망하다
78	polish	ⓢ 윤내다; 다듬다 ⓜ 광택
79	vacation	ⓜ 휴가; 방학
80	vocation	ⓜ 직업; 사명

| 나만의 단어장 |

어	뜻

1581 resist	동 저항하다; 참다
1582 persist	동 고집하다; 지속하다
1583 compassion	명 동정심
1584 companion	명 동료; 친구
1585 stationary	형 움직이지 않는, 정지된
1586 stationery	명 문방구, 문구
1587 simulate	동 ~인 체하다; 모의 실험하다
1588 stimulate	동 자극하다; 격려하다
1589 flourish	동 번영하다; 잘 자라다
1590 furnish	동 공급하다; (가구를) 설비하다
1591 completion	명 완료; 성취
1592 comprehension	명 이해(력); 포함
1593 altitude	명 높이; 고도; 고지
1594 aptitude	명 경향; 적성
1595 proceed	동 전진하다; 진행되다
1596 precede	동 ~에 선행하다; ~에 우선하다
1597 banish	동 추방하다; 내쫓다
1598 vanish	동 사라지다; 희미해지다
1599 inhabit	동 거주하다; ~에 존재하다
1600 inhibit	동 억제하다, 방해하다

| 나만의 단어장

단어	뜻
☐	
☐	
☐	
☐	
☐	
☐	